RET TWOOD

读客彩条外国文学文库

熊猫君激发个人成长

石床垫

阿特伍德暗黑九故事

[加]玛格丽特·阿特伍德　著

张琼　译

河南文艺出版社
·郑州·

豫著许可备字-2021-A-0136

图书在版编目（CIP）数据

石床垫·阿特伍德暗黑九故事／（加）玛格丽特·
阿特伍德著；张琼译. —— 郑州：河南文艺出版社，
2022.4

ISBN 978-7-5559-1247-7

Ⅰ．①石… Ⅱ．①玛… ②张… Ⅲ．①短篇小说－小
说集－加拿大－现代 Ⅳ．①I711.45

中国版本图书馆CIP数据核字（2022）第026914号

著　　者	[加]玛格丽特·阿特伍德	
译　　者	张　琼	
责任编辑	王　宁	
责任校对	李亚楠	
特邀编辑	高　洁　王　品	
策　　划	读客文化	
版　　权	读客文化	
封面设计	文　薇	
出版发行	河南文艺出版社	
印　　刷	河北中科印刷科技发展有限公司	
开　　本	880mm×1230mm 1/32	
印　　张	11	
字　　数	188千	
版　　次	2022年4月第1版　2022年4月第1次印刷	
定　　价	72.00元	

如有印刷、装订质量问题，请致电010-87681002（免费更换，邮寄到付）

版权所有，侵权必究

Stone
Mattress

Nine Tales

Margaret
Atwood

目 录

1

阿尔芬地

Alphinland

　　冻雨如滤过细筛，沙沙而下，就像隐身的天神将晶莹透亮的稻米一把把撒落下来，落地即成冰晶。街灯下一切如此迷人：宛若银装仙女，康斯坦丝心想。不过，她是会这么想的；她很容易被美妙迷人的东西所吸引。美只是一种幻觉，也是一个警告：美自有其暗黑的一面，就像有毒的蝴蝶，迷人却自有其黑暗面。她应该考虑到冰风暴即将给人们带来的风险、危机和痛苦。据电视新闻报道，冰风暴已经来了。

　　平板高清电视是埃文为了观看曲棍球和足球赛买的。康斯坦丝倒是宁愿要回那台老旧模糊的电视，那上面会有怪异的橘红色人影，画面常常泛起涟漪，色彩时暗时明。有些东西在高清像素下表现不佳。她就讨厌突兀地堆在人眼前的那些毛孔、皱纹、鼻毛、白净得不可思议的牙齿，而在日常生活中，你对这些东西还能视而不见，现在，你像是被迫做了别人家的浴室

镜子，那种具有放大功能的镜子，这类镜子很少能带来愉悦的
感受。

幸好，天气播报员站得都很靠后。他们得关注地图，手势
做得很大，就像20世纪30年代电影里的迷人的侍者，或即将揭
开幕布展示飘浮女子的魔术师。瞧！鹅毛大雪大范围覆盖整个
大陆！瞧它盖住了多大一片地方！

此时，镜头移到尸外。两位年轻的评论员，一个小伙、一
个姑娘，都裹着时髦的黑色皮大衣，脸庞被一圈浅色毛皮围
着，蜷缩在不断掉落水滴的伞下。小汽车缓缓地从他们身旁滑
过，挡风玻璃上的雨刷器费力地摇摆着。他们很兴奋，都说从
未见过此番景象。当然没见过啦，他们都太年轻。接着，出现
了一些灾难画面：一起连环车祸，一棵倒下的大树砸中了房屋
的一部分，一团纠缠的电线不堪冰雪的重负被拉断，晃来晃去
十分危险，一排被雨雪覆盖的飞机搁浅在机场里，一辆巨型卡
车被折弯，倾斜地侧翻着，还冒着烟。现场来了一辆救护车、
一辆消防车，还有一群穿着雨衣的工作人员，有人受伤了，这
画面总能让人心跳加速。一个警察过来了，胡子上蒙着冰晶，
白花花的，他语气严厉地恳请大家待在室内。这不是开玩笑，
他冲着旁观的人们说道，别以为你们能胜过老天！他那皱起
的、被雨雪覆盖的眉毛显得很高贵，就像20世纪40年代鼓动人
买债券的海报上的形象。康斯坦丝记得这些海报，或者说她相
信自己是记得的。不过她也许只是从历史书、博物馆展品或纪

录影片中记住了这些画面，有时候，真的很难把这些画面镌刻在记忆中。

最后是触动情感的轻轻一笔：一条流浪狗出现了，几乎要冻僵了，包裹在一条粉色的儿童睡毯里。要是换成一个挨冻的婴儿会更好，不过要是没有婴儿，用狗来替代也行。两位年轻的评论员做出噢真可爱的表情；姑娘轻抚着狗，狗无力地摇动着湿透的尾巴。"幸运的家伙"，小伙子说道，就像在暗示：你要是不乖，也会落得如此下场，甚至都没人来救你。小伙子转向镜头，做出凝重的表情，即便他显然还有大把青春。他说道，事态还会更严重，因为暴风雨的主力部队还没到呢！芝加哥的情况更糟糕，事情经常如此。请继续关注！

康斯坦丝关掉电视。她走到房间另一头，调暗灯光，在前窗旁坐下，盯着窗外路灯下的那片黑暗，望着世界变成了一颗颗钻石，那些树枝、屋顶、水电线路，一切都在熠熠闪烁着。

"阿尔芬地。"她大声感喟。

"你得来点盐。"埃文在她耳畔说。他第一次对她说话时，她很吃惊，甚至吓着了，埃文消逝于有形生存空间至少已有四天，不过现在她已经轻松多了，尽管他还是很出人意料。听到他的声音已经很棒了，哪怕她根本无法和他有任何形式的对话。埃文的介入往往是单向的：即便她回应了，他也不会答复。反正以前他俩之间差不多也是这样子。

她不知道以后该如何处理他的衣服。她先是将它们挂在衣柜里，可每次打开柜门，看到那些衣架上成排的夹克和西装，看到它们无声地等着埃文去穿着走出去，她就心烦意乱。那些粗花呢上衣、羊毛衫、格子衬衫……她就是没法送给穷人，照理这么做挺合乎情理的。她也没法丢弃：这样不仅浪费，也太突然，像是硬扯掉绷带似的。于是她把衣服折好，存放在三楼的一只箱子里，还放了些樟脑丸。

白天还行。埃文似乎也不在意，他发出的声音泰然愉悦，随着领路的脚步声而一起一落的说话声，和着伸出食指点这儿点那儿的发令声。这儿走，买这个，就那么做！略带嘲讽的声音，玩笑话，故作轻松，这是他生病前常对她的态度。

可到了夜晚，一切就复杂起来。噩梦来了：箱子里传来抽泣声，传来痛苦的抱怨，恳求放他出来。大门口有陌生男人言之凿凿地声称自己就是埃文，但他们并不是。此外，他们身穿黑色冲锋衣，样貌吓人。他们想要一些乱七八糟的、康斯坦丝都弄不明白的东西，更糟糕的是，他们还执意要见埃文，从她身边挤过去，显然是杀气腾腾的。"埃文不在家。"她央求着，尽管三楼箱子里不断发出缄默的求救声。等他们开始咚咚咚地走上楼梯，她醒了过来。

她考虑服用安眠药，虽然她知道药物容易上瘾，而且会引发失眠症。也许她该卖了房子，搬去公寓住。葬礼时孩子们就这么使劲建议她，他们也不再是孩子了，在新西兰和法国的城市里定居，远到可以心安理得地不常来看她。他们的妻子活泼、机智、事业有成，一个是整形医生，一个是注册会计师，而且显然都很支持他们，这样就成了四对一的局面。不过康斯坦丝坚定不移，她不能放弃房子，因为埃文在里面。尽管她足够聪明，不会向他们透露这事。他们一直以为她是由于阿尔芬地而有些举棋不定，虽然干这种事一度很赚钱，可萦绕它的狂热气息似乎消散了。

公寓是养老院的委婉说法。康斯坦丝并不因此有所介怀：他们也是为她好，不仅是图方便，而且他们目睹这乱糟糟的局面，焦虑心情可以理解；不仅因为康斯坦丝心绪混乱（哪怕他们承认她经历着丧偶之痛），还因为，举例说吧，她的冰箱也乱七八糟的。冰箱里的东西让人觉得莫名其妙。简直是一片沼泽地，她都能听见他们脑子里的声音。肉毒杆菌泛滥，她居然没病倒也真是奇迹。她当然不会啦，因为最后那几天她压根儿没怎么吃东西，就是苏打饼干、芝士条，直接从罐子里挖点花生酱。

儿媳们孝心满满地应对一切。"您想吃这个吗？尝尝看？""不，不，"她哀叹着，"我不要！全扔了！"三个孙辈的孩子，两女一男，都曾参加过某个寻找复活节彩蛋的活动，他们不停找着杯子，里面都是康斯坦丝喝了一半的茶和可可，放在家里到处都是，这会儿都已经覆盖了一层灰色或浅绿色的东西，颜色因其成长阶段的差异而不同。"瞧，妈妈！我又发现一杯！""呃，真恶心！""爷爷在哪儿？"

在养老院她至少有同伴。这样会减轻她的负担，还有责任，因为她住的房子需要维护，需要照料，她干吗再被这些杂务拖累呢？儿媳们就详细提及了这些想法。康斯坦丝可以打打桥牌，或玩玩拼字游戏，她们建议道；或是双陆棋——据说又流行起来了。这些游戏都不累脑子，也不耗神；或者还有某些不激烈的集体游戏。

"还不到时候，"埃文说话了，"你现在还不需要这些。"

康斯坦丝知道这声音不是真的。她知道埃文已经死了。她当然知道！其他人，其他那些近期失去亲人的，也有同样的，或类似的感受。它被称为幻听。她听说过，这很常见。她没有疯。

"你没有疯。"埃文安慰道。每次他觉得她感到苦闷时，就会很温柔。

在盐的事情上他是对的。这周她本该早些储存一点融冰盐的，可是她忘了，这会儿她如果还弄不到，就会困在家中，因为明天这条街就会变成溜冰场。假如冰层好几天都化不掉呢？食物会短缺，她就会成为那些统计数据中的一个：孤寡老人、体温过低的人、饿死的人，毕竟，就像埃文此前说过的，她并非不食人间烟火。

她得冒险出去一趟。哪怕一袋盐也足够用在台阶和走道上，这样人们就不会摔坏了，更别说她自己了。最好街角那家店就有，才两个街区之隔。她得带上两轮拉杆购物袋，那个红色的袋子还防水，毕竟盐很重的。只有埃文会开车过去，她自己的驾照早已过期几十年了，因为她一旦发现自己和阿尔芬地有了千丝万缕的关系，就觉得太容易分心，不适于开车。阿尔芬地让人思绪万千，会忽略诸如停车标志等细枝末节。

外面的路肯定已经很滑了。如果她一意孤行去冒险，没准会摔断脖子。她站在厨房里犹豫不决。"埃文，我该怎么做？"她说道。

"别紧张。"埃文坚定地说着。这话并不管用，不过每当他被问起该做什么又不肯服输时，就会习惯这么回答。你在哪里，我很担心，出什么事了吗？别紧张。你真的爱我吗？别紧张。你爱上别人了？

一番搜寻，她在厨房里找到了一个很大的拉链冷藏袋，把里面三根皱巴巴的、长须的胡萝卜倒出来，用那把小小的黄铜铁铲往里面灌满壁炉灰。埃文的肉身消失后，她就再没生过火，因为总觉得不对劲。生火是一种更新重启的行为，而她不想重启，她想延续，不，她是想倒退。

那里还有一堆木头和引火物，炉膛里还有几条没烧完的木头，那是他们在一起时最后一次生火时用过的。当时埃文躺在沙发上，旁边还放着一杯令人作呕的巧克力营养饮料，化疗和放疗让他秃了顶。她把他裹着的车用格子小毯四下塞紧了，坐在他身旁，拉着他的手，泪水静静地顺着她脸颊滑下来，她把头扭开，以免被他看到。他无须被她的忧伤烦扰。

"真好。"他努力地说着话。那会儿他说话都很费力了，声音和身体一样虚弱。不过现在他的声音可不同。他现在的声音又恢复正常了，是他20年前的音质，低沉洪亮，尤其是笑声。

她穿上大衣和靴子，找到手套，还有一顶羊毛帽子。得带上钱，要用着的；还有房屋钥匙，要是被锁在屋外，在自家门口冻成一团，那就太傻了。拉着有轮子的购物袋走到门口时，埃文对她说："带上手电筒。"于是她步履沉重地走上楼，穿着靴子进了卧室。手电筒放在床铺他睡的那一侧的床头柜上；她把手电筒放进手提袋里。埃文最擅长未雨绸缪做好安排。她自己从不会想到要用手电筒。

门前的台阶早就结冰了。她把拉链袋里的炭灰撒在冰面上，再将袋子放入口袋，侧着身子往下走，一次迈一步，一只手抓着栏杆，另一只手将滚轮购物袋拖在身后，砰——砰——砰。一走到人行道上，她就打开伞，可是没用，她没法同时应对两件事，于是她又把伞收拢了。她拿伞当拐棍，慢慢地走到街上，那里不像人行道上结满了冰。她颤颤巍巍地走在街中央，用伞平衡着身体。街上没有车，至少她不会被撞到。

到了最容易打滑的地方，她就多撒些炭灰，这样就留下了淡淡的黑色痕迹。情况糟糕时，没准她还能跟着这路线回家呢。这种事在阿尔芬地是会发生的——一道黑色的灰烬，神秘，充满诱惑，就像森林里发光的白色石头，或是面包屑，只不过那些灰烬还另有些怪异的东西，某种你需要了解的东西。你得说出一句话或一个短语，方能抵挡住那些无疑是邪恶的势力，但并非尘归尘土归土之类的话，也不是什么临终祷告，而更像是一种符咒。

"撒呀，拍呀，踩呀，冲呀，咬呀，捣呀，泼呀。"她一边大声说着，一边在冰面上找路。这些都是和灰烬有关的押韵的词[1]，她得把"灰烬"一词放进故事情节里，或是其中一个故事情节中：由此看，阿尔芬地具有多样性。红手米尔兹莱斯最有可能是这些充满魅惑的灰烬的发源地，因为他自身就是扭曲的、狡猾的霸凌者，喜欢用洗脑的幻象来迷惑游客，引诱他们误入歧途，将他们锁进铁笼子，或是用金链子将他们绑在墙上，拿多毛的汉克小鬼、蓝藻人，还有小火猪等诸如此类的东西来折磨他们。他就爱看着那些人的衣服，如丝绸袍子、刺绣衣服、毛皮披肩、亮闪闪的面纱等，被撕成碎片；看那些人求着饶，扭动身子，很是妖娆。等她回家后，可以再细细琢磨这些个错综复杂的细节。

米尔兹莱斯的脸长得就像她的前雇主，她之前当过女招待。那人就爱拍人屁股。她都怀疑他是否读过这个系列故事。

这会儿她走到了第一个街区的尽头。走出户外或许并不

1　女主说的话原文是Ashes, bashes, crashes, dashes, gnashes, mashes, splashes. ——译者注（若无特殊说明，本书注释均为译者注。）

坏：她满脸湿漉漉，双手冻僵了，融雪还顺着脖子往下滴水。可是她既然上路了，就得把事做成。她呼吸着冰冷的空气；冰凌子冲着脸庞飞来。风越来越猛，电视里也是这么预报的。不过走在暴风雪中自有一种轻快，令人振奋：它把杂乱一扫而空，让人大口呼吸。

街角商店全天营业，20年前她和埃文搬到这里时就对此赞赏有加。不过，平日里摆在外面的一袋袋融雪盐不在了。她走进店里，拖着两轮拉杆购物袋。

"还有盐袋吗？"她问柜台后面的女人，那人是新来的，康斯坦丝之前从没见过她；这里的人员流动很快。埃文以前常说这地方准是洗钱点，因为它不太可能会盈利，从周围稀疏的交通和生菜的品质就看得出来。

"没有了，亲爱的，"那女人说，"早几天就有很多人来买。有备无患，我猜他们肯定这么想的。"言下之意是康斯坦丝没好好预先准备，确实也对。真是终身遗憾：她从来不未雨绸缪。可一旦你事事有备无患，还怎么能有意外惊喜呢？准备迎接日落，准备去看月出，准备应对冰风暴。那多平淡无奇啊。

"哦，"康斯坦丝说，"没有盐袋啊，我运气不好。"

"您不该这时候出来，亲爱的，"女人说，"太危险了！"尽管她染成红色的头发在脖子后面被削成很时髦的发型，看上去也只不过比康斯坦丝小了十岁左右，而且比她胖多了。至少我不喘，康斯坦丝心想。当然，她倒是乐意被人叫亲爱的。年纪还轻许多时，她就被人这么称呼，后来很久没人这么叫她了，这会儿她又屡屡听到了这个词。

"没事，"她说，"我就住在两个街区外。"

"对于这种天气两个街区就很远了，"女人说着，她虽然已经这把年纪，领子往上还露着一个文身，貌似是一条龙，或者类似的东西，长须、尖角，眼睛凸起，"您会冻坏的。"康斯坦丝表示认同，并问她可否将购物袋和伞存放在柜台边上。接着她在过道上来回走动，还推着一辆金属丝网的购物车。店里没有其他顾客，虽然她在过道上遇到一个样子乱蓬蓬的小伙子把一罐罐番茄汁摆到货架上。她挑了一只脆皮鸡，那些鸡都放在一只玻璃盒子中，天天在烤肉叉上旋转着，宛若地狱即景。她还拿了一包冻青豆。

"猫砂。"埃文说道。难道这是对她购物的评论？他不喜欢这些鸡，说它们满是添加剂，虽然她要是将它们买回家他也乐意吃——那是以前他还能吃东西的时候。

"你这是什么意思？"她问，"我们又没再养猫了。"她发现自己对埃文说话得放大声音，因为他大多时候都没法读懂她的心思。尽管有时他也能懂，但这种能力断断续续出现。

埃文没再详述，他就爱逗她，常常让她自个儿领悟，果然答案来了：猫砂可以代替盐，撒在门口台阶上。没用的，猫砂融化不了什么，不过至少能增加阻力。她费力地将一整袋猫砂放进购物车，又加了两根蜡烛和一盒木柄火柴。好了，她算是做了准备。

回到柜台，她和那女人就脆皮鸡的美味寒暄了几句，对方也喜欢那东西，毕竟独自一人，哪怕两个人过日子，谁还费神做饭啊。她把货物装进滚轮购物袋，强忍住不提及那个龙文身。那话题很自然就会引向错综复杂的内容，这么多年她早有经验了。阿尔芬地有龙，它们有众多粉丝，而他们脑中满是各种奇思妙想，就想着与康斯坦丝分享呢。康斯坦丝本该如何区别对待那些龙呢？换作他们，又会如何对待那些龙，那些龙的亚种呢？她在龙的照料喂食等事情上就犯过错误。真是令人吃惊，人们居然会为压根儿不存在的东西这么劳神费力。

那女人听到她对埃文说话没？很可能听到了，也很可能她根本不在意。任何24小时营业的商店都会有顾客对着隐形人说话。在阿尔芬地，这种举动会有不同的诠释：有些居民会有幽灵熟人。

"您具体住在哪里，亲爱的？"康斯坦丝快要走出店门时那女的冲她身后问道，"我可以给一个朋友发短信，送您回家的。"什么样的朋友？也许是个骑摩托车的姑娘，康斯坦丝心想，也许她比康斯坦丝年轻一点，也许她恰好饱经风霜。

康斯坦丝假装没听见。没准这是个诡计，接下来你就会看到一个黑帮流氓站在门外，口袋里早备好了黑胶带要入室抢劫。他们说车子坏了，问能用一下你的电话吗？出于好心，你让他们进屋，没等你回过神来，就被胶带绑在了栏杆上，他们还会把图钉塞在你指甲下面准备刺进来，逼着你说出密码。康斯坦丝可了解这种事情了，电视新闻可不是白看的。

一路撒下的灰烬没什么用，那道痕迹上面已经结了冰，她甚至看不清它，而且风越来越大。她还要在半道上打开猫砂袋子吗？不了，还得用刀子或是剪刀什么的，虽然袋子上一般会有拉线。她拿着手电筒照着，朝购物袋里瞥了瞥，电池电量肯定不足了，因为光线很暗，瞧不清楚。再和这样的袋子纠缠下去，她会冻僵的，最好快点冲回家。不过冲这个字很不贴切。

冰层比她出来时又厚了一倍。门前草坪里的灌木就像喷泉，亮晶晶的叶子姿态优雅地倾覆在地面上。到处是折断的树杈，有的都挡住了路。康斯坦丝一走到家门口，就把购物袋放在屋外的过道上，然后紧贴着栏杆，费力地走上打滑的台阶。幸好手电还亮着，她忘了自己一直把它开着。她颇费周折地拿出钥匙，开锁，推开门，步履艰难地进了厨房，将身上的水抖落。而后，她手拿剪刀，折返回去，从台阶上走到红色购物袋旁，剪开猫砂袋，撒出大量的猫砂。

好了。她把购物袋拉上台阶，砰——砰——砰，拖进了屋子。门在她背后关上。湿漉漉的外套被卸下，浸湿的帽子和手套放在暖气片上烘烤，靴子放在客厅。"大功告成。"她说着，就得让埃文听到。她要让他知道自己安全返回了，否则他会担心的。他们以前总是给对方写留言，要不就是在电话答录机里留话，那是在所有这些数码玩意儿出现之前的事。在最无助和孤独时，她想过要在电话里给埃文留言。也许他能通过电粒子、磁场，或是任何能在电波中传递声音的东西，来听到这些话。

不过这会儿并非孤独时刻。现在她感觉良好：她对自己完成了融盐任务感到愉悦。她也有了饥饿感。埃文不上餐桌后，她就再没感到饥饿，独自吃饭太令人沮丧了。可是，现在，她用手指将烤鸡撕开，狼吞虎咽起来。阿尔芬地的人们在被从地牢、沼泽、铁笼和漂浮的船儿中解救出后，就是这样吃东西的——用手抓着吃。只有那种最上流社会的人用所谓的餐具，不过普通人差不多都有餐刀，除非你碰巧是一头会说话的动物。她舔着手指，再用洗碗毛巾擦拭。应该用纸巾的，可这会儿没有。

还有点儿牛奶，于是她直接就着纸盒大口喝，几乎没洒出来。她过会儿得给自己弄点热饮。灰烬的痕迹使她想赶紧回到阿尔芬地。她要破译它，揭示它，追随它，弄清这道痕迹的来龙去脉。

《阿尔芬地》就存在于她的电脑中。多年来，它的情节一直在阁楼里一点点铺展着。《阿尔芬地》刚能赚来足够的钱用于装修，她就把阁楼改成了自己的工作空间。可是即便有了新地板，打了窗户，也装了空调和吊扇，阁楼还是狭小闭塞，就像那些维多利亚时代老砖房的顶层一样。所以不久之后，等孩子们都上中学了，《阿尔芬地》就被搬到了厨房餐桌上，在一台电动打字机上继续铺展了好几年，不过那曾经的创新现在也过时了，电脑成了它下一个居所，但这也并非没有风险——《阿尔芬地》的内容可能会以一种令人愤怒的方式从电脑中消失。但随着时间的推移，人们已经改进了电脑，而她现在也逐渐适应了它。自打埃文的肉身消失后，她就把它搬入了他的书房。

她从不用"他去世后"这样的措辞，哪怕对自己都不说。她对他绝不用D开头[1]的那个词。没准他听到后会受伤或不快，也许他会很困惑，甚至恼火。她有一些不成形的信念，她觉得埃文自己都没意识到自己死了。

她坐在埃文的书桌前，裹在埃文那件黑色的长毛绒浴袍里。男式黑色长毛绒浴袍曾经很时髦，那是什么时代来着？20世纪90年代？她自己买的这件浴袍，作为给埃文的圣诞节礼物。埃文对她试图让自己变时髦的举动一直很抵触，倒不是说她还做过多少别的努力让他显得时尚；她早就不在意他的对外形象了。她穿这件浴袍更多是为了舒适而不是暖和，她觉得这样就能感觉埃文还在家中，就在身边。他去世后她都没洗过这件浴袍，她不想让洗涤剂的味道盖过埃文的气味。

---

1 英文"死亡"（death）的首字母是"D"。

哦，埃文啊，她心想，我们曾经如此幸福！现在一切都不在了。时光何其飞速？她用黑色长毛绒的袖子擦拭眼角。

"振作起来。"埃文说。他不喜欢她哭哭啼啼的。

"好的。"她说。她挺起肩膀，把埃文那张符合人体力学的书桌椅子上的垫子调整好，打开电脑。

屏幕保护出现了：那是一扇大门，是埃文为她画的。他在获得更为稳固的大学教职前，曾经是一位职业建筑师，不过后来他所授课程也并非"建筑学"，而是"空间结构理论"、"人文景观创造"以及"内在结构"。他画图一直很棒，靠这个为儿子和孙子们创作了不少有趣的图画。他还画了屏保当礼物送她，以此表明，他对她的事情——这事儿呢，就这么说吧，对于他这种擅长抽象思维的人而言，多少有点儿尴尬——是很在乎的。或者说他很在乎她，而她却不时会对此表示怀疑。此外，他在《阿尔芬地》一事上也能谅解她，谅解她为此忽略了他自己。就是她那种对他视若无睹的样子。

她一度觉得那个屏保就是个谢罪的礼物，是为了某件他不会承认做过的事情而对她的弥补。就在那段情感缺失期，当时埃文肯定心有旁属——就算肉体没有，精神上多半是的——和另一个女人有了关系。另一张脸，另一个身体，另一种声音，另一种气味。那些衣服不是她的，是别人的腰带、纽扣和拉链。那个女人是谁？她心生疑窦，却猜错了。凌晨3点时，在失眠的黑暗中，这鬼魅般的存在向她发出嘲笑，而后消失了。她什么都无法确定。

那段时间她整天都觉得自己像是一块笨重的木头。她感到无聊，半死不活，她觉着麻木。

她从未逼迫他说出那段插曲，从没对他明确提出过。那个话题就像那个D开头的单词：就在那里，就像他们头顶的一条巨大的广告飞艇，可一旦被提及，符咒就会被打破，一切就终结了。埃文，你真的爱上别人了吗？振作起来。用常识想想。我干吗要这么做？他一下就把她反驳了，也把问题小而化之。

康斯坦丝能想象到他要这么做的诸多原因，但还是微笑着抱了抱他，问他晚餐想吃点什么，不再提这事了。

屏保上的大门是石头结构，罗马拱门，矗立在一堵很长的高墙中间，墙顶还有几个炮塔，上面飘荡着红色三角旗。这是个装着铁栏杆的大门，门敞开着。门外望去是阳光普照的风景，远处有更多矗立的炮塔。

埃文为这个大门费了不少功夫。他画了交叉阴影线，上了水彩，甚至在远处的田野里添加了几匹放牧的马，虽然他明知道可以用几条龙来糊弄的。画面非常漂亮，颇具威廉·莫里斯[1]的风格，或者说更像爱德华·伯恩-琼斯[2]的作品，可就是没抓

1　威廉·莫里斯（William Morris，1834—1896），英国诗人与设计师。
2　爱德华·伯恩-琼斯（Edward Burne-Jones，1833—1898），英国前拉斐尔派画家。

住重点。大门和高墙都太干净、太新，维护得太好了。尽管阿尔芬地自有奢华之处，但它的绫罗绸缎、织锦、华丽烛台等，大多是古代的，暗淡而带点破旧感；它也常常是荒凉的，有大量的废墟。

在屏保的大门上，是镌刻在石头上的传奇，是仿哥特式的前拉斐尔风格文字：阿尔芬地。

康斯坦丝深吸一口气，走了进去。

门的另一头没有阳光普照的风景，而是一条狭窄的公路，近乎小径，蜿蜒向下通往一座桥，那里亮着灯，因为是晚上，灯火微黄，形似鸡蛋或水滴。桥那头是一片黝黑的树林。

她要过桥，悄悄地穿越树林，得小心埋伏，等她从另一头出来，就到了交叉路口。接着就得决定走哪条路了。它们都在阿尔芬地，但是每一条路都有不同的归属。即便康斯坦丝是创造者，是木偶牵线人，是决定命运者，她都不知道自己究竟会走到哪一个终点。

很久以前她就开始创作《阿尔芬地》，几年后才遇到埃文。遇到埃文前她和另一个男人一起生活，住在没有电梯的两居室公寓，地上摆一张笨重的床垫，走廊里有一个公用的厕所，还有一个电茶壶（她的）和电炉（他的），他们原本不该有这些东西的。屋里没有冰箱，于是他们把装食物的器皿放在外面窗台上，食物冬天会冻结，夏天会腐烂，春秋季倒是保存得不错，除了会引来松鼠。

同居的男人是一位诗人，她以前常常和诗人混，青春年少时她真的以为自己也是诗人。那人叫加文，当时这名字很少见，现在倒多起来了，加文们数倍增加。年轻的康斯坦丝觉得自己被加文看中很是幸运，他比她大四岁，认识很多诗人，他瘦削、尖酸，对社会规范毫不在乎，总爱冷嘲热讽，那时诗人都这样。也许现在他们依然如此，可康斯坦丝太老了，以致于无法知晓当下情形。

哪怕康斯坦丝成为加文反讽和嘲弄的对象，甚至被调侃说她的诗歌显然容易被人遗忘，还不如她那个具有催眠作用的屁股来得更有意义，她都会觉得莫名兴奋。她自然也享有特权——出现在加文的诗作中。当然不是有名有姓，诗中的女性欲望客体被称为"淑女"，或是"我的挚爱"，带着骑士精神和民谣姿态，不过康斯坦丝对加文那些更充满情欲的诗歌迷恋至极，她知道每次他写"淑女"，或者再进一步，写"我的挚爱"时，那指的就是她。"我的淑女倚在枕上"，"我的淑女清晨的第一杯咖啡"，还有"我的淑女舔着我的盘子"，都很暖人心脾，不过她最喜欢"我的淑女俯下身子"。每次当她觉得加文对她寡言少语时，就会拿出那首诗再读一遍。

这些文字的魅力，还触发了不少强烈而即兴的性爱。

直到她和埃文在一起，康斯坦丝才知道不能轻易透露自己早先的生活细节。尽管她又有什么好担心的呢？虽然加文情感热烈，可依然不改混账本性；他当然不能和埃文比，对比之下后者就是身披盔甲、光芒四射的骑士。于是，那段不堪的早期生活就这么糟糕地结束了，给康斯坦丝平添了懊悔和屈辱。那干吗要提加文呢？又没有一点意思。埃文从没问过她之前的情史，所以康斯坦丝也从不提及。她现在当然希望埃文不会碰到加文，哪怕经由她无声的思绪或其他什么途径。

阿尔芬地的其中一个益处就是，她可以将昔日那些烦人的东西通过石头门储存在常用的记忆宫殿中，那个宫殿模型是哪个时期的？18世纪？你把想记住的事情与虚构的房间相关联，当你想调用整段记忆时，就走进那个房间。

于是她在阿尔芬地安放了一个废弃的酒庄，就在铁拳齐姆利现在驻守的要塞地带。那是她的一个同盟者，是单为了加文而设的。因为根据阿尔芬地的戒律之一，埃文是不允许走过石门的，他绝不会找到那处酒庄，不会发现她在酒庄里藏了谁。

就这样，加文身处那个酒庄的橡木桶里。他并不痛苦，尽管平心而论他活该受苦。可是康斯坦丝一直努力原谅他，这样他就被允许不受煎熬。反之，他倒是始终处于一种生命暂停的状态。她有时会来到酒庄，给齐姆利送点礼物，以此拉近彼此的关系，诸如装在白瓷罐里的蜜汁萨米克海胆、一圈蓝藻爪什么的。她还念着符咒，打开木桶盖子，往里面看看。加文正在桶里安静地沉睡着。他闭着眼睛时总是这么英俊，没有比她最后一次见他时衰老哪怕半分。一想到那一天，她就会很痛苦。

于是她把木桶盖子盖上，又说了一遍咒语，把加文封在里面，直到她又想再过来瞧他一眼。

加文在现实生活中赢得了一些诗歌奖项，也获得了在曼尼托巴一所大学教创意写作的终身职位，尽管退休后他匆匆前往不列颠哥伦比亚省的维多利亚，想要一睹太平洋的落日美景。康斯坦丝每年都会收到他寄来的圣诞卡——其实是他和他的第三任妻子、比他年轻许多的雷诺兹寄来的。雷诺兹，多无聊的名字！听起来就像20世纪40年代的香烟牌子，那时香烟还算那么回事儿。

雷诺兹在两人合寄的卡片上签名：加和雷伊[1]。除了签名，她每年还附上语气轻快、讨人嫌的书信，尽说些度假的事儿（摩洛哥！幸好他们随身带了易蒙停[2]！不过，最近的一封：佛罗里达！细雨中外出太棒了！）。她还会寄上当地小说阅读会的年度报告，仅限重要书籍，仅限智慧书籍！这会儿他们正在研读波拉尼奥[3]，很艰深，不过只要坚持一定值得！读书会成员还准备了与阅读内容相匹配的主题点心，所以雷伊正在学做墨西哥面饼，从零开始学。好有趣！

康斯坦丝怀疑雷诺兹对加文放荡不羁的青年时期，特别是对康斯坦丝本人有着病态的兴趣。她怎么可能没兴趣呢？康斯

---

1 分别为加文和雷诺兹的昵称。——编者注
2 一款止泻药。——编者注
3 波拉尼奥（Roberto Bolaño，1953—2003），智利诗人、小说家。

坦丝曾是加文的第一个同居者，当时他如饥似渴，一旦康斯坦丝身处距他半英里内的距离，他连裤子拉链都拉不上了。那时她仿佛发射出了魔力光圈，似乎施展了一种令人无法抗拒的咒语，就像阿尔芬地披着宝蓝色长发的菲洛莫妮娅。这是雷诺兹无法企及的。鉴于加文都这把年纪了，她也许得让他用性药，假如她对他不满的话。

"谁是加文和雷诺兹？"埃文每年都会问。

"他是我大学时认识的。"康斯坦丝如此回答。这话也不假：事实上她就是为了和加文在一起才从大学辍学的，那时她对他，还有他那半是冷漠半是热切的态度着了迷。不过埃文听了可不会乐意，他会伤心，会吃醋，甚至会愤怒。干吗惹他心烦意乱？

加文的那些诗人朋友，还有那些民谣歌手、爵士乐手和演员，都是这个变幻多样、瞬息万变的艺术冒险群体中的人，他们整日混迹在位于多伦多的约克维尔区、被称为"河船"的咖啡馆里，把那里从吃白面包的准贫民窟变成很酷的前嬉皮士聚集地。现在河船的标志性装饰就只剩下那些令人压抑的历史性铸铁标语了，占据了旧址所在的俗艳的宾馆大门。一切都将消散，那标语如此表达道，远比你想得更为迅速。

那些诗人、民谣歌手、爵士乐手都一文不名，康斯坦丝也一文不名，但是她足够年轻，觉得贫穷都是迷人的。她就是波希米亚人。她开始创作阿尔芬地故事，想赚足钱来支持加文，他也把这种支持视为挚爱的一种奉献。她在自己要散架的手动打字机上炮制着这些早期故事，进行即兴创作。然后她设法——最初，连她自己都惊讶——把故事卖了，虽然没赚太多钱。故事被卖给了纽约的一家亚文化杂志社，他们当时很喜欢这种矫情俗气的奇幻故事。杂志封面上尽是长着透明翅膀的人、多头兽、青铜盔甲和皮坎肩，还有各种弓箭。

她写这些故事很是得心应手，好到足以刊载。小时候她就有亚瑟·拉克姆[1]和他的同行们插画的童话书，上面尽是粗糙扭结的树木、山精小怪、身披飘逸长袍的神秘少女、宝剑、佩饰、太阳的金苹果等。阿尔芬地就是那景致的拓展版，只要把服装变一下、名字改一改就行了。

当时她在一家名为"鼻烟"的餐馆当服务员，这家餐馆是以一个乡巴佬卡通人物命名的，专营玉米面包和炸鸡；她报酬的一部分包含免费吃炸鸡，康斯坦丝过去常把剩下的鸡块偷偷带出来给加文，乐滋滋地看着他狼吞虎咽。那工作很累人，老板又好色，但小费还不错，还可以加班多赚点，康斯坦丝当时就这样干的。

那时的姑娘都这样，拼尽全力支持某些男人的天才梦。那加文帮着付房租没？他没付多少，尽管她怀疑他私下买卖毒品。他们甚至不时会抽一些，不过不太频繁，因为康斯坦丝抽

1　亚瑟·拉克姆（Arthur Rackham，1867—1939），英国著名插画家，曾为1907年版的《爱丽丝梦游仙境》创作过经典插画。

了会咳嗽。那时一切都很浪漫。

当然了，那些诗人和民谣歌手常拿她的《阿尔芬地》系列故事打趣。干吗不呢？连她自己都拿它们开玩笑。她炮制的这些亚文化小说压根儿谈不上受人尊敬。有少数人承认自己读过《魔戒》，尽管他们得借着对古斯堪的纳维亚语有兴趣为阅读理由。不过诗人们认为，康斯坦丝的作品比托尔金的水准差远了，平心而论，确实如此。他们开玩笑说她是在写花园精灵的故事，她笑着说没错，可是今天这些精灵挖出了那罐金币，都能请所有人喝啤酒了。他们就喜欢免费喝啤酒，还会碰杯祝福："致敬精灵！长路远行！如影随形！"

诗人们讨厌为钱写作，可是康斯坦丝例外，因为《阿尔芬地》不像那些诗歌，它就是要成为商业垃圾的，反正她的创作是为了加文，淑女就该这样，再说了，她也不会蠢到把这些胡言乱语太当真。

人们不理解的是，渐渐地，她还确实当真起来。阿尔芬地是她自己的，是她的庇护地，是她的堡垒，和加文闹不愉快的时候，那里是她可以躲清净的地方。她的灵魂可以穿越那无形的入口，漫步在幽暗的森林和波光粼粼的田野，缔结同盟，打败敌人，没她的允许，其他人都不得入内，因为入口有一个五维咒语守护着。

她花在阿尔芬地上的时间越来越多，尤其是当她明白，加文的新诗作里的"淑女"不一定都是她自己，除非他在他淑女的眼眸颜色上极为困惑，一会儿形容其为"魅惑之蓝"和/或"遥远星辰"，一会儿又说是黝黑深邃。"我的淑女的圆臀不似月亮"，这是在致敬莎士比亚[1]，加文就是这样解释的。难道他忘记了他自己之前还写过一首诗，略粗糙些，但是很真挚，即宣称他的淑女的圆臀就像月亮，白皙、圆润，在幽暗中发出柔光，充满诱惑吗？不过另一个臀部则紧致而强壮，更为主动而非被动，咄咄逼人而不仅仅充满诱惑，更像是一条蟒蛇，当然形状不尽相同。借助带手柄的镜子，康斯坦丝观察着自己的背影。没理由啊，这和加文的描述毫无关联性。会不会是康斯坦丝在"鼻烟"餐馆当服务生时，把自己曾被诗意化的臀部累没了；因为她太累了，更想睡觉而不是做爱，所以加文就和另一个新鲜、活泼的挚爱在他们厚实的床垫上翻腾？而那人有一个让人心动、难舍难分的臀部？

过去加文总是喜欢当众羞辱康斯坦丝，用诗人擅长的尖酸刻薄的讽刺话来说她：她倒觉得那是一种恭维，因为她由此成了他的关注点。在某种意义上，他是在炫耀她，既然这么做让他兴致勃勃，她就温顺地接受那羞辱的洗礼。可是后来他不再羞辱她了，相反，他开始怠慢她，这就糟糕了。当两居室只有他俩时，他不再吻她的脖子，不再扒掉她的衣服，不再用浮夸的、按捺不住饥渴的样子，把她甩到床垫上。反之，他会抱怨

---

1 莎士比亚十四行诗第130首第1行：My mistress' eyes are nothing like the sun（我爱人的双眸不似骄阳）。

背部痉挛了，并暗示（不止如此，他还要求）她弥补他的疼痛和僵硬，给他口交。

这可不是她喜欢的动作。她没有这方面的经验，而且比起这个，她倒是有许许多多的各种各样的东西想往自己嘴里塞呢。

相比之下，在阿尔芬地就没人要求口交。不过那时阿尔芬地也没人有厕所。厕所不是非要不可的。巨型蝎子都要入侵城堡了，干吗把时间浪费在这种日常的身体功能上？不过阿尔芬地是有浴缸的，更确切地说，是茉莉飘香的花园里挖出的方形水池，还是热的地下温泉呢。一些更为奢靡的阿尔芬地人就在他们俘虏的鲜血中泡澡，这些俘虏被拴在水池周围的木桩上，眼看着自己的生命慢慢消逝于殷红的水池里。

康斯坦丝不再参加河船聚会了，因为别人都拿同情的目光看她，还会问一些诱导性的问题，诸如"加文去哪里了？他刚刚还在这儿的"。他们比她更有数，知道有好戏看了。

她终于得知那个新的淑女名叫玛乔丽。康斯坦丝想，这是一个几乎已经消失的名字，玛乔丽一家即将灭绝；而这一刻对她来说一点也不早。玛乔丽黑发、黑眼睛、细长腿，是河船的兼职会计，她喜欢用色彩明快的非洲织物缠绕腰肢，手工珠子耳环不停晃动，总爱发出刺耳的大笑，就像一头得了支气管炎的驴子。

或许是康斯坦丝这么觉着，不过加文肯定不会这么想。

因为康斯坦丝走进房间时，加文和玛乔丽正扭成一团，从加文的后背看倒也没有任何痉挛抽搐的迹象。餐桌上一片狼藉，衣服乱丢在地板上，玛乔丽的头发散乱在枕头上，那是康斯坦丝的枕头。加文呻吟着，也许是因为高潮，也许是康斯坦丝进去的时机让他很不高兴。玛乔丽则高声叫着，也许是冲着康斯坦丝，或是冲着加文，没准是对整个局势发出感慨。那是嘲讽的嘶叫，并不友好，充满怨恨、不快。

康斯坦丝还能说什么呢，除了你还欠我一半房租？不过她没这么说。加文就是个不值钱的东西，其他什么都不是，可当时不值钱就是诗人的特征之一。她搬了出去，带着自己的电茶壶，不久就签下了《阿尔芬地》一书的第一份合同。她靠精灵发家致富（对她而言的致富）的传闻刚在河船传开，加文就赶到她全新的三居室公寓要求复合，公寓里显摆地放着一张货真价实的床铺，当时她的床伴是一位民谣歌手，虽然这关系也没维持多久，而且他还尝试过要和她重归于好。玛乔丽就是个意外，他说，算是突发事件，不当真的，以后绝不再发生。他真正的挚爱是康斯坦丝，她当然也明白他们俩才是注定要在一起的！

加文此举不只是粗鄙低俗，康斯坦丝对他说。难道他就没有羞耻心，没有尊严吗？他没意识到自己就是寄生虫，毫无自主精神，自私透顶吗？加文起初被自己之前温柔的月下姑娘那番剑拔弩张的样子弄呆了，他搜罗聚集了所有讽刺挖苦的话加以反抗，说她就是个怪物，说她的诗作一文不值，说她的口交水平超烂，还说她愚蠢的阿尔芬地就是小孩的空想，说他自己流浪汉的脑壳都比她那一整只吹气面球般的小脑袋更装得下才华。

真情和爱意就此告终。

不过加文从未真正领悟过阿尔芬地的内在意义。那是一片危险之地，而且，实话说，它有些方面荒谬反常，可是它丝毫不肮脏。那里的居民是有原则的，他们理解何为勇敢、勇气，也明白复仇的意义。

因此，玛乔丽并没被藏在加文曾经停留过的废弃酒庄。相反，她被北欧古咒语禁锢在了一块石头蜂巢中，那蜂巢属于香须弗雷诺希娅。这个半神半人的女子身高8英尺[1]，浑身金色的绒毛，长着复眼。她有幸成为康斯坦丝的密友，很乐意在她的计划和装置方面给予协助，以换取康斯坦丝有能力发出的与昆虫相关的魔咒。于是每天正午12点整，玛乔丽就会被一百只绿宝石蜜蜂和靛蓝蜜蜂蜇刺，蜜蜂蜇起来就像滚烫的针蘸了炽热的辣椒酱在戳，令人痛不欲生。

在阿尔芬地之外的世界里，玛乔丽与加文和河船都分道扬镳了，她进了商学院，后来在一家广告公司工作。小道消息是这么传的。康斯坦丝最后一次见她，是在20世纪80年代，她在

1　英尺，英制长度单位，1英尺等于0.3048米。——编者注

布洛大街上大步行走，身穿米色西装，肩垫很宽大。那件西装丑得要命，脚上配的那双什么烂路都可以走走的鞋也一样笨重难看。

不过玛乔丽没看到康斯坦丝，要不她是假装没看到。反正都一样。

康斯坦丝内心还存着另一个版本：那天康斯坦丝和玛乔丽都认出了对方，她们相互开心地喊叫着，一起喝了咖啡，肆无忌惮地大谈加文和他的诗歌，还有他的口交癖好。可是这事从没发生过。

康斯坦丝沿着小路往下走，拎着蛋形的、幽暗的提灯过了桥，走进了漆黑的树林。嘘！一定要悄悄地走。这是一条地势往上的灰烬之路。咒语开始了。康斯坦丝敲击着文字：

> 捣碎了，弄碎了，
> 有时候它咬牙切齿；
> 时间的恐怖之牙，
> 将一切碾为灰烬。

但这是描述，她心想；这不是咒语。这里得有更像是念咒的内容：

> 诺格、史密特、祖帕士，
>
> 明亮的泰达凌，
>
> 让光明出现，
>
> 驱赶灰烬里的恶魔。
>
> 沿着淡紫的鲜血……

电话铃响了。是儿子打来的，住巴黎的那个。确切地说是他妻子打的。他们在电视上看到冰风暴了，很担心康斯坦丝，想确认一下她是否平安无事。

那里是几点？她问他们。这么晚了在干吗？她当然平安无事啦！就是结了点冰！没什么好揪心的。替我亲亲孩子们，赶快睡吧。一切都好。

她赶紧挂了电话：她不喜欢被打扰。这一下，就让她忘了那个淡紫鲜血的神名字叫什么了，那血可灵验了。幸好，电脑里有阿尔芬地诸神名单，以及他们各自的特征和咒语，按字母顺序排列，很好找的。现在已经有很多神灵了。神灵数量逐年增加，为了十年前的动画系列她不得不又多创造了一些，而后为了给电子游戏最后进行润色，更多的神灵也出现了，他们更庞大、更吓人，也更为暴力。如果她能预见阿尔芬地会持续这么长时间，这么成功，她当时应该规划得更好些。它应该有个模型，一个更清晰的结构；它本该有疆界的。事实上，它就像城市扩张。

不仅如此，她本不该叫它阿尔芬地的。这个名字听起来太像妖精之地[1]，而当年创作时她脑海里真正想到的是神圣之河阿尔芬，它取自柯勒律治的诗歌，那里有无数洞穴。此外，希腊字母表的第一个字母就叫阿尔法。一个自作聪明的年轻采访人曾经问她，她"构建的世界"名为阿尔芬地是否是因为那里面尽是些阿尔法男性[2]。当那个自命不凡的记者觉得她值得采访时，她报以略略的怪笑，那是她为了自我保护而养成的表情。那时候，这一类书，至少是销量很大的一类书，才刚开始得到媒体的关注，而现在，这样的书被统统归在一起，成了一种类型。

"哦，不，"她答道，"我不这么认为，不是因为阿尔法男性。就碰巧是这样吧。也许……我一直很喜欢那个早餐麦片，叫阿尔卑斯的？"

她每次采访总遇到蠢人，所以她后来不再接受采访，也不再参加什么研讨会了：她看够了穿得像吸血鬼、兔宝宝、《星际迷航》造型，尤其是像阿尔芬地的恶棍的小孩。她真的受不了再看到有人笨拙地扮演红手米尔兹莱斯，又是一个脸蛋红扑扑的傻孩子想要探寻他内心的邪恶。

她还拒绝参与社交媒体，尽管出版商不停敦促。他们总是劝导，说这样会提高《阿尔芬地》的销量，拓展经销范围，但对她来说都不管用。她不想多赚钱，她又能用钱干吗呢？钱

1　"阿尔芬地"（Aphinland）和"妖精之地"（Elfinland）读音接近。
2　原文为Alpha males，阿尔法男性，即大男子主义者。

救不回埃文。她会把财产都留给儿子们，儿媳们也是这么指望的。她也没兴趣和忠实读者加深沟通：她早就太了解这些人了，他们，还有他们的体环、刺青、恋龙癖等。总之，她不想让这些人失望。他们期待的是一位黑发、上臂绕着蛇形镯子、戴着短剑发饰的女巫，而不是一个柔声细语、纸片人般的曾经是金发的女人。

她打开屏幕上名为阿尔芬地的文件夹，查看诸神名录，这时埃文的声音在她耳边高声道："快关了它！"

她跳了起来。"什么？"她说，"把什么关了？"难道她又忘记关茶壶下面的烧水开关了？可是她并没烧过热水啊！

"快关了它！阿尔芬地！现在就关了！"他说。

他指的肯定是电脑。她慌乱了，转头看着，他就在那里！于是她点击了关闭按钮。屏幕刚一变黑，就传来沉重、呆板的"砰"的一声，接着所有灯都灭了。

所有的灯。连路灯都灭了。他怎么会预先知道的？难道埃文能未卜先知？他以前从来不是这样的。她摸索着下了楼，沿着走廊来到前门那里，小心翼翼地把门打开：门右边，一个街区的距离，有黄色的光。准是一棵树倒在线路上，把电线拉倒了。只有天知道什么时候才有人来修：肯定有上千处断电。

她把手电筒放哪里了？在手提袋里，放在厨房了。她拖着脚步，沿走廊摸索着，然后把手伸进袋子里胡乱翻找，手电筒的电池电量没剩多少，不过也够了，于是她努力找到两根蜡烛点上。

"把总水管的水关掉,"埃文说,"你知道在哪里,我指给你看过的。然后打开厨房的水龙头。你得把水排掉,要不水管会爆裂。"这是近来他说的最长的一段话。为此她有一种暖洋洋的感觉:他是真的为她担心。

等她按照指示开了水龙头,又把保暖的东西归拢,包括床上的羽绒被、一只枕头、几只干净的羊毛袜,还有车用格子花呢毯子,在壁炉前做了个窝。接着她把火生好。预防起见,她还在壁炉前面拉上了防火屏:她可不想半夜着火。木柴不够烧一整天的,不过足够用到清晨,不至于冻死。要让整幢楼冷下来肯定得好几个小时。到了早上她再想别的法子;也许那时暴风雪都过去了。她吹灭了蜡烛,没必要让它一直亮着。

她蜷缩在羽绒被里。壁炉里火光摇曳。这温馨令人惊讶,至少此刻确实如此。

"干得好,"埃文说,"不愧是我的女人!"

"哦,埃文,"康斯坦丝说,"我是你的女人吗?一直都是吗?那次,你是有了别的女人吗?"

没有回答。

那条撒灰的小径穿过了树林,在月光下发出微光,如繁星点点。她忘记了什么吗?似乎哪里出了错。她从树下走了出来,站在结冰的大街上。她家就在这条街上,她在此生活了几十年，那里就是她的家，是她和埃文一起生活的家。

不该在这里，在阿尔芬地。地方弄错了。一切都错了，可是她还是沿着撒了灰烬的路径走，走上门前的台阶，进了门。她被袖子缠绕着，那是黑布的袖子。那是一件风雨衣，不是埃文的。有一张嘴压在她的脖子上。有一股久违的味道。她太累了，没了力气；她能感觉到精力慢慢流失，从指尖流走。加文是怎么进来的？为什么他穿得像送葬的人？她叹了口气，瘫软在他的怀里；她无声地倒向地板。

晨光把她唤醒了，它从结了冰层的窗户涌进来。火灭了。她在地板上睡醒时，身体是僵硬的。

那是怎样的一晚啊。有谁会想到她会做如此旖旎的春梦，都这个年纪了？还是和加文——好傻啊。她甚至鄙夷他。她用那个隐喻禁锢了他那么多年，他又是怎么设法挣脱出来的呢？

她把前门打开，朝外面张望。阳光灿烂，屋檐上结了晶莹的冰凌。台阶上的猫砂撒得乱七八糟，即将变成潮湿的黏土。街上一片混乱，到处是枝丫，冰层起码有两英寸[1]厚度。真是壮观。

可是室内很冷，而且越发寒气逼人。她得走出来，走进这明晃晃的一切，去买点木头，如果还有货的话。要不然她得找

1　英寸，英制长度单位，约等于0.0254米，6英寸约合12厘米。——编者注

个庇护地，比如教堂、咖啡店、餐馆什么的，某个还有电和暖气的地方。

这就意味着她得离开埃文。他得一个人待在这里了。这可不好。

早餐她还有香草酸奶，可以直接从容器里舀出来。她吃的时候，埃文说话了。"振作起来。"他说，语气很严肃。

她没有领会其中的要点。她不需要振作起来，她并没有心惊胆战，只不过在吃酸奶罢了。"你这话什么意思，埃文？"她问。

"我们曾经不是很幸福吗？"他说道，几乎在央求她，"你干吗要破坏它？那男人是谁？"这会儿他的语气带点敌意。

"你说谁来着？"她问。她有一种不祥的感觉。埃文不可能进入她的梦境啊。

康斯坦丝，她告诉自己，你失控了。他为何就不能进入你的梦境呢？他就在你脑海里啊！

"你明白的。"埃文说。他的声音从她背后传来："那个男人！"

"我不觉得你有权利这样问。"她说，转过身子。身后没人。

"为什么没有呢？"埃文说，声音更轻了，"别紧张！"难道他要消失了？

"埃文，你和别人好过吧？"她问。他要是真想探个究竟，那就放马过来吧。

"别转移话题，"他说，"我们曾经不是很幸福吗？"此时那声音里带点尖厉，有种机械的味道。

"你才一直在把话题转开呢，"她说，"请实话实说！你也没什么好失去的，你都死了。"

她不该这么说的。她把一切都弄砸了，她应该打消他的顾虑的。她不该用那个词，可因为太生气，话就脱口而出了。"我不是那个意思！"她说，"埃文，我很抱歉，你并不是真的……"

来不及了。有一个微弱的、几乎难以听清的破裂声，就像一股气流，而后一阵寂静：埃文走了。

她等着：一切都消失了。"别气啦！"她说，"你别再生气啦！"她只是一时有点恼怒。

她出门去购买食材。一条人行道上，细致周到的人已经撒了沙子。神奇的是，街角的商店居然开着：他们有发电机。那里还有其他人在，都包裹得严严实实，他们家里也都断了电。那个染发刺青的女人把炖锅插了电，煮着汤。她正在卖烧鸡，并把烧鸡切成了块，这样数量就足够多。"拿着，亲爱的，"她对康斯坦丝说，"我刚才还为您担心来着！"

"谢谢。"康斯坦丝说。

她感到暖和起来，嚼着鸡块，喝着汤，听别人讲关于冰风暴的故事。那些九死一生的经历、恐惧、灵机一动等。人们交流着，都说自己太幸运了，还相互询问是否需要帮助。这里充满了互助和友善，可是康斯坦丝不能久留。她得回家，因为埃文一定在等着她。

到家后，她慢慢地从一间冰冷的屋子走到另一间，就像对着受惊吓的猫柔声细语地喊着："埃文，回来吧！我爱你！"她自己的声音在脑海回响。最后她爬上楼梯来到阁楼，打开了放着樟脑丸的箱子。里面只有衣物，都平整地放着，毫无生气。埃文无论如何都不会在这里面。

她一直很担心就这么把问题（即出轨一事）摊开了。她又不傻，心里明白他当时变心了，只是不知道对方是谁：从他身上她闻得出来。可是她很怕埃文会像加文那样离开自己。这她可受不了。

现在他已经离开她了。他走得很安静。他走了。

可是尽管他离开了这个家，他也无法从宇宙中消失，不可能完全消失。她不接受这事。他一定在某个地方。

她得全神贯注。

她走进书房，坐在埃文的椅子上，盯着自己空空如也的电脑屏幕。埃文肯定很想拯救阿尔芬地，他不想让它被电波冲击给毁掉了。这也是他命令她关掉电脑的原因。可是他这么做的个人原因是什么呢？阿尔芬地又不是他的领土，他私下里很讨厌它的名声，觉得它很蠢，觉得自己被它肤浅的智力给羞辱了。他纵容她沉迷于此，可同时又对此感到憎恨。他被排斥在外，无法涉足她的隐秘世界，那里有无形的障碍阻拦着他。自打有过接触后，这些障碍始终将他挡在外面。他从未能进入。

又或者他可以进来？也许他可以吧。也许阿尔芬地的法则不再有效，也许那施了魔法的灰烬起了作用，古老的符咒被破解。这也是为何昨晚加文能突破瓶盖子跳出来，出现在康斯坦丝家里。如果加文能走出阿尔芬地，那没有理由埃文走不进来啊，或者说是被吸引过来，只要有禁忌的诱惑在。

他肯定去那里了。他走进了带塔楼的石墙的入口，现在就在里面。他沿着昏暗、蜿蜒的路一直走，走过月光下的那座桥，进入寂静、危险的树林。他很快就会来到幽暗的交叉路口，然后他又会走哪条路呢？他也不知道啊，他会迷路的。

他已经迷路了。他是阿尔芬地的不速之客，不知其中危险。他不懂那里的语言，又没带武器，也没有援助。

或者说除她之外，他孤立无援。"等着我，埃文，"她说，"就在那儿等着！"她得进去找到他。

2

幽灵

Revenant

雷诺兹匆匆走进客厅，抱着两只枕头。不知多少年前，这两只枕头就被雷伊[1]环抱着，胖鼓鼓的，像两只干满膨胀的乳房，柔软又坚实，加文准会觉得那是真实的乳房，同样柔软而坚实，隐藏在内衣下面。例如，他很可能会用一个巧妙的隐喻把两袋羽毛和两只有了性发育的鸡联系起来；又或许，因为其中的弹性，回弹力，柔韧性，而将它们比作两张蹦床。

不过，这会儿，这两只枕头除了让人想起乳房，还让人想起《理查三世》这部过分前卫的制作，那是去年夏天他们在公园里看的一部戏。当时是雷诺兹提议去看的，她说这有助于加文跳出窠臼，来到户外，袒露在新的理念中，而加文说他宁愿到户外袒露自己，雷伊开玩笑地拿手肘推他，说道："坏

---

1 雷诺兹的昵称。——编者注

加文！"这是她卖弄风情的一种手段，假装加文是只没用的宠物。也不算太离谱，他悻悻地想：自己还不至于在地毯上拉屎，破坏家具，哭闹着要吃东西，但也差不多了。

在前往公园的"远征"中，雷诺兹背着背包，里面放着一块可以铺开坐的塑料布，两条车用毯子，以免加文感到寒冷，外加两个保温杯，一杯装着热可可，另一杯装着伏特加马丁尼酒。她的计划明明白白：假如加文不停抱怨，那就灌他酒喝，再用毯子盖着他，希望他就此睡去，这样她就能沉浸在不朽的莎翁世界中。

带上塑料布真是个好主意，因为下午下雨了，草地很潮湿。加文内心悄悄地盼着雨势更大些，这样他就能回家了。他拿车用毯子裹住身子，抱怨说自己膝盖疼，还说很饿。雷诺兹早就预料到他会有这两种不满状态，便取出含有"消炎成分"（这是加文最喜欢的毫无意义的词之一）的A555软膏，还有三文鱼沙拉三明治。"我看不懂那该死的节目单。"加文说道，倒不是说他真想读它。雷伊把手电筒递给他，还有一个放大镜。她几乎准备得万无一失。

"真令人激动！"她用最开朗明快的语调说，"你会很享受的！"加文露出几分懊悔：她有着如此感人的信念，坚信他拥有享受生活的天赋。假如他努把力，他也能做到，可问题在于，他太消极了。对此他们不止讨论过一次。他说自己的困惑就是觉得这世界烂透了，问她干吗还拼命想拯救世界，还执念于此？她回答说烂透了是鼻子嗅觉上的问题，或是康德唯心主义的感受，她提到这个倒不是说她自己有多懂康德唯心主义，再说了，他不是也拿佛教禅修说事儿吗？

还有普拉提课程，雷伊强烈建议他练普拉提，早早就请了一位女普拉提教练，那人愿意一反常规给他进行私人指导，是因为她尊重他的工作。这个主意令人十分不安：让某个雌性激素满满、只有他四分之一年纪的小女孩一边摆弄他瘦骨嶙峋的四肢，一边把他早期诗歌中那个风度翩翩、充满性魅力和警句妙言的主角与现在这个萎缩成一团、骨瘦如柴的他进行对比。看这张图，再看看这个。雷诺兹为何如此热衷于让他经受普拉提的折磨，拉扯他，直到他像一根老旧的皮筋般被拉断呢？她想知道他在受苦。她想羞辱他，同时又觉得这样做是出于善意。

"别再把我推销给这些粉丝了，"他对她说，"干吗不把我捆绑在椅子上，卖票展览呢？"

公园里活泼热闹。孩子们在操场上掷飞盘，婴儿们叫喊着，狗狗也吠了起来。加文仔细研究着节目单，照例又是些装腔作势的废话。戏很晚才开演：据说是灯光系统出了点故障。蚊子聚拢过来，加文用力拍打着；雷诺兹拿出防蚊喷雾器。一个穿着深红色弹力紧身衣、长着一对猪耳朵的傻子吹起喇叭，让大家安静下来，此后传来一个小小的爆破声，一个戴着轮状皱领的人朝着小食亭子飞奔——他要找什么？他们忘了什么吗？——戏开演了。

序幕放映了一个电影片段，理查三世的骨骸在停车场底下被挖掘出来，这是一个发生过的真实事件，加文在电视新闻里见过。确实是理查三世，有完整的DNA证据及多处头骨损伤。序幕被投影在一块像床单的白色幕布上，也许那就是一条床单，既然艺术预算就那么点儿，加文压低声[1]对着雷诺兹评论道。雷诺兹用胳膊肘碰碰他。"轻点声。"她低语。

配音从噼啪作响的扬声器里出来，那是对伊丽莎白时期的五步抑扬格的拙劣模仿，他们听明白了，整部戏会揭示理查遭受重创的脑子的尸检结果。这时出现了头骨上一个眼窝的特写镜头，接着穿过眼窝进入了颅骨内部。一片漆黑。

幕布唰地一下被拉开，强光灯下站着理查，一副要跳跃的样子，准备冲上前来大声谩骂。他背上有一个突兀的隆起，上面装饰着小丑的红黄条纹，就像潘趣先生[2]，演出说明上解释过，他本人就是个丑角；因为导演认为莎士比亚的理查就是模仿即兴喜剧[3]的，当时英国盛行这种剧团演出。那个巨大的驼背是故意渲染的：该剧的内在核心（"正好与外在核心相反。"加文自言自语地揶揄道）就是道具。它们就是理查无意识的象征，这就解释了为何它们被放大。导演的想法一定是，如果观众们盯着特大号的王座、驼背之类的东西看，心想他妈的这些

---

1 原文为意大利语：sotto voce。
2 英国木偶剧《潘趣与朱迪》（*Punch and Judy*）中的小丑型的人物。
3 原文为意大利语：commedia dell'arte。——编者注

东西在戏里到底干吗用，那他们就不会对听不清台词而耿耿于怀了。

因此，除了他那巨大、杂色、有转喻意义的驼背，理查还穿了一件高贵的长袍，后面拖着16英尺长的裙摆，裙摆被两个侍从抬着，他们头戴特大号野猪头，因为理查的盾徽上就有一头野猪。克莱伦斯要淹死在一个巨大的马姆齐甜酒桶里，台上还有两把和演员一般高的剑。至于王子们闷死在伦敦塔里的一幕，则采用默剧表演，就像《哈姆雷特》里的戏中戏，两只巨大的枕头被担架抬着，就像尸体或烤乳猪，枕套的杂色还与理查的驼背相配，以免观众抓不住重点。

真要被驼背搞死了，加文一边心想，一边看着雷诺兹抱着枕头走过来。造化弄人。雷诺兹就是第一杀手。不过从各个方面想，这还真合适；加文确实从各个方面想过了。他有时间。

"你醒了？"雷诺兹噼啪地走过地板，轻快地问道。她穿着黑色套头衫，系着一根银色和松绿色相间的腰带，下身是一条紧身牛仔裤。她的大腿外侧有点臃肿，否则就能显出速滑选手坚实的肌肉线条。他要指出这些臃肿的肉袋吗？不，最好等以后时机恰当了再说。也许不是臃肿，就是肌肉隆起。她经常锻炼的。

"就是之前没醒，这会儿也清醒了，"加文说，"你听起来就像枕木铁路。"他讨厌那双木屐，之前也对她说过。它们和她的腿不搭，可是她和以前一样并不在乎他怎么看自己的腿。她说木屐很舒服，并觉得舒服比时尚更重要。加文试图引用叶芝的诗句来表明女性必须努力让自己美丽，可是雷诺兹（她以前超迷恋叶芝的）现在认为，叶芝有权表达自己的观点，不过那是当时，社会观念也不尽相同，而且事实上叶芝已经离世了。

雷诺兹把枕头塞在加文身后，一只放在头后面，另一只放在腰下。枕头这样放，她声称，会让他显得高大些，因此更有型。她把车用格纹毯抚平，盖住他的双腿双脚，她执拗地管它叫午睡毯。"哦，暴躁先生！"她说，"您的笑容哪儿去了？"

她喜欢根据自己对他当日、当时情绪的分析给他改名字：在她看来，他很情绪化。每种情绪都被她拟人化，并加以尊称，于是他成了暴躁先生、瞌睡先生、反讽博士、讥讽爵士等，有时候，她会尖酸刻薄，或颇感怀旧，就称他浪漫先生。不久前她管他的"小弟弟"叫扭扭先生，可现在不叫了，也不再尝试用药膏，草莓酱口味、爽口姜汁柠檬味、薄荷牙膏味的润滑剂来复苏他那荡然无存的性欲。还有一次是用吹风机，这冒险他可不愿再想起。"三点四十五，"她继续道，"让我们准备迎接伙伴吧！"接着就会上来一把梳子，他一直设法留住一样东西，就是头发，接着又来了一把绒毛刷。他像狗一样，毛发随着梳子落下了。

"这回是谁？"加文问。

　　"一个很不错的女人，"雷诺兹说，"很好的姑娘，是位研究生。她在写关于你作品的论文。"她自己就曾经写过关于他作品的论文。当时，这对他充满了吸引力，能有这样一位魅力十足的年轻姑娘对他每个形容词都予以聚精会神的关注。

　　加文呻吟着。"关于我该死的作品的论文，"他说，"老天开开眼吧！"

　　"听着，亵渎先生，"雷诺兹说，"不要这样刻薄。"

　　"这位渊博的学者他妈的在佛罗里达干什么？"加文说，"她肯定脑子坏了。"

　　"佛罗里达可不是你口中的乡巴佬小镇，"雷诺兹说，"时代不同了，现在这里有很好的大学，有很棒的图书节！数以千计的人都会来！"

　　"真他妈的精彩，我好感动。"加文说。

　　"总之，"雷诺兹说着，没有理会他，"她不是佛罗里达人，她是从爱荷华飞来的，就是为了采访你！到处都有人研究你的作品，你也知道的。"

　　"爱荷华，真见鬼。"加文说。研究你的作品。有时候她说话就像五岁小孩。

　　雷诺兹开始用绒毛刷。她对着他的肩膀刷，接着又在他的裆部顽皮地刷着。"让我们瞧瞧扭扭先生有没有绒毛！"她说。

　　"把你淫荡的爪子从我的私处拿开。"加文说。他很想说扭扭先生当然有绒毛，反正上面有灰，或是污垢。她有什么好期盼的，她难道不清楚，扭扭先生已经退出江湖有一阵子了。可是他忍住没说。

不磨砺就要生锈，不使用就不会发光，他心想。丁尼生的诗句。尤利西斯开始了最后一次航行，他是幸运的，至少他溺水时是穿着靴子的。倒不是说希腊人穿靴子。那是加文上学时最初背诵的一首诗。他记性非常好。虽然他羞于承认，不过他因此走入了诗歌：丁尼生，这个过气的维多利亚话痨，还刻画老人，事事都有个循环，在他看来，这真是个糟糕的规律。

"扭扭先生喜欢我淫荡的爪子。"雷诺兹说。她用现在时来表述，还真大胆。这曾经是他们之间的游戏，雷诺兹扮演勾引者、女性施虐狂、女妖精，而他则是乖乖就范的受害者。她似乎很享受这样的情境，他便配合她。现在不再有游戏了。所有的老游戏都没用了。要是尝试重新玩，两人只会觉得伤心。

这可不是她嫁给他时想要的结果。那时她很可能遐想过一种迷人的生活，充满各种魅力十足、创意满满的朋友，还有令人兴奋、睿智的谈话。这确实发生过，那是他们的新婚期。还有，他一直活跃的荷尔蒙会陡然爆发，那是爆竹在嘶嘶熄灭前最后的爆炸。可是现在她身陷爆炸后的灰烬，在他更觉得豁达时，他为她感到难过。

她肯定会在别处寻求安慰。换作他，他会这么做的。她出去上室内蹬车课程或和她所谓的女友们前往所谓的舞蹈晚会时，究竟在做什么？他能想象的，也确实这么做了。这种想象曾经让他不快，可是现在他预想着雷诺兹可能出轨，不仅是可能，几乎是肯定，带着无动于衷的超脱。她当然有一定的资格这么做：她比他年轻30岁。他很可能戴了不少绿帽子，正如诗人所言，比一百只脑袋的蜗牛都多。

和年轻女人结婚确实不错。他接连娶了三个年轻的，娶了自己的研究生，娶了个蛮横、自封是他生命和时间的监护人的妻子，反正结婚就是不错。

但至少雷诺兹不会离开他，对此他很肯定。她会好好扮演寡妇角色，不会轻易浪费的。她如此具有竞争力，会坚持下去，确保前面两位妻子无法占有他任何一部分，无论是真正意义上的还是别的方面。她想要控制他的叙述，想要帮他写传记，如果真要写的话。她还想撇开他的两个孩子，他们分别是两个前妻所生，也不再是孩子了，因为其中一个肯定有51岁，或是52岁。打他们是婴儿起，他就没怎么关注过他们。他们和他们那些淡色的、被尿液泡过的用品占用了他那么多空间，夺走了本该属于他的关注，不等他们长到3岁，他就撤离了。因此，他们不怎么爱他，他也不责怪他们，他就很讨厌自己的父亲。不过葬礼之后肯定会有一些争执：他心知肚明，故意不把遗嘱确定下来。他要是能飘浮在半空中观看这一切该多好！

雷诺兹用绒毛刷最后抚了抚他，解开了他衬衫的第二颗扣子，把领子拉好。

"看，"她说，"这样好多了。"

"那姑娘是谁？"他问，"那个对我所谓的作品很有兴趣的姑娘，她的屁股可爱吗？"

"打住，"雷诺兹说，"你们这一代人尽沉迷在性爱中。米勒、厄普代克、罗斯，所有这些家伙。"

"他们比我老。"加文说。

"没老多少，整天性、性、性的，没完没了！拉链都拉不上！"

"你这话什么意思？"加文冷静地问道，他很有兴致，"难道不好吗，性？你怎么突然有点拘谨了呢？其他还有什么能让我们沉迷呢？购物吗？"

"我的意思是，"雷诺兹说，她得停顿一下，再想想，重新调整内心的思绪，"好吧，购物确实无法代替性，这我承认。不过可以更好。"

这就伤人了，加文心想。"什么更好？"他问。

"别装傻了，你懂的。我的意思是，不要总是屁股屁股的，那女人名叫纳维娜，她应该受到尊重，她已经发表了两篇关于'河船'岁月的论文，而且她很聪明，我觉得她有印第安血统。"

有印第安血统。她哪里得来的这些古旧辞令？每次她想要显得颇有文学修养时，说起话来就像奥斯卡·王尔德戏里的滑稽女士。"纳维娜，"他说，"听起来就像奶酪片，或者好听点，就像脱毛膏。"

"你别总是贬低人家。"雷诺兹说，她以前一直很纵容他贬低他人，或至少是针对某些人；她以为这意味着他比别人智商高，更见多识广。现在她只感觉恶心，或者认为这是缺乏维生素的症状。"这就是你不由自主的反应！贬低别人并不会让你更加高大，你知道的。纳维娜偏偏是个严肃的文学学者，她有硕士学位的。"

"还有个可爱的屁股，否则我就不理她，"加文说，"每个傻子都有硕士学位，多得就像爆米花。"每当雷诺兹说起某个新的文学爱好者、某个有抱负的新人、学术盐矿里的某个新苦力时，他就这么撑她，因为他就是不想让她舒坦。

"爆米花？"雷诺兹说。加文顿时支吾起来，他这么说是什么意思？他吸了口气。"细弱微小的颗粒，"他说，"放在学术炉灶里过度加热，热空气膨胀开来。噗啪！一个硕士学位。"不错，他心想。也很真实。大学想要赚现金，便引诱孩子们进来，然后把他们膨化了，什么工作都干不了。还不如有一张管道方面的证书。

雷伊笑了，有点酸酸的——她自己就有一个硕士学位。接着她皱起眉头。"你应该心怀感恩。"她说。责备接踵而来，外加用卷起的报纸击打。坏加文！"至少有人还对你感兴趣！还是年轻人！别的诗人求之不得呢。20世纪60年代的东西现在可火了，你多开心啊，你都不能抱怨自己被忽略了。"

"我什么时候这么做来着？"他说，"我从不抱怨的！"

"你整天抱怨，事事不顺眼。"雷诺兹说。她快要受不了了。他应该打住了。可是他偏不。

"我真该娶康斯坦丝的。"他说。这是他的王牌：啪！直接甩在桌子上。这几个字通常很奏效：他会招致一连串的敌意，甚至会有泪水。最狠的是摔门而去。要不就是把东西扔来扔去。她曾经对着他砸来一只烟灰缸。

雷诺兹微笑着。"呵，你并没娶康斯坦丝，"她说，"你娶了我，就别抱怨了。"

加文的心猛抽了一下。她爱显出无动于衷的样子。"唉，悔不当初啊。"他一边说，一边露出夸张的渴望表情。

"假牙还真不耽误你。"雷诺兹干脆地说道，被他逼急了，她豁得出去。这种尖酸刻薄令他佩服，尽管冲他而来时他会很不情愿。"现在我要去泡茶了，如果纳维娜来了你不好好表现，那就不许吃饼干。"拿饼干说事儿是开玩笑，她是想活跃气氛，在他看来却有点恐怖，自己居然被不许吃饼干这样的威胁击中要害。不许吃饼干！一波忧伤漫过他的身体，他还流口水了。老天，真到了这种地步吗？要坐起来讨东西吃了？

雷诺兹大步朝厨房走去，留下加文独自在沙发上盯着风景看，也不过如此。蓝天，落地窗。窗户对着有栅栏的围墙，中间有一棵棕榈树，还有一株紫薇，或是鸡蛋花？他也不清楚，这房子只是他们租的。

这里还有一个他从没用过的泳池，尽管水是温暖的。清晨他醒来前，雷诺兹有时会跳进泳池，也许她只是说说而已：她喜欢炫耀这些表示她身体灵活的事情。那株鸡蛋花之类的树上会有叶子落到泳池里，棕榈树那针叉般的叶子也会落下，它们漂浮在水面，慢悠悠地打转，在循环泵的作用下形成漩涡。有个姑娘每周会过来三次，用一个长柄的网撇去树叶。她名叫玛丽亚，是个中学生，房租里包含了她的服务。她用钥匙从花园的门那里进来，穿着橡胶底的鞋子，悄无声息地走在铺砖的光滑天井。她一头黑色长直发，腰肢曼妙，很可能是墨西哥人。加文并不肯定，因为他从没对她说过话。她总是穿短裤，是淡蓝色或深蓝色牛仔布的，撇树叶时她穿着牛仔短裤，弯下身子。在他能看到她的脸时，发现她毫无表情，虽然有点凝重。

哦，玛丽亚，他对自己叹息着。你遇到什么难处了吗？若是没有，很快也会有的。你有那么标致的屁股，如果能摇来摆去的就更棒了。

她是否知道他透过落地窗在看她？很可能知道。她会觉得他是个色眯眯的老头儿吗？很可能会的。可他并非真的如此。如何能传达他这种混杂着渴望、向往，以及默默的遗憾的情绪呢？让他遗憾的是自己并非是个色眯眯的老头儿，他倒是希望自己是。他希望自己依然能好色。要如何形容冰激凌的可口，而你又不再能品尝它？

他正在写一首诗，开头就是："玛丽亚撇去枯萎的落叶"。尽管确切说来那树叶早已死去。

　　门铃响了，雷诺兹啪嗒啪嗒走进客厅。门口传来女人寒暄的声音，哦哦啊啊，请进，鸽子般咕咕哝哝的，女人们现在都这么说话。她们相互问候着，发出啊哦噢的声音，就像闺密，尽管之前从未见过。她们用电子邮件沟通，加文对此嗤之以鼻。不过，他本不该瞧不起的：把他的所有通信联络都交由雷诺兹来负责，这就是个错误，因为这样她就有了进入王国的钥匙，她现在成了加文王国的守门人。不经她的许可，谁都别想进去。

　　"他刚刚在午睡，"雷诺兹说，带着那种略微嘲弄的尊敬语气，她很自然地要把他展现给第三方，"你要先看看他的书房吗？他进行创作的地方？"

　　"哦，好的呀，好的，"传来了纳维娜的声音，她准是在表达喜悦，"假如可以的话。"两双穿鞋的脚啪嗒啪嗒地走过走廊。

　　"他没法在电脑上写作，"雷诺兹说，"他一定要用铅笔写，他说这是手眼交融的事情。"

　　"太酷了。"纳维娜说。

　　加文对书房怀着一种怨恨难解的恶意。他憎恶那书房，尽管那只是个临时的书房，可他还特别憎恶自己真正的书房，在不列颠哥伦比亚省的那个。那是雷诺兹为他设计的，她还把他那首被选编次数最多的诗中的几句用白涂料印刻在赭红色的墙壁上，这样他端坐时就得被自己腐朽的辉煌丰碑包围，四周的空气充满了他曾经崇拜的星辰般的诗歌杰作的碎片和残渣：那精致骨灰盒般的碎片，他人智慧和见识的破碎回响。

在雷诺兹眼里，他的两间书房仿佛是神殿，而他就是它们不朽的象征。她削尖了他所有的铅笔，挡掉了所有的电话，把他关在里面，然后她踮着脚在房间外面四处走动，好像给他上了生命维持系统，结果他却一个字都写不出来。他无法将稻草纺成金子，在那陵墓般的书房里他做不到。侏儒怪，那个邪恶的侏儒最有可能是他那些日子里缪斯[1]的样子，迟缓的侏儒怪从不现身。接着是午餐时间，雷诺兹会在桌子对面满怀希望地盯着他，并说："有新点子了吗？"她为自己能保护他的隐私，促进他和自己的诗意灵感进行交流，促成她称之为他的"创意时刻"而感到无比自豪。他都没有勇气告诉她，自己早已枯竭了。

他需要走出去，离开这里，至少是走出书房；那两个书房，里面充满了经过防腐处理的书页的干燥气味。20世纪60年代时，他和康斯坦丝曾经住在那个狭小、蒸腾着浴室热气的房间里，就像被炖熟的梅子。当时他们很穷，他当然没有什么装腔作势的书房，他在哪里都能写，无论是酒吧、快餐店、咖啡店，文字在他身体里流淌，从铅笔或圆珠笔端流出来，直接落到手边任何的平面上，诸如信封、纸巾等。说起来很俗套，他承认，可全都千真万确。

---

1 缪斯：希腊神话中主司艺术与科学的九位古老文艺女神的总称。——编者注

怎么才能回到那里？如何能失而复得呢？

啪嗒啪嗒，声音朝他的方向来了。"就这里了。"雷诺兹说。

纳维娜被引进起居室。她是个美丽玲珑的姑娘，简直就是个孩子。害羞乌黑的大眼睛，耳环是八爪鱼或章鱼形状的。你耳朵上挂着海鲜呢，要是在酒吧想钓走这个姑娘，他会这么开场，可现在他已经放弃这种事了。"哦，请别站起来。"她说，可是加文做出要费劲站起身和她握手的样子。他握住了那只手，故意地，握得有点久。

于是雷诺兹非得再调整一下枕头，扮演起她那得力看护的角色。假如加文一把抓住那黑色套头衫里直冲着他的奶头，一下子把雷诺兹乌龟似的翻过来仰躺着，那会怎样？一个洋溢着快乐、欣欣向荣的求爱者。尖叫、责备，就在一个兴致勃勃的观众面前，保鲜膜被撕开，他们那碗婚姻的残羹剩渣露了出来。这样的喧嚣会让他逃脱这外行的访谈吗？

不过他并不想逃脱，目前还不想。有时候他也很享受这些煎熬。他会享受地述说自己记不得写过这种文字杂烩，不管它们是什么。他也乐于将这些多愁善感的孩子们当珍宝一样拿出来秀的诗歌进行一顿批判。废话、胡说、垃圾！他还爱讲自己昔日的诗人好友和对手们的逸事。他们大多数都故世了，也不会受到什么伤害了。倒不是说他怕伤人而不讲那些事。

雷伊把纳维娜安插在安乐椅上，这样她就能正面对着他。"见到您真是荣幸，"她说，非常谦恭有礼，"真的奇怪，可我就是觉得似乎自己，就像……仿佛真的和您是相熟的，我想这是因为我一直研究您的作品，以及一切吧。"她也许有印第安血统，不过口音是纯中西部的。

"那你就占上风了。"加文说道，像流氓一样斜睨着看人。

"什么？"纳维娜说。

"他的意思是，虽然你很了解他，他却对你一无所知。"雷诺兹说道，照常插着话。她扮演着他的翻译官。好像他是圣人，正滔滔不绝地说出只有女祭司才能破译的话。"那你为何不对他说说你目前的研究？比如说他作品的哪一部分？我去给大家沏茶。"

"我洗耳恭听。"加文说着，依然斜睨着。

"可别咬她。"雷诺兹说着，离开时拉了拉自己的紧身牛仔。这是句很妙的退场台词：咬人的可能性……咬人如同"双刃剑"，方位和意图都很含混，宛若芬芳气韵飘浮在空气中。他从哪里开始呢，如果让他咬她的话？轻柔地咬一下她的后脖颈吗？

没用的。即便这么遐想他也兴奋不起来。他忍住没打哈欠。

纳维娜摆弄着一个小玩意儿，然后把它放在他面前的咖啡桌上。她穿着一条迷你裙，下面露出了印着图案的长筒袜，就像黑色织染的花边窗帘；她还穿缀着金属钉的高跟靴子，令人瘆得慌。加文看着那靴子就觉得自己的脚疼。她的几个脚趾肯定被挤成了楔形，就像棕褐色照片里的缠小脚。那些畸形的脚会引发性兴奋，加文好像读到过。男人们会把他们的扭扭先生滑进那些弯曲的、发育不良的脚趾形成的潮湿孔洞里。他没能亲眼见识一下。

她的头发挽成一个发髻，就像芭蕾舞演员。发髻是很性感的。把它们拆开曾经是一种乐趣，就像打开一份礼物。把头发挽成发髻的脑袋都很优雅和紧致，很有少女的气息。然后解开头发，散开来，松开的头发蓬松浓密，从双肩倾泻而下，盖住胸部，落在枕头上。他在心里默数：那些我知道的发髻。

康斯坦丝没有发髻，她也不需要。她自己多少就是个发髻：优雅而紧致，而松弛时又如此狂野。她是他第一个同居的女人，是他的夏娃。谁都难以替代。他一直记得自己在他们狭小、逼仄、有着电炉和电茶壶的伊甸园里等她，等得无比焦灼。她那柔软而肉感的身体会从门口进来，顶着个淡漠、矛盾的脑袋，她的脸如月牙般白皙，那轻盈光泽的头发光线般萦绕着脸蛋，他会将她拥入怀中，把牙齿埋进她的脖子。

不是埋进，并非真的这样，可是他喜欢这样做。一方面是因为那时他总觉得饥饿，而她闻起来就是"鼻烟"餐厅的炸鸡味道。另一方面是因为她也爱慕他，会像热蜂蜜一样融化了。她真是柔软。和她在一起他什么都能做，可以随心所欲地指使她，而她也会说好的。不光是好的，而是哦，好的！

那以后他还这么被爱慕过吗，纯粹的爱慕，别无用心的那种？因为他那时并不出名，甚至毫无诗人所享有的圈内不温不火的名气。他还没得过什么奖，任何奖都没有。他也没有出版过任何薄薄的、有价值的、令人羡慕的诗集。他有的是无名者的自由自在，未来像一片空白在他面前展开，上面可以书写任何东西。她爱慕的只是他本人，他的内在核心。

"我可以把你整个都吞了。"他想这么对她说。嗯，嗯，呃，呃。哦，好的！

"什么？"纳维娜问道。

他猛地切回到当下。他刚才发出声音了吗？喷喷声，咕哝声什么的？要是发出了，又怎样呢？他总得有自己的声音，想怎么发就怎么发呗。

可是温柔的你啊，美丽的纳维娜，小仙女，我的双关语都记在了你的词汇表中。还得有一些更实际的评论。

"这双靴子穿着舒服吗？"他和蔼地问。最好慢慢来，让她谈点自己熟悉的东西，比如靴子什么的，因为她很快就会陷入困境。

"什么？"纳维娜问道，很惊讶，"靴子吗？"她脸红了？

"夹脚趾吗？"他问，"看上去很时髦的，可你怎么走路呢？"他很想让她站起身，在房间里踱步。高跟鞋的功能之一就是让女人的盆骨前倾，这样她的臀部曲线就能往后翘，乳房向前凸，由此显现出美丽的"S"形曲线。不过他不会真叫她那样做的。毕竟她完全是个陌生人。

"哦，"纳维娜说，"它们啊，是的，穿着很舒服，虽然道路结冰时我也许不会穿。"

"这会儿路上没结冰。"加文说。看来不太聪明，这小仙女。

"哦，是啊，这里是没有，"她说，"我的意思是，这里是佛罗里达，对吧？我是说在我家那里。"她紧张地咯咯笑着，"结冰。"

加文看着电视里的气象预报，颇有兴趣地注意到极地涡流席卷了北部、东部，还有中部。他见过暴风雪的画面，那些冰风暴，汽车被掀翻，树木被折断。康斯坦丝现在肯定在那里，在风暴中心。他想象着她向他伸出双臂，身上除了白雪，赤裸着，周身散发着超凡脱俗的光。他的月光女神。他都忘了他们是如何分手的。是一件琐事引起的。原本什么事都不会让她在意的。他和别的女人上了床。她叫梅勒妮、梅根，还是玛乔丽？其实也不是什么大不了的事，那女人几乎是投怀送抱的。他也努力向康斯坦丝解释来着，可她压根儿不理解他的困境。

他们俩为何就不能永远地一直这样好下去呢？他自己和康斯坦丝，太阳和月亮，都各自发着光，虽然方式不一样。可现在他落到这般田地，被她甩了，抛弃了。从时间上，他难以为继；从空间上，他无从滋养。

"佛罗里达，是吗？你怎么想的？"他很突兀地问道。这个纳维娜在瞎掰扯什么呢？

"这里根本不会结冰。"她轻声道。

"没错，当然了，可是你很快就回去了。"他说。他得让她明白自己没有跑题，并非毫无头绪。"回去——哪里？印第安纳？爱达荷？爱荷华？那里到处都结冰！如果你摔倒了，别伸出手，"他说，带着长辈的教诲口吻，"你要肩膀着地，这样就不会手腕骨折了。"

"哦，"纳维娜又说，"谢谢您。"一阵尴尬的沉默。"现在可以谈谈您吗？"她问，"而且，您知道，您的，呃，您的作品，关于您早期作品创作。我带了卡带录音机，我可以录音吗？我还带了视频片段，也许可以放一下，您可以谈谈这个，关于其中的人物，还有背景，如果您不介意的话。"

"尽管问吧。"他说，往后靠了靠。雷诺兹又到哪里去了？他的茶呢？还有饼干，这是他应得的。

"好的，那，我现在研究的是，嗯，关于'河船'岁月。那是20世纪60年代中期，当时您创作了《致我淑女的十四行诗》系列。"她这会儿支起了其他的科技小玩意儿，一种平板。雷诺兹刚买了个绿色的。纳维娜的是红色的，还带了一根精妙的三角支架。

加文把一只手放在眼睛前面，假装很尴尬。"别提了，"他说，"《致我淑女的十四行诗》，那是我的学徒作品。很松散，很业余，没什么价值。那时我才26岁。我们能否谈一些更实质的作品？"其实，这些十四行诗很值得关注，首先是因为它们只是名义上的十四行诗，他那时有多大胆！其次是因为它们开拓了新的领域，拓展了语言的疆界。至少作品封底就是这样评价的。总之，那本书为他赢得了第一个奖项。他假装很不在意，甚至带着轻蔑态度，奖项除了对艺术施加更高程度的控制，其他还有什么呢？不过他还是把支票兑现了。

"济慈26岁就去世了，"纳维娜很认真地说，"看看他多有成就啊！"一个反驳，很有力的反驳！她怎么敢？她出生时他都已经中年了！他都能当她父亲！都能对她进行猥亵！

"拜伦称济慈的东西是'尿床约翰尼之诗'。"他说。

"我知道，是吧？"纳维娜说，"我猜想他是嫉妒。反正，这些十四行诗很棒！'我淑女的嘴贴着我'……多简洁，多美好，多直接。"她似乎没有意识到这里说的其实是口交。这与"我淑女的嘴贴着我的"大相径庭：那时候，如此语境下的"我"就是暗指"那玩意儿"。雷诺兹第一次读到有关嘴的这一诗句时，大声笑着：在他本人那朵溃烂的百合里可没有如此纯洁的念头。

"看来你在研究'淑女'十四行诗啊，"他说，"如果有任何需要我诠释的地方，请告诉我。原产正宗，充实你的论文，可以这么说。"

"嗯，我研究的也不完全是它们，"她说，"它们已经有了充分研究。"她低头看着咖啡桌；现在她兴奋得满脸红晕。

"其实，我正在写关于C. W. 斯塔尔的论文，你知道的，是康斯坦丝·斯塔尔，虽然我明白斯塔尔并非她的真名，关于她的《阿尔芬地》系列，哦，对了，你当时了解她的，在河船，以及所有的一切。"

加文感觉浑身像有冰冷的水银流过血管。谁让这小东西进来的？这个羞辱者、破坏者！雷诺兹，就是她！难道背信弃义的雷诺兹知晓这个女妖的真正意图？如果是的话，看他不拔出她的臼齿来。

可是他陷入了绝境，他不能假装郑重其事，自己竟然成了主体的陪衬，而主体是康斯坦丝。康斯坦丝这个绒毛球，她那些愚蠢的侏儒故事。康斯坦丝这个轻飘飘的东西，这个笨蛋。表示愠怒会暴露他气量太小，不啻对原本的屈辱雪上加霜。

"哦，没错。"他放纵地笑着，仿佛想起了什么好笑的事情，"所有的一切都没错！太多的所有，太多的一切！从早到晚尽是所有和一切！但我当时还有足够的耐心。"

"什么？"纳维娜问，两眼放光：她此番过来想要的干货来了，可是她不会全拿到的。

"孩子啊，"加文说，"康斯坦丝和我那时住在一起，我们是同居。当时宝瓶座时代[1]即将来临。尽管那个时代并未真正到来，我们还是忙得不可开交。我们整天讨论要脱去而不是

---

1 宝瓶座时代（The Age of Aquarius）：占星术术语。占星家们认为宝瓶座时代大概开始于公元2600年，但在流行文化中，它特指20世纪60年代和70年代的新时代运动。

穿上衣服。她那时很……了不起。"他允许自己露出怀旧的微笑。"不过你可别告诉我说你正在对康斯坦丝进行严肃的学术研究！她写的东西根本不……"

"哦，是的，事实上我就在认真研究，"纳维娜说，"深入研究象征主义与新表象主义在世界缔造过程中的功能，尤其是奇幻作品，比起更加伪装的形式，即所谓的现实主义小说更具有研究潜力和成果。您说是吧？"

雷诺兹进来了，端着茶盘。"茶来了！"她说道，真是踩准了时间点。加文感到血液撞击着两边太阳穴。该死的纳维娜刚刚在说什么？

"有哪种饼干？"他问，把新表象主义搁到一边。

"巧克力薄脆，"雷诺兹说，"纳维娜给你看过视频片段没？很棒的！她用云盘发给我的。"她在他身旁坐下，开始倒茶。

云盘。什么玩意儿？他脑海里只是浮现出室内猫屎箱。不过他不会问的。

"这是第一份，"纳维娜说，"河船，1965年左右。"

这是埋伏，是背叛。然而，加文无从选择，只能观看视频。这就像被拽入了时间隧道：离心力是不可抗拒的。

画面粗糙，是黑白的。没有声音。镜头缓缓扫过房间：是某个业余的浑蛋拍的，难道拍下来做成早期纪录片？那准是桑尼·特里和布朗尼·麦基在台上表演，那人是西尔维亚·泰森吗？画面里都是当时他的诗人朋友们，在一张餐桌旁闲坐着，都留着那个时代的发型，留着柔软、挑衅、乐观的胡子。现在很多人都不在了。

那里还有他本人，身旁是康斯坦丝。他没留胡子，可是嘴边晃悠悠地叼着一根香烟，一只胳膊随意地搂着康斯坦丝。他没有凝视她，而是看着舞台。不过，她注视着他。她总是凝望他。他们很甜蜜的样子，他们俩那么新鲜，充满了活力，还有希望，就像孩子，压根儿没料到命运之风即将把他们吹散。他都要哭了。

"她一定很累了，"雷诺兹说，乐滋滋的，"你瞧她眼睛下面的眼袋，大黑眼圈，她肯定是筋疲力尽了。"

"累？"加文说，他从没想过康斯坦丝会累。

"嗯，我也觉得她可能很累，"纳维娜说，"想想当时她写的一切！史诗般的！她实际上创造了整个阿尔芬地王国，在如此短的时间里！再加上她当时还打工，在炸鸡店。"

"她从没说过累，"加文说，因为两人都盯着他，似乎带着责备的表情，"她有着使不完的劲儿。"

"她写信告诉过你，"纳维娜说，"说她累了。尽管她说她从不会对你厌倦！她说不管你回来有多晚，都要叫醒她。她写下来的！我想她是真的很爱你。真令人感动。"

加文困惑了。她给他写过吗？他记不得了。"她干吗给我写信？"他说，"我们都住在一起。"

"她在这本日记里给你写留言的，"纳维娜说，"而且她就放在桌子上给你看，因为你总是很晚起床，可她得上班，这样你就能读留言了，而且也能这样写留言回复她，在那下面。本子是黑色封面的，和她用来写《阿尔芬地》名录和地图的那本是同一类型。每天都有不同的一页，难道您不记得了？"

"哦，那个。"加文说，他似乎依稀记得。他能想起更多的是那些和康斯坦丝共度良宵后的明媚清晨。第一杯咖啡，第一根香烟，第一首诗的最初几行，似乎都充满了魔力。这些诗大多被保存下来。"是的，模模糊糊记得。你是怎么知道的？"

"就在您的文件中，"纳维娜说，"那本日记，奥斯汀大学保存着的，您卖给他们的。还记得吗？"

"我卖过文件？"加文问，"哪些文件？"他脑子里一片空白，那些记忆中不时出现的空洞，就像蜘蛛网上的裂口。他记不得曾做过这样的事。

"哦，实际上是我卖掉的，"雷诺兹说，"我做的安排。你让我帮你处理的。当时你正在翻译《奥德赛》。"她又对纳维娜道："他当时十分投入，他工作时，如果我不叫他，甚至会忘了吃饭。"

"我知道的，不是吗？"纳维娜说道。她俩心领神会地交换着眼神：天才一定得被人迁就。加文心想，那些话只是善意的托词，换个说法就是老东西就该哄着他。

"我们再看另外一段视频。"雷伊说着,身子往前倾。饶了我吧,加文无声地恳求着,我的处境岌岌可危,这个小公主可把我折磨坏了,我都不知道她在说什么!赶快结束吧!

"我累了。"他说,不过声音似乎不够大,她们兀自继续着。

"这是一段访谈,"纳维娜说,"几年前的,YouTube[1]上也有。"她点击了一下箭头,视频开始播放了,这次的有色彩和声音,"是在多伦多的世界奇幻文学大会上。"

加文观看着,越发觉得惊恐。一位纤细瘦削的老妇人正接受一个身穿《星际迷航》装束的男子的采访,那个男子紫色皮肤,有一个巨大的布满血管的头颅。一个克林贡人,加文猜想。虽然他不太了解这类文化模因,但以前每每有这样的主题出现时,诗歌创作坊的学生们总想努力对他进行解释。屏幕上还有一个女人,脸上闪着光,塑化一般。

"那是博格女王。"纳维娜轻声说。据YouTube视频的标题看,那个瘦削的老人应该就是康斯坦丝,可是他无法相信。

"我们今天激动万分地请来了一位贵宾,可以说,她就是20世纪奇幻世界的女性缔造者,"博格女王说道,"她就是C. W. 斯塔尔本人,举世闻名的《阿尔芬地》系列的创造者。我能称呼您康斯坦丝吗,或者叫斯塔尔女士?或是C. W.?"

---

1 视频网站。——编者注

"都行。"康斯坦丝说。这真的是康斯坦丝，虽然身材缩小了不少。她穿着银边的开衫，衣袖宽松。她的头发像蓬松的白鹭羽毛，脖子像一根冰棍。她环顾四周，像是对嘈杂声和灯光感到目眩神迷。"我对姓名之类的并不在乎，"她说，"我只关注自己在做什么，只关注阿尔芬地。"她的皮肤发出异样的光彩，就像闪着磷光的蘑菇。

"您难道不觉得自己很勇敢吗？写这样的东西，在最初开始创作时？"那个克林贡人问，"那种体裁当时是完全属于男性的，是吧？"

康斯坦丝仰起头，笑了。这笑声，这轻快、轻盈的笑声，曾经如此迷人，现在却让加文觉得怪异，这错位的活泼。"哦，那时没有人关注我，"她说，"所以实际上不能称为勇敢。再说，我用的是首字母缩写，最初没人知道我是女人。"

"就像勃朗特姐妹。"克林贡人说。

"不敢当。"康斯坦丝说，斜着瞥了一眼，自谦地咯咯笑着。她这是在和紫色皮肤、血管脑袋的家伙调情吗？加文的脸部抽搐了一下。

"那会儿她确实看上去很累了，"雷诺兹说，"我在想是谁给她化的这么糟糕的妆？他们不该用闪粉的，她到底多大年纪了？"

"那么，您是如何创造出另一个世界的？"博格女王问，"就这么凭空创造出来了？"

"哦，我从来不凭空创造东西。"康斯坦丝说。这下她认真起来，样子显得怪怪的。我可是认真的。加文那时可不相信，这就像是小姑娘穿着妈妈的高跟鞋。那种认真，同样地，让他觉得很迷人，现在他觉出假来了。她有什么资格认真？"你看，"她继续道，"阿尔芬地的一切都脱胎于真实生活。它怎么会不一样呢？"

"角色也如此吗？"克林贡人问。

"哦，是的，"她说，"不过我有时候从各处取材，将它们糅合在一起。"

"比如老白薯？"博格女王问。

"老白薯？"康斯坦丝说着，显出困惑的样子，"阿尔芬地没有这样一个名字啊！"

"是孩子们的玩具，"博格女王说，"您把各种眼睛和鼻子贴在白薯上。"

"哦，"康斯坦丝说，"那是后来了，是我孩子气的时期之后。"她补充道。

克林贡人紧接着说："阿尔芬地有一大群恶人！他们也是您从真实生活中取材的？"他轻声笑道："有好多可以提取的！"

"啊，没错，"康斯坦丝说，"尤其是恶人。"

"比如说，"博格女王道，"红手米尔兹莱斯就是我们走在街上会遇到的人吗？"

康斯坦丝又仰头笑起来。这让加文恨得牙痒痒的。得有人提醒她别把嘴张那么大，这样已经不得体了，你都能看到她缺了两颗后槽牙。"哦，天哪，但愿不要！"她说，"不要这副装束。不过米尔兹莱斯的确是我以现实生活中的一个真人为原型写的。"她若有所思地朝屏幕外凝视着，直盯着加文的双眼。

"也许是很早以前的男友？"克林贡人问。

"哦，不是，"康斯坦丝说，"他更像是一个政客，米尔兹莱斯是很政治性的。不过我确实把我很早以前的一个男友放进了阿尔芬地。他现在还在那里。只是你们看不到他。"

"说吧，快告诉我们。"博格女王道，很做作地微笑着。

康斯坦丝变得扭捏起来。"这是个秘密。"她说。她回头看，很担忧的样子，像被人监视着。"我不能告诉你们他在哪里。我不想去干扰，你们明白的，不想去破坏平衡。这样对我们大家都非常危险！"

这是不是有点失控？难道她，或许，有点疯了？那个博格女王一定也这么想，因为她当即打断了这话。"今天真是太难得了，我们感到十分荣幸，非常感谢您！"她说，"男孩女孩们，让我们为C. W. 斯塔尔热烈鼓掌！"掌声响起，康斯坦丝显得很困惑。克林贡人拉住了她的胳膊。

他那金光闪闪的康斯坦丝，她迷惑不已，她迷失了，迷惘而不知所向。

黑屏一片。

"很棒是吧？她真是了不起，"纳维娜说，"所以，我以为也许您可以给我一些头绪……我的意思是，她实际上说了，她是把您写进了阿尔芬地，而这对我来说真是非常重要，对我的研究非常重要，假如我能弄明白究竟是哪个角色。我已经把范围缩小到6个角色，我列了一个表，上面有他们的不同特征、特殊能力、象征、盾徽等。我觉得您一定是诗人托马斯，因为他是这个系列里唯一的诗人。尽管他也许更像先知，他的特殊能力就是未卜先知。"

"托马斯什么来着？"加文冷冷地问。

"诗人，"纳维娜支支吾吾地说，"他出现在民谣中，众所周知。您可以在《恰尔德》[1]里找到他，他被仙后盗走了，还骑马穿过及膝深的殷红血流，销声匿迹长达七年，后来他回来时被称作托马斯本尊，因为他能预知未来。当然了，只是在系列当中他的名字变了：他成了水晶眼克鲁沃斯。"

"难道说我像长了一只水晶眼的人吗？"加文说，绷着脸。他这样子令她紧张冒汗。

"不，可是……"

"肯定不是我，"加文说，"水晶眼克鲁沃斯是阿尔·珀迪[2]。"这是他能想到的最漂亮的谎言。大个子阿尔和他那些关

1　拜伦（George Gordon Byron，1788—1824）于1812年开始发表的长诗《恰尔德·哈洛尔德游记》（*Childe Harald's Pilgrimage*）。

2　阿尔·珀迪（Al Purdy，1918—2000），加拿大著名诗人。

于木工手艺的诗歌，他还在血粉厂干活儿，竟然能被仙后盗走！要是纳维娜能把这些写进论文该多好，他会感激不尽的。她会把血粉写进去，会把它好好融入的。他让嘴巴保持不动，他一定不能笑出来。

"您怎么知道就是阿尔·珀迪？"雷诺兹狐疑地问。"加文就爱撒谎，你得明白这一点，"她对纳维娜说，"他连自传都要虚构，他觉得这样很有趣。"

加文不理会她。"是康斯坦丝自己告诉我的。否则呢？"他说，"她常常和我谈及她那些人物。"

"可是水晶眼克鲁沃斯直到第三卷才在系列里出现，"纳维娜说，"《幽灵归来》，那是很后面了……我是说，没有任何资料证明，而且您那时和康斯坦丝已经不来往了。"

"我们还悄悄见面的，"他说，"有不少年头了，在夜店洗手间里。那是一种致命的吸引力。我们无法把手从对方身上移开。"

"你从没对我说起过。"雷诺兹说。

"宝贝，"他说，"我还有好多事情没对你说过呢。"她不相信他的半句话，可她又没法证明他在捏造。

"那可太至关重要了，"纳维娜说，"我就得重新写了……我得重新思考核心前提，这可太……太关键了！可是如果您不是克鲁沃斯，那您是谁？"

"到底是谁呢？"他说，"我也常常想，也许我根本不在阿尔芬地中，也许康斯坦丝把我删掉了。"

"她对我说过您在里面的，"纳维娜说，"是在一封电子邮件中提到的，就在一个月前。"

"她脑子糊涂了，"雷诺兹说，"从那段视频中你就能看出，而且那还是在她先生去世之前拍的。她把各种事情都混在了一起，也许她都不能……"

纳维娜没有理会雷诺兹，她身子前倾，对着加文，睁大了眼睛，把声音压低到近乎熟人间的耳语："她说您被藏起来了。就像宝藏，是不是很浪漫？就像那些让你在树叶间寻找人脸的图画。这是她的原话。"她想跳快步舞，想要缓步慢行，她想口齿不清地说话，想要从他那几乎被掏空的脑壳里吸尽最后一点精华。滚开，荡妇！

"抱歉，"他说，"我帮不了你，我压根儿没读过那样的垃圾。"错了：他读过的，读了不少，只是这样更证实了他的观点。康斯坦丝不光是个蹩脚的诗人，尽管她曾经努力过，她还是个糟糕的散文作家。《阿尔芬地》，书名就说明了一切，《蚜虫之地》[1]倒更确切些。

"什么？"纳维娜说，"我觉得这样说是很不尊重……那可是名人啊……"

"你就不能把精力放在更值得的地方，而不是去解密这种

---

[1] 阿尔芬地（Alphinland）与蚜虫之地（Aphidland）发音接近。

满是蛙卵的水坑？"他说，"你这样优秀的女性如此被浪费，那么娇艳欲滴却在藤蔓上枯萎。你有过吗？"

"什么？"纳维娜又说。这显然是她的防御措施，即不想再深究下去。

"痒了可以挠，有蛋头先生在，有性生活。"加文道。雷诺兹用胳膊肘狠狠地戳他的肋骨，可是他才不管。"肯定有某个乐颠颠、精力十足的追求者给你奉上的，像你这么美的姑娘，一次快活健康的性交可比把你的视力浪费在给那些废话做脚注上好太多了。可别告诉我你还是个处女！这可太荒谬了！"

"加文！"雷诺兹说，"不许再这样对女性说话！这可不是……"

"没想到您那么关心我的私生活。"纳维娜僵硬地说，下嘴唇颤抖着，也许他击中了要害。但是他并不就此罢休。

"你毫无顾忌地挖掘我的，"他说，"我的私生活！阅读我的日记，搜寻我的材料，打探我的……我的前女友。这很不得体！康斯坦丝是我的私生活，是私事！我想你从没想过这一点吧！"

"加文，你已经把那些文件材料卖了，"雷诺兹说，"现在都公开了！"

"胡说！"加文道，"是你卖掉的，你这个两面派的婊子！"

纳维娜合上了她红色的平板电脑，举止得体。"我想我该走了。"她对雷诺兹说道。

"我很抱歉，"雷诺兹说，"他有时候就这样子。"她们两人站起来，直起身，走开了，一路"哦哦，啊啊""非常抱歉啦"地走过客厅。大门关上了。雷诺兹准是送那姑娘到了几个街区外的假日酒店门口，那里有出租车等待点。她们会一直谈论他，毋庸置疑；谈论他和他暴躁的脾气。也许雷诺兹会竭力救场，也许不会。

这将是一个寒夜。雷诺兹肯定会给他煮一个鸡蛋，接着涂抹出一张光彩照人的脸蛋，去跳舞。

他由着自己生气。他不该这样的。这对心血管不好。他需要好好想想其他事。他的诗歌，他正在创作的诗歌。不在那间所谓的书房里，他在那里没法写作。他拖着脚步走进厨房。从电话桌的抽屉里取出笔记本，他喜欢把本子放在那里，再找来一支铅笔，然后走出通往花园的门，走下三级瓷砖台阶，来到天井，小心翼翼地穿过去。天井也铺了瓷砖，水池周围会很滑。他来到目标地躺椅旁，坐了下来。

落叶在漩涡中打转。也许玛丽亚会穿着牛仔短裤悄悄进来，带着工具，把它们撇干净。

玛丽亚撇去枯萎的落叶。

它们是灵魂吗？我的亦在其中？

她是死亡天使，一头黑发，

幽暗一片，来将我带走？

黯淡的游魂，在清冷水池中打旋，

别了，愚者的帮凶，我的肉体，

你将归于何处？在何方，寂寥水岸？

难道你只是一片落叶？抑或……

不，太像惠特曼了，而且玛丽亚只是一个可爱的、打零工的普通女中学生，到处可见，没什么特别的。算不上是小仙女，不是《魂断威尼斯》中那个勾人魂魄的角色。叫《魂断迈阿密》如何？听起来像电视上的警匪剧。断头路，走不通。

不过，他仍然很喜欢玛丽亚是死亡天使这个点子。他就要面临死亡了，他宁愿弥留之际看到一个天使，也好过什么都见不到。

他闭上双眼。

此刻他回到了公园里，在观看《理查三世》。他已经喝下了从保温酒壶里倒出的两纸杯马提尼，他想撒尿。可正在演戏当中：理查穿着皮装，拿着一条特大号鞭子，要和安妮夫人搭讪，后者正护送她被谋杀的丈夫的灵柩。安妮夫人一副施受虐加恋物癖的行头。两人在表演恶毒的对话时，轮流将靴子踩到对方脖子上。这太荒谬了，可是你再想，又觉得很合适。他捅了她老公，她啐他，他提出让她捅自己，诸如此类的。莎士比亚真变态。有女人以这种方式赢过吗？勾选"是"的选项。

"我得去趟厕所。"看到理查自诩征服了安妮夫人时，他对雷伊说。

"就在后面热狗摊边上，"雷诺兹说，"嘘！"

"真爷们儿是不在移动厕所里撒尿的，"他说，"真爷们儿在草丛里撒尿。"

"我最好陪你一起去，"雷诺兹低语道，"你会走丢的。"

"我一个人去。"他说。

"那至少带上手电筒。"

但他还是没带手电筒。他要努力，要探寻，要找到，就是不要妥协。他缓步走入幽暗里，笨拙地拉着拉链。他什么都看不见。至少没有撒到腿上，这回袜子没有濡湿温暖。方便完了，他拉好拉链转过身，准备摸索着回来。但是他身处哪里？树枝擦过他的脸，他失去了方向感。更糟糕的是，林中也许尽是暴徒，就等着拦劫这样蠢笨的目标。该死的！如何把雷诺兹喊来？他不想大声呼救。他一定不能惊慌失措。有一只胳膊抓住了他，他猛一惊，心脏咚咚跳着，呼吸急促起来。别慌，他告诫自己。这只是梦魇，这只是一首幼稚至极的诗。

那只手准是雷诺兹的。她一定是跟着他进了灌木丛，还带着手电筒。他记不得了，不过准是如此，否则他此刻不会在折叠躺椅里，是吧？他再也想不起来了。

他睡了多久？天都暗了。在黑夜和白昼之间，当夜色开始降临。暮霭中歌声响起。[1]真是维多利亚时期的词汇，现在没人再用暮霭这个词了。黄昏时分，爱的甜言蜜语依然会出现。[2]

该喝一杯了。

"雷诺兹。"他喊道，没人应。她抛弃了他。他活该。今天下午他表现不佳。不过表现不佳让他很爽。不许再这样对女性说话。去他的，谁说他不能了？他都退休了，谁都不能解雇他。他对着自己轻声笑着。

他从躺椅上爬起来，朝着进屋的台阶方向。瓷砖地面很滑，院子里又很暗。朦胧黄昏，他想，这个词的发音听起来挺像淡水龙虾，是个尖细、硬壳的词，还带着钳子。

到台阶了。抬起右脚。他没踩住，跌倒、撞地、擦伤。

谁能想到这老家伙会有那么多的血？

"哦，老天啊！"发现他时雷诺兹说道，"加文！我真得一刻不离地看着你！瞧瞧你现在的样子！"她突然哭了起来。

1　出自美国诗人亨利·沃兹沃斯·朗费罗（Henry Wadsworth Longfellow，1807—1882）的诗歌《孩子的时辰》（*The Children's Hour*）。——编者注
2　出自美国男中音歌手尼尔森·艾迪（Nelson Eddy，1901—1967）与珍妮特·麦克唐纳（Jeanette MacDonald，1903—1965）演唱的歌曲*Love's Old Sweet Song*的歌词。——编者注

她竭力将他拖到躺椅上，用两个枕头支撑住他，把部分血迹擦掉，将一块湿毛巾放在他头上。这会儿她正在打电话，想要叫辆救护车来。"你不能让我等着！"她说，"他是中风，或者是……这应该是急救服务！哦，混账！"

加文躺在两只枕头之间，某种既不冷也不热的东西顺着他的脸淌下来。现在压根儿不是黄昏时分，因为太阳刚刚下山，一轮辉煌的粉红。棕榈叶轻轻摇曳，血流循环泵在搏动，难道这是他的脉搏？此刻田野暗下来，康斯坦丝在其中徘徊。衰老的、干瘪的康斯坦丝戴着面具般的妆容，就是那张他在屏幕上看到的苍白、皱巴巴的脸。她困惑不解地看着他。

"老白薯？"她说。

可是他没理会，因为他正穿过空气冲她而去，快极了。她丝毫没靠近，她一定也以同样的速度飞离他。他使劲加快速度，于是他缩短了距离，马上就接近她了，接着就穿过了她那困惑的蓝眼睛的黑色瞳孔。他四周的空间开朗了，如此明亮，那里就是他的康斯坦丝，她又变得年轻而热情，和昔日一样。她开心地微笑着，张开双臂迎着他，他抱住了她。

"你来了，"她说，"终于，你醒了。"

3

黑女人

Dark Lady

每天早餐时，乔丽都会关注一下三份报纸上的讣告栏。有些捧场文字会让她笑出来，但据丁所知，没有一篇曾让她哭过。乔丽这人很少会哭鼻子。

她用×来标注那些值得关注的逝者，假如她打算去参加葬礼或纪念活动，就标两个×，然后她会将报纸递给餐桌对面的丁。她是看真正的纸质报纸的，因为她认为数字版会省略讣告部分。报纸直接投递到他们联排别墅的门阶上。

"这儿还有一则，"她说，"'所有认识她的人无不表示深深的怀念'，我看未必！我和她一起做过诗芬达[1]的推广活动。她就是个恶心的婊子。"要不然："'在家中安然逝去，寿终正寝。'我才不信呢！肯定是服药过量了。"或者："终于也

---

1 宝格丽的一款香水产品。

有今天啊！咸猪手！20世纪80年代的一次公司晚宴上，他对我动手动脚，当时他妻子就坐在他旁边。这样一个酒鬼，他们都不用给他做防腐处理。"

丁从来不参加那些他不喜欢的人的葬礼，除非为了安慰某个需要帮助的未亡人。艾滋病刚出来时，情形相当可怕，就像黑死病：到处都是葬礼，人人表情麻木，目光呆滞，满心怀疑，幸存者负罪感深重，擦眼泪的手帕都不够用。可对乔丽而言，憎恨才是一种激励。她渴望在坟地上跳踢踏舞，不过这是个比方，他们俩都不能再真正跳舞了，尽管他高中时至少还是个身手敏捷的摇滚乐手。

乔丽在这方面不太敏捷，她更多的是热情。她身材苗条，动作轻佻，旋转摇摆着，头发蓬松狂野。但是大家觉得他们俩共舞时十分登对优雅，因为是龙凤胎，他能让乔丽跳起舞来看似比她实际水平要高。他从孩提时起，就有了保护她的责任，以免她冲动之下受伤。而且，和她跳舞时他也能暂时摆脱和舞会美女一起出去的烦恼。他有自己的选择，有自己玩的领域，这是最好的。

让他惊讶的是，自己竟然这么受少女们的喜爱。不过想到这，他也不算惊讶。他待人周到，会倾听他人的抱怨，而且从不企图在停着的小车里粗暴地扒掉姑娘的衣服，不过他在跳舞结束后会搂脖子强吻她们，这样对方就不会觉得自己有口臭。如果有人给予额外的亲密，诸如解开尖头钢圈胸罩，脱下带雌雄贴的束腰内裤，他就会得体地婉拒。

"到了早上你会恨自己的。"他会提醒道。她们会恨自己，会在电话里哭，会央求他别说出去。她们还会害怕怀孕，避孕药出来前的那些日子，女孩们都有这样的担忧。要不她们甚至会盼着怀上，这样就能逼他早早结婚，他可是了不起的马丁啊！很难得手的！

他也从不吹嘘撒谎自己有多少女友，这倒是那些不够优秀、满脸疙瘩痘的年轻人爱干的事。当关于他前一晚艳遇的话题在空气冷冰冰、地面光溜溜、肉体赤裸裸的男生更衣室里出现时，他会露出神秘的微笑，其他人则咧嘴笑着，相互推搡着，像哥们一样狠狠地拍着他的胳膊。他身材高大，身手敏捷，是田径明星。跳高是他的专长。

多帅的流氓。

多雅的绅士。

乔丽可不想在坟地上独自一人跳踢踏舞，她不想一个人做任何事。如果她坚持，她能不停唠叨下去，直到丁答应陪她一起参加那些哀伤的满眼圆发髻的聚会，尽管他说自己一点都不想被一群假装悲哀的老古董们弄得头昏脑胀，这些人抿着没了牙齿的嘴慢慢嚼着不带硬皮的三明治，一边庆幸自己还活着。他发现乔丽对这种临终仪式的兴趣有点过火，甚至病态，并对她直说了。

"我只是表达尊重。"她说。丁对此嗤之以鼻。这是笑话：除了做表面功夫，他俩谁都不把尊重他人放在首要位置。

"你不过是幸灾乐祸。"他说。乔丽也就对他嗤之以鼻一下，因为这话太对了。

"你觉得我们脆弱吗？"据说她曾这么问过他。

有极好的幽默感是一回事，可脆弱又是另一回事了。

"我们当然脆弱，"他这么回答。"我们生来脆弱！但是要看到积极的一面：不脆弱就没法有品位。"他没有接着补充说乔丽根本没品位，而且随着时间的推移，越来越没品位。

"也许我们本该成为杰出的变态杀手，"她曾这样说过，好像是十年前，当时他们才过60岁不久，"我们可以随机杀害陌生人，进行完美犯罪。把他们推下火车。"

"永远不会太晚，"丁回答，"这当然在我的愿望清单中，不过我等得了癌症后再干。真要干，就得干得漂亮。得带几个人走，为这个星球减负。还要烤面包吗？"

"你可不能落下我独自患癌！"

"我不会的，我发誓，决不食言，除非得前列腺癌。"

"可别，"乔丽说，"这会让我觉得被抛弃了。"

"假如我得了前列腺癌，"丁说，"我一定要移植前列腺给你，这样你就能一起经历了。我知道有很多男人不会介意把自己的前列腺丢出窗外的。至少他们夜里能好好睡一觉，省掉了尿频的麻烦。"

乔丽咧嘴笑着，"万分感谢，"她说，"我一直很想有前列腺，这样在黄金岁月中又多了一件可以抱怨的事。你觉得捐献者会愿意把整个阴囊也丢了吗？"

"这话不够严谨，"丁说，"你是故意的。再来点咖啡？"

因为他俩是双胞胎，所以相处时只做真实的自己，他们对其他人就很难做到这一点。即便是装腔作势，他们也只能糊弄外人：他们彼此间就像孔雀鱼，是透明的，能看到对方的内脏。抑或这是他们独有的，虽然丁清楚地知道，连孔雀鱼都有不透明的地方。丁曾有过一个开水族馆的情人。

当乔丽皱着眉头，戴着那副深红色边框的老花镜看着讣告时，他深情地凝视她。或者说她尽可能皱起眉来，鉴于她打了肉毒杆菌。近几年来，近几十年来，乔丽渐渐有了一种略显夸张的瞪大眼睛的表情，显得有些矫枉过正。此外还有头发问题。至少他能阻止她把头发染得漆黑：与她现在的肤色相比，这实在太像僵尸，尽管她孜孜不倦地抹上棕褐色的粉底和闪闪发亮的铜矿粉，却毫无光彩，可怜的自欺欺人啊。

"年老只是自己的一种感觉。"她反复强调，竭力劝服丁做一些荒谬的事情，诸如参加伦巴舞班、水彩画假日班，以及动感单车班等有害身体的时尚运动。他无法想象自己骑在健身单车上，身穿氨纶紧身衣，把车轮踩得像锯木机一般嗖嗖飞转，不断加剧自己干瘪的胯部的损伤。他没法想象自己骑在任何自行车上。绘画也是一件不可能成功的事情，假如他真要做，那为何要混迹于一群牢骚满腹的业余爱好者之中呢？至于伦巴舞，你得会转动自己的尾骨，他放弃性爱时就丧失了这种技艺。

"确实，"他回答，"我感觉自己有两千岁了，比我坐着的岩石都要老。"

"什么岩石？我没看到有石头啊。你不是坐在沙发上嘛！"

"这是一句引语，"他说，"一个释义，引自沃尔特·佩特。"

"哦，你和你那些个引语！不是人人都吃引语这套，你明白的。"

丁叹了口气。乔丽书读得不多，她更喜欢都铎王朝和波吉亚家族的历史传奇小说，而不是那些更具实质性的内容。"我就像吸血鬼，已经死了很多次。"他自言自语着，虽然他不想太大声，以免吓着乔丽，忧心忡忡的乔丽不好应付。她不会害怕这样的吸血鬼，她鲁莽而好奇，会第一个走进这个墓穴禁地。可是她不喜欢丁变成吸血鬼，或任何超出她认知的东西。

同时，她自己却有着想变成别人的执念。她达不到自己设立的标准。她唯一的迷信与昂贵的化妆品上的标签相关。乔丽相信那些虚假诱人的标签，诸如丰满、紧致、去皱、回春、长生不老的暗示等，尽管她干过广告这一行，而这一行的经验一定会让那些装饰性的形容词黯然失色。生活中有很多她应该知道却没有好好了解的东西，其中就包括化妆术。他就不得不经常提醒她，不要把闪闪发亮的铜粉只抹到脖子一半，否则她的脑袋就像是缝上去的。

让他最终妥协的发型就是在左侧染一道白色——这是一种老年朋克发型，他轻声对自己说道——近期又加上了一块醒目的红色发片。整个形象就像是一只臭鼬在找到一瓶番茄酱后，突然被探照灯照着，惊恐万分的样子。他用手指遮住那血色部分，希望不要被认为是老人挨了打。

乔丽曾经以性感的吉普赛形象、生动的非洲印花布和叮当作响的民族首饰出名，这些日子已然逝去，当年她可是能驾驭任何吸引她眼球的时尚之风。现在尽管她依然喜欢艳丽浮夸，却失去了当年的技巧。像羊肉馅饼，他不时地想告诉她，虽然并没真说出来。相反，他紧缩着，退了回去，倒是用对其他女人的评头论足来逗她笑。

他常常设法引导她远离更陡峭危险的悬崖。早在20世纪90年代，就有过一段关于鼻环的插曲：她事先没打招呼就把那个俗气的小玩意儿弄上了，还直截了当地问他怎么样。他只好把嘴缝严实了，虽然他还虚伪地点头咕哝。有一次她感冒，就把这个俗气的饰品扔了，当时她的手帕被鼻环钩破了，鼻孔还差点被扯断。

后来又有了打舌钉的危险，幸亏她事先征求了他的意见。他当时怎么说的呢？"难道你想让嘴巴里面看上去像机车夹克？"也许不是这么说的，反正赞同的风险太大了。当然他不可能告诉她，说有些男人会把这种玩意儿看作给口交打广告，这么做也许会很刺激。善意的劝导则是："你会因舌部败血症丧命的。"可是善意的劝导对她不管用，因为她有反骨，觉得自己优越的免疫系统肯定会击溃"隐形世界"丢给她的任何微生物。

他更有可能是这样说的："你说起话来会像达菲鸭，会把唾沫喷得到处都是。反止我觉得不好看。再说，在身上打钉子的风潮都过去了，只有股票经纪人还会这么干。"至少她听了咯咯笑起来。

对她最好不要反应过激。你推她，她就回推。他不会忘记她童年时的暴脾气，她经常打架斗殴，其他孩子笑她、奚落她时，她会徒劳地挥舞着自己长长的胳膊。他看着，自己都要哭出来了：他爱莫能助，因为自己也困在了校园男生的阵营了。

于是他避免冲突。惰性是更有效的控制方法。

这对孪生兄妹受洗时分别取名为马丁和玛乔丽，当时父母觉得小孩名字押头韵很酷，爱让他们穿一样的小衣服。就连他们的母亲，尽管脑子算不上太灵，都明白不能让马丁穿裙子，否则他会变成娘娘腔的。于是他俩两岁时就穿着相配的水手服，戴着小小的水手帽，手拉手，对着阳光眯起眼睛，露出淘气、歪嘴的笑容：他朝左歪，她朝右。你分不清谁是男孩谁是女孩，但是你不得不承认他们好可爱。他们身后有一位穿军装的男人的身体，那是战争年代，父亲的头顶部分被切掉了，削脑袋的事很快也在现实中降临到他身上。母亲常常在喝酒时对着相片大哭。她觉得这照片是先兆：她要是把相机端平了该多好，那致命的爆炸就不会发生，韦斯顿的脑袋就不会这样被削掉了。

凝望着昔日的自己，乔丽和丁感到一种在当下很少对他人袒露的温馨。他们好想抱抱那两个可爱的小淘气，拥抱那些个发黄的、褪色的回忆。他们很想让那两个小海员明白，虽然他们在时间中的航行会变得更坎坷，糟糕的状态会持续一阵子，但最终，或接近终点时，一切都会迎刃而解。泰然面对吧，他们现在就在接近终点阶段。

因为，你瞧，他们现在又在一起了，又回到了起点。几处内伤，几个疤痕，一些擦伤，可依然挺立着，仍然是乔丽和丁，他们不喜欢被别人叫玛乔和马维，而乐意用自己名字的最后音节来命名，那是他们真正的、秘密的名字，只有彼此知晓。乔丽和丁反叛社会认可的做法，例如，他们就不办白色婚礼。乔丽和丁拒绝退让。

同样，这也是他们的故事。丁私下里还记得几次令人屈辱却很爽的退让经历，就发生在樱桃海滩等地的夜间灌木丛里，但他觉得没必要说这些事来玷污乔丽的耳朵。至少他在午夜的小路上紧张不安地徘徊时，从没碰到过任何一个学生。至少他从未被抢劫过，也从没被抓过。

"真棒啊。"丁说道，他对着照片微笑。相框是栎木的，就挂在餐厅墙上，在艺术装饰的餐柜上方，餐柜是40年前丁淘来的便宜货。"可惜那时我们的头发是黑的。"

"哦，我不懂，"乔丽说，"金发被高估了。"

"潮流又回来了，"丁说，"20世纪50年代又流行起来，你注意到没？梦露的风格。"

他不相信最近大屏幕小屏幕上展现的20世纪50年代。他们所经历的50年代似乎与平常生活无异，可现在它们成了往昔岁月，成了电视画面的素材，那些色彩都不对，太干净、太柔和了，还有太多的裙衬。当时的真实生活中很少有人梳马尾，成年男性也不是总穿着定制西服，俏皮地斜戴着软呢帽，或把白色手帕浆成了三角形。

不过他们确实抽烟斗，尽管当时烟斗都渐渐不那么流行了。周末他们穿着鹿皮鞋和牛仔裤四处闲逛，那是最早的牛仔裤，可依然是牛仔裤。他们坐在配着垫子的瑙加海德革[1]的躺椅上看报纸，喝着令人轻松的曼哈顿酒，一支接一支地抽着烟；他们一脸怜爱地清洗和给自己那长着尖鳍、镀了太多铬、油耗过量的汽车打蜡；他们用推式割草机修理草坪。至少双胞胎朋友的父亲们就是这样的。丁内心对那种圆胖的躺椅、铮亮销魂的汽车，以及笨重的推式割草机充满了渴望。如果他们的生父

---

1 原文为Naugahyde，一种家具装潢用的织物，表面涂有一层橡胶或乙烯基树脂。

当时还活着，对丁来说一切会更好些吗？

不，事情并不会更好，反而会很糟糕。他就不得不去钓鱼：把鱼猛拉出水面，一边杀死它们，一边发出男性特有的咕哝；要拿着扳手爬到车底，嘴里说着"消声器"之类的东西；被人拍着背部，被告知爸爸为你骄傲。没门。

"虽然欧内斯特·海明威的母亲也这么做。"乔丽说。

"什么？做什么？"

"让厄尼[1]穿裙子。"

"是哦。"

双胞胎常常说着说着又回到了前面的话题，尽管他们明白有他人在场时不要这么做。这样讨人嫌。不是针对他们，他们彼此可以不掉线的，但是其他人会觉得被排斥了。要不然，最近就是这情况，它会让其他人觉得自己掉链子了。

"于是后来他就一枪爆了自己的脑袋，"丁说，"我个人绝不会这么做。"

"最好别，"乔丽说，"那会一塌糊涂，脑浆会喷溅在墙上。真想这么干，那就跳桥好了。"

"多谢，"丁说，"这个建议我收下了。"

"别客气。"

1　厄尼：欧内斯特的昵称。——编者注

他们就是这样聊天的，就像20世纪30年代的诙谐幽默电影。他俩像马克斯兄弟、赫本和屈塞、尼克和诺拉·查尔斯[1]，只是没有不停地喝马提尼酒，乔丽和丁已经做不了这方面了。他们从冰面掠过，表层冰冷、纤薄，闪着光泽。他们回避深度。双簧表演让丁有些吃力，也许乔丽也这么觉得，可是两人都明白得配合下去。

丁最后成了同性恋，双胞胎声称这是给他们的母亲挖的一个滑稽的陷阱，尽管当丁不再掩饰自己的娘娘腔时，母亲已经去世了。角色反叛本该倒过来的，乔丽童年穿水手服时一直在跨性别，不过她不会跳进女同性恋的行列，因为她也不太喜欢其他女性。

可她为什么要这么对母亲呢？母亲梅芙不但变得木讷寡言，随着时间的流逝，她对父亲被爆头一事的悲痛丝毫未减，还变成了酗酒者，从双胞胎的储蓄罐里抢钱买酒喝。她还往家里带浑蛋和恶棍，在晚餐聚会上说起这些事时，据丁所言，母亲这么做的目的就是"召开性爱大会"。太搞笑了！双胞胎听到开门声音，就会从后门逃走，或者会躲进地下室，等到上面安静下来，他们就爬上楼，悄悄地暗中监视大会的进程，如果

---

1 分别指20世纪30年代的美国喜剧团体马克斯兄弟，好莱坞最佳荧幕搭档之一凯瑟琳·赫本和斯宾塞·屈赛，以及美国侦探小说家达希尔·哈米特作品中的侦探夫妇尼克·查尔斯和诺拉·查尔斯。——编者注

遇上卧室门紧闭的情况，他们就偷听。

孩提时他们对这一切的感受是怎样的，他们记不清楚了，因为他们用太多轻率的，或许带有神话色彩的叙述覆盖了太过频繁重复的原始场景，以至于最初的简洁轮廓都被模糊了。（那只狗真的叼着一个很大的黑色胸罩跑出来，将它埋在了后院吗？难道他们真有狗吗？俄狄浦斯真解开了斯芬克斯的谜语吗？伊阿宋真的偷走了金羊毛吗？这些都是同一类的问题。）

在丁看来，这个逸事般的家庭笑话早就不好笑了。母亲去世很早，也死得很惨。丁对自己解释道，这倒不是说人人得死得安详，但是程度各异。商店关门后，带着满脸悲伤的泪水乱穿马路，被卡车撞了，这就不是"好死"了，虽然死得很快。这也意味着，当他们上大学时，生活中已经没有了浑蛋和恶棍。有恶必有善[1]，丁在偶尔写几笔的日记中这样表述道。黑暗中总有一丝光明。

有两个蠢货居然有胆来参加葬礼，这也许可以解释为何乔丽会对葬礼心怀执念。她至今依然觉得不该放过这些浑蛋：他们出现在坟地，假装很伤心，对双胞胎说他们的母亲是个多好、多善良的女人，是个多好的朋友。"朋友们，这是胡说八道！他们只想睡她！"她怒不可遏。她本该叫住他们，本该大闹一场，一拳打在他们的鼻梁上。

---

1 原文为拉丁文：Malum quidem nullum esse sine aliquo bono.

丁觉得，也许这些男人真的很忧伤。难道他们真的不会爱上母亲梅芙吗？从"爱"这个词的另一个层面，或者两个，甚至三个层面上？爱情、爱欲、爱恋[1]等。但是他没有说出这想法，否则会惹恼了乔丽，尤其是他还用了拉丁文。乔丽对任何拉丁文都没有耐心。这是他身上她永远无法理解的一部分。你为什么要把生命浪费在一群陈腐的、被遗忘的、用死去的语言创作的三流作家身上？他如此聪明、如此有才华，本来可以……（一长串他原本可以从事的事情，其实没有一样是可能的。）

所以最好别哪壶不开提哪壶。

"浑蛋和恶棍"是他们八年级时从校长那里学来的短语，这位校长曾对全校长篇大论地宣讲过人要谨防变成浑蛋和恶棍，尤其当你把石头包在雪球里扔向人，或在黑板上写脏话。"浑蛋对恶棍"很快就成了丁发明的校园游戏，那时他还很受欢迎，还没显出娘娘腔。它类似于抢旗，是专门给男生们在操场上玩的游戏。女生可当不了浑蛋和恶棍，丁说，只有男生可以玩，这让乔丽很恼火。

也正是她想出了一个点子，把母亲梅芙那些说来就来说走就走的男性访客称为"浑蛋和恶棍"，丁后来会用讥讽的口吻

1　原文为拉丁文：Amor, voluptas, caritas.

说，"也可以把他们称为一请就来一轰就走的家伙。"这样就毁了丁的游戏。这也无疑加剧了他的娘娘腔，他后来才确定这一点。"别指责我，"乔丽说，"我并没有邀请他们来家中。"

"亲爱的，我并没有指责你，我要谢谢你，"丁说，"由衷感谢。"这话，在当时，在他理清楚一些头绪后，确实是真诚的。

他们的母亲并非整日酗酒。她的放纵仅限于周末：秘书工作的薪酬入不敷出，她得想方设法糊口，军人遗孀的抚恤金太低了。而且，她要以自己的方式来爱双胞胎。

"至少她并不暴力，"乔丽会说，"虽然她会失控。"

"那时大家都打孩子，都会失控。"其实拿自己受的那点体罚和其他孩子相比，加以夸大其词，多少是一种炫耀。拖鞋、皮带、尺子、发梳、乒乓球拍，这些都是家长选择的武器。双胞胎小时候为此感到难过，因为他们没有父亲来实施体罚，只有母亲梅芙的无能，他们都假装受到了致命伤害，让母亲除了落泪别无他法；他们还戏弄她，为免于挨打而逃走。他们有两个人，而她只有一个人，团结就是力量。

"我觉得我们很没良心。"乔丽会说。

"我们不听话，还还嘴，不听管教。可是我们很可爱，这你得承认。"

"我们是顽童，没心没肺的小屁孩，毫无同情心。"有时乔丽会如此补充。她这是在后悔，还是在吹嘘？

乔丽正值青春期时，在一个浑蛋那里遭遇了一段痛苦经历。那是一次偷袭，丁都没法保护她，当时他睡着了。他为此感到压力重重。这事肯定搅乱了她对男性的看法，尽管她的生活本来就很可能是一团乱麻。现在她说起这事会开玩笑："我被一个山精强奸了！"可是她并不总是这么应对。20世纪70年代初，众多女性对强奸行为大动干戈，她对这一话题一直非常不满，但现在她似乎已经释然了。

在丁看来，性侵并非唯一症结。他自己从没被浑蛋骚扰过，可是他和男性的关系也同样一团糟，至少不比她的好。乔丽说他在爱情上有障碍，说他对此太过概念化。他说乔丽倒是对此概念不足。那时候他们俩还会把爱情当话题讨论。

"我们应该把所有的情人都放在搅拌机里，"乔丽有一次说，"把他们混合起来，搅匀了。"丁说她的处理方式总是那么野蛮粗暴。

事实上，丁心想，我们这对双胞胎除了彼此，还从没真正爱过任何人。或者，他们从未无条件地爱过他人。他们对其他人的爱有着诸多条件。

"听听谁在发牢骚来着，"乔丽说道，"是大鸡巴隐喻！"

"这绰号对很多男人都适用，"丁说，"虽然我猜想你指的是某个特定的人，我看到你耳朵动了动，因此这个人一定对你很重要。"

"给你猜三次，"乔丽说，"提示一下，他那时经常到河船来，那年夏天我为他们记账，我主动干的，是兼职。"

"因为你想和波希米亚人混在一起，"丁说，"我依稀记得的。是谁呢？是瞎眼桑尼·特里吗？"

"别傻了，"乔丽说，"他那时就已经很老朽了。"

"猜不到。我那时不常去那里，觉得太臭了。那些民谣歌手热衷于从不洗澡。"

"不对，"乔丽说，"不是所有人都这样，我了解事实。放弃可是赖皮啊！"

"有人说过我不赖皮吗？反正你没有说过。"

"你该懂我心思的呀。"

"哦，还叫板了，好吧，是加文·帕特南，那个让你神魂颠倒的自称是诗人的家伙。"

"你一直知道的！"

丁叹了口气："他太矫情，他和他的诗歌都是。多愁善感的垃圾，酸腐得令人可怕。"

"早期作品挺不错的，"乔丽申辩道，"那些十四行诗，不过说来也算不上真正的十四行诗，黑女人系列。"

丁一时出错，他总是笨手笨脚的。他怎么可能忘掉加文·帕特南的一些早期诗歌是关于乔丽的呢？至少她是这么认为的。她一直为此激动不已。

"我是他的缪斯。"当黑女人系列首度印刷发行，或者说成了那种在诗人之间传阅的印刷物时，她这样声称。那是一本诗人们自行装订的油印杂志，以一美元的价格出售。他们管它叫《尘埃》，以彰显坚韧不拔。

看到乔丽为这些诗歌兴奋不已，丁很感动。那段时间他很少见到她。说得委婉些，她那时的社交生活异常活跃，这无疑缘于她扑倒在床上时的敏捷，而他当时住在邓达斯大街理发店楼上的两居室里，一边悄悄经历着性爱身份危机，一边埋头苦写博士学位论文。

他那时在对马提雅尔¹更洁净、更精美版的箴言警句进行再度研究，工作得很扎实，不过说实在的他并不觉得富有灵感，他对马提雅尔的兴趣其实是因为诗人对性的态度比较靠谱，而丁所处的时代就复杂许多。在马提雅尔看来，并没有浪漫的谨慎行事，也没有所谓的女性拥有更高精神追求的理想化观念，这种论调会让马提雅尔笑掉大牙的！马提雅尔的观念里也没有什么禁忌，人与人之间的关系无所顾忌：无论是奴隶、男孩、女孩、娼妓、基佬、直男直女、色情业、淫秽作品研究、妻子们、年轻的、中年的、老年的、正面、背面、嘴巴、手、阳具、美的、丑的，包括完全令人厌恶的。性是一种给予，就像食物，可口的就享受，差劲的就奚落。这就是娱乐，就像剧场，

1　马提雅尔（Martialis，约40—约104），古罗马诗人，主要作品为《警句诗集》，以讽刺短诗见长。

因此可以当表演来观看。贞洁并非首要美德，不管男女，但一定形式的友谊、慷慨、温柔最是可贵。马提雅尔同时代的人称其格外开朗与和善，他那严厉、尖刻的睿智都不会减损这种评判。他声称自己的批评并不直接指向个人，而是针对各种类型。不过丁对此抱有怀疑。

然而论文并不是陈述写作者为何欣赏自己的研究对象。他得明白，在学术界，论文这种东西要经受众人的评头论足。你得炮制出某种更重要的东西。丁的主要假设就围绕着这样一个主题，即讽刺作品在缺乏普遍道德标准的时代困难重重，马提雅尔的时代无疑就是如此。在尼禄统治时期，他搬到了罗马。马提雅尔是真正的讽刺作家吗？或者据某些评论者所言，他只是个猥琐的八卦者？丁想要为他的诗人辩护：他想说，除了阳具、基佬、荡妇和低俗笑话，马提雅尔有更多的东西可以研究！尽管他当然不会在自己的论文里用这些粗鄙低俗的词汇。他会用自己的翻译，来补充更新马提雅尔的那些精巧的俚语，不过箴言中那些最肮脏的话会被谨慎回避，这些话的时机尚未到来。

"莱提努斯，你染了头发，试图模仿年轻人。太快了！昨天还是天鹅，此刻你成了乌鸦。可是你蒙不了所有人：普罗塞尔皮娜[1]就发现了你灰白的头发。她会立即把你头上愚蠢的伪装

---

[1] 普罗塞尔皮娜（Proserpina），古罗马神话中丰收女神色列斯（Ceres）的女儿，被冥王普鲁托（Pluto）掠走并娶其为妻，遂成冥后。

扯掉！"这是他在自己翻译中运用的口吻，具有当时的语言特性，强有力、不生硬。他过去常常一周译一两行。可现在他不再译了，因为又有谁在意呢？

他做博士研究期间获得了基金资助，尽管数额不多。乔丽对他说经典肯定会很快消失，那以后他靠什么为生？他应该从事设计工作，因为他肯定会赚大钱。可是，丁说，赚大钱恰恰是他不想做的事情，因为要赚大钱就得拼命，而他没有拼命赚钱的天分。

"金钱万能啊。"乔丽说，尽管她颇有波西米亚风格，却很想发财。她可不想干那些单调乏味、折磨灵魂的杂务，像母亲那样劳累过度，薪水又低，只能受浑蛋和恶棍摆布。她最初的愿望就是想拥有豪车，在加勒比海度假，还有满衣柜贴合身材的衣服。她并没说出过这个愿望，还没有明确说过，可是丁能看出来。

"没错，"丁说，"金钱万能，但它也有一定局限。"马提雅尔也会这么说，也许马提雅尔确实说过。丁要查一下。金鱼钩[1]。用金钓钩钓鱼。

丁住的那幢房子一楼理发店的理发师是三个意大利兄弟，都是厌恶人类的老者，他们不知世事会如何发展，反正已然很

---

[1] 原文为拉丁语：Aureo hamo piscari. ——编者注

糟糕。店里有一架子的少女杂志，里面尽是警匪故事和大胸妓女的图片，据说这都是男人们喜欢的东西。那些杂志让丁觉得恶心，仿佛母亲梅芙的幽灵淫荡地飘浮在一切之上，摆弄着她的黑色胸罩。可是他仍然在那里理发，以此示好，并在等待时翻阅那些杂志。那时，太明显地表现出同性恋特征并不可行，况且他那时还在犹豫不决中。意大利兄弟们是房东，得讨好他们。

不过他得向他们表明，乔丽和自己是双胞胎，她不是行为放浪的女友。尽管有那堆俗艳的杂志（也许他们认为这是职业必备），但他们对出租房里发生任何未经批准的行为都持有清教徒式的态度。他们认为丁是一位优秀、正直的年轻学者，称他为教授，还不停问他打算何时结婚。"我太穷了"，丁会回答，或者"我还在等心仪的姑娘"。三兄弟审慎地点头，这两个理由都很靠谱。

因此当乔丽偶尔到访，意大利理发师们会透过玻璃窗向她挥手，露出他们特有的忧郁的微笑。教授有如此一位模范妹妹真不错。家人就该这样。

当《尘埃》的"黑女人"那期出来时，乔丽等不及要和丁分享她的缪斯身份。她飞奔上楼，手里挥舞着那本热烘烘刚出炉的《尘埃》，一屁股坐在他那张柳条藤椅上。

"瞧！"她说着，将装订在一起的纸页杵到他面前，一只手将长黑发拂到后背。她纤细的腰间缠着一块红褚两色的印花布，还戴着一条项链，是什么材料来着？牛齿？项链悬垂在她圆领村姑衬衫外。她的眼睛闪着光，手镯叮当作响。"七首诗歌！都写我呢！"

她毫不掩饰，忘乎所以。亏得丁是她胞兄，且不是直男，否则一定会去跑上一英里。到底是跑着逃开，还是朝着她跑去呢？她有点吓人，充满渴望，贪得无厌，什么都想体验。丁个无厌倦地觉得，所谓体验，就是当你无法得到你想要的东西时自以为得到的那种东西，可乔丽总是比他更乐观。

"你不可能在诗歌当中的。"他生气地说道，因为她的这种癫狂令他担忧。她就差砍伤自己了，她是个笨拙的姑娘，用起锋利的工具时毫不熟练。"诗歌是文字构成的，它们又不是箱子，又不是房子，没人能身处诗歌当中，真的。"

"吹毛求疵，你懂我的意思嘛。"

丁叹了口气，在她的央求下，他坐到那张摇摇晃晃的"三手"圆桌旁，手捧着马克杯，他刚为自己泡了茶，读起诗歌来。"乔丽，"他说，"这些诗写的不是你。"

她的脸阴沉下来。"不，是写我的！肯定是的！绝对是我……"

"只有一部分是写你的。"是下半身，他没说出口。

"什么？"

他又叹了口气。"你不止于此，你比这要好。"他怎么说呢？你不仅仅是一条低廉的尾巴？不，这话太伤人。"他忽略了你的，你的……你的思想。"

"你总是不停念叨睿智寓于健体[1]，"她说，"健全的思想存在于健康的身体。我明白你的想法，即这仅仅关乎性。可这就是关键所在！我代表着，我的意思是，她，黑女人，她代表着一种健康的、务实的，对虚妄、脆弱、多愁善感……的拒绝。这就像D. H. 劳伦斯，这是他说的话。这就是加文爱我的地方！"她继续说着。

"所以，他把你当爱神维纳斯本尊了？"丁说。

"什么？"

唉，乔丽啊，他心想。你不明白的，这样的男人，一旦得手了，就会厌倦你的。你会上当的。马提雅尔说，这是寻欢，不是爱。

关于上当，丁说对了。他们结束得很快，也很难。乔丽没详细说，她震惊得蒙了，不过当时丁根据所有信息得出的推断是，当乔丽和那个泥土诗人在神圣不可侵犯的床垫上进行剧烈运动时，恰好被他的同居女友撞见了。

"我本不该笑的，"乔丽说，"这样很粗鲁，可是太滑稽了！她一副惊愕的样子！这样子对她肯定是非常卑鄙的，我还笑起来。我就是控制不住。"

---

1 原文为拉丁语：mens sana in corpore sano.

那个女友名叫康斯坦丝（"真是小家子气！"乔丽嗤之以鼻道），此人正是蹩脚诗人蔑视的那种脆弱和多愁善感的化身，她的表情立即变得惨白，毫无血色，嘴里还说着房租什么的。然后她扭头走了出去，甚至都没跺脚，急促地跑开了，就像一只老鼠。这恰好显现出她的脆弱。乔丽说，换作自己，起码得拽对方一把头发甩几个耳光什么的。

她当时觉得康斯坦丝的离开应该值得庆贺，精力、生命、肉体的真实打败了抽象和停滞嘛，可是结果并非如此。没等那位半吊子诗人开始阿谀多情地重归于好，他就被赶出了月宫，他像一个失去了奶头的婴儿一样，为他那空幻的真爱号啕大哭。

对这种过度的呜咽和悔恨，乔丽应对得不够圆滑，也许她把妻管严和软蛋这些词砸出去是太过放肆了，所以她必然会被抛弃。照蹩脚诗人的说法，此番纠葛顿时变成了完全是她的过错，是她引诱了他，勾引了他。她就是果园里的那条毒蛇。

这话有点道理，丁猜想。乔丽是女猎手，不是猎物。可是一只碗碰不响，那个小游吟诗人完全可以拒绝嘛。

简而言之，乔丽让他闭嘴别提康斯坦丝，他们还为此干了一架，乔丽就像一只被用过的避孕套，被扔在了人生的下水道格栅板上。之前还从没人这么对过她！丁自己的心因为同情而悲痛不已，他试图分散她的注意力，请她看电影、喝酒，倒不是说他能在这上面支付多少钱，但她就是平静不下来。她没有歇斯底里，也没有落泪，可是忧郁开始了，随后是难以掩饰的闷闷不乐。

她会铤而走险吗？会公开与诗人对峙吗？尖声叫喊，打人？她有足够大的怒火。她被开了一个残酷的玩笑，因为她的缪斯身份，那曾经的骄傲和欢乐的源泉，变成了一种折磨：《黑女人》非十四行诗，此时被加文的第一部薄诗集《沉重的月光》珍藏收入，于是人们在纸页间嘲笑着乔丽，带着讽刺和谴责。

更糟糕的是，随着加文受到的赞颂日益增加，声名不断壮大，这些诗歌越发重要，在一系列虽小却能提升职业成就的奖项中，它们占了头等地位。这些早期诗歌又被其他诗作扩充，内容不尽相同：情人从黑女人身上只看到肉体，纯粹的粗鄙和浮躁，转而去追求他苍白而闪亮的真爱。可是那位冷眼的完美者拒绝原谅心碎的情人，尽管他随后又发表了扭捏造作、矫情的恳求诗。

后来这些诗歌都没正面写过乔丽。她不得不去丁的《俚语和非传统英语词典》中查查 "trull" 一词的意思。太伤人了[1]。

乔丽展开了一场报复性的寻人活动，从路边的沟渠和停车场采雏菊似的拿下情人，然后又漫不经心地把他们扔到一边。倒不是说这样的行为对抛弃自己的人会有什么打击，丁凭着自己的经历深谙这一点：若是真到了这一步，他们是不会在意你

---

1 该词有"娼妓"的意思。

如何屈尊去报复的。哪怕你硬上了一只无头山羊也无济于事。

季节轮回，黎明用温柔的手指揭开了三百六十二¹个粉色的清晨，而后又是一年，再是一年；月的阴晴圆缺交替反复着；这位活跃的浑蛋诗人隐退在幽暗朦胧的远方。或许这是丁因为顾及乔丽而希望的。

尽管诗人似乎并未真正消逝。你能做的就是翘辫子，而后返回记忆的聚光灯下，丁想。他希望加文·帕特南那挥之不去的阴影最终变得友好，如果它真的无法驱散。

此时他说："没错，《黑女人》十四行诗。我还记得的。苦艾酒让酸味变得醇厚，却让诗歌更加低廉——它当然让你入迷。你以前常常臭气熏天地跟跄着走进我的理发店蜗居，浑身臭得像放了一周的白鱼。你整个夏天盯着那玩意儿，都成斗鸡眼了。我自己可瞧不见那东西。"

"因为他从没让你瞧过，"乔丽说道，为自己的玩笑话笑出了声，"很值得一瞧的，你会嫉妒的。"

"可千万别说你当时爱上了他，"丁说，"这是低下的、肮脏的淫欲，你那时被荷尔蒙冲昏了头。"他理解这种事，他自己也有过类似的魔怔。在他人看来，这些东西总是很滑稽。

乔丽叹息着。"他身材很棒的，"她说，"居然还一直维

---

1 原文为三百六十二，此处疑有误。——编者注

持下去了。"

"没关系的，"丁说，"变成尸体了，身材再棒也没用。"两人窃笑着。

"你陪我一起去吗？"乔丽问，"去参加追悼会？去看个究竟？"她一副得意扬扬的姿态，可这样子他俩谁都骗不了。

"我觉得你不该去，这对你不好。"丁说。

"为什么呢？我很好奇。也许他几位妻子都会到场。"

"你太争强好胜了，"丁说，"你还是不肯相信自己被其他女人挤走了，没成为赢家。正视现实吧，你俩从来就不是一对儿。"

"哦，这我懂的，"乔丽说，"我们都烧过头了，太热了，没法持久的。我只是想看看那些妻子的双下巴。也许那个叫什么来着的也会在，不是很有趣吗？"

哦，拜托了，丁心想，别再"那个叫什么来着"了！乔丽还在纠结着康斯坦丝，那个被她玷污了床垫的同居女友，她甚至都不愿直呼其名。

不幸的是，康斯坦丝·W.斯塔尔并未因她的脆弱所预示的那样隐入了沉寂无名。相反，她变得赫赫有名，尽管原因很荒谬：她以C. W. 斯塔尔的身份成了一个脑残幻想系列作品的作家，该系列名为"阿尔芬地"。她靠阿尔芬地赚了一大笔钱，以至于加文这个相对贫困的诗人在死前几十年里肯定一直觉得生不如死。他肯定懊恼自己那天居然被乔丽这个过热的雌激素引入了歧途。

随着斯塔尔之星冉冉上升，乔丽的星辰逐渐黯淡：她不再闪烁，不再胡闹。在新书出版的日子里，C. W. 斯塔尔的抢购狂潮在书店引发了长长的、闹哄哄的排队人群，男女老少都穿得像邪恶的红手米尔兹莱斯，或是面无表情的时间吞噬者斑豆皮，或香须弗雷诺希娅，即带着靛蓝蜜蜂和绿宝石蜜蜂随从的复眼女神。尽管乔丽从不承认自己注意到了这些，但所有这些喧闹的场面一定会引她侧目。

在丁陪着乔丽去河船的那少数几次里，他依稀记得阿尔芬地有着匪夷所思的起源。该传奇始于一系列关于剑和魔法的虚假童话故事，它们最初发表在廉价杂志上，就是那种封面印着半裸姑娘被蜥蜴人觊觎的杂志。河船的常客，尤其是诗人们，他们常常开康斯坦丝的玩笑，不过他猜想后来他们不再嘲笑她了。金钱万能。

他当然读过《阿尔芬地》系列，或者说读过一部分：他觉得自己欠了乔丽的，万一她问起他对此如何评论，他就能诚恳地告诉她这系列作品如何的糟糕。乔丽当然也读过。她禁不住自己充满嫉妒的好奇心，她是克制不住的。不过两人都没有承认自己竟被彻底折服。

幸好，丁想，据说康斯坦丝·W. 斯塔尔似乎与世隔绝，她丈夫去世后尤甚，这一报纸上的讣告被乔丽默不作声地略过了。在一个完美的世界里，C. W. 斯塔尔是不会出席葬礼的。

完美世界的可能性是多少？百万分之一。

"如果帕特南葬礼上大家的话题全是康斯坦丝·W. 斯塔尔的话，"丁说，"那我绝对拒绝，因为它不会如你所言，很有趣，而会给你带来很大伤害。"他没说出口的话是：你会输的，乔丽。就像上次那样，她有胜算优势。

"不会谈她的，我敢保证！"乔丽说，"都是50多年前的事了！我连她叫什么名字都记不清了，怎么可能谈她呢？总之，她那么脆弱！根本无足轻重！我打个喷嚏就把她吹翻了！"她笑得喘不过气来。

丁仔细琢磨着。乔丽这番气势汹汹，正表明她不堪一击，因此他得支持她。"好吧，我去。"他说着，明显很不情愿的样子，"不过我对此并不热衷。"

"是爷儿们就一言为定。"乔丽说。这句话是日场西部片里的常用语，他们小时候常说的。

"这可怕的活动在哪里举行？"开追悼会那天早上丁问。那天是周日，是乔丽被允许烹饪的日子。她的烹饪过程基本上就是打开外卖餐盒，不过她要是有了兴致，就会有碎碗砸盘、大声咒骂、烧成焦炭等事情频频发生。当天是贝果[1]日，谢天谢

1　贝果（Bagel），面包圈。

地。咖啡也棒极了，因为是丁自己煮的。

"在伊诺克·特纳校舍，"乔丽说，"那里有一种亲切的怀旧气氛。"

"这是谁的原话？"丁问，"查尔斯·狄更斯吗？"

"是我，"乔丽说，"多年前，我刚成为自由撰稿人后不久，那时他们需要怀旧古风。"据丁的回忆，她其实并没有真正当过自由撰稿人。当时广告公司发生内部斗争，她站在了失败方的阵营，很不幸的是，她还向对手们说出了自己对他们的真实看法。不过她也因此积攒了一定的人脉，以致于后来能进入房地产投机领域。直到她更年期时她的其中一位情人卷走了她的积蓄，她才放弃了那些奢侈的恋足用品，以及庸俗昂贵的冬季假期。此后她负债累累，不得不在市场低迷时抛售，损失惨重，因此丁除了给她提供避难所，还能怎样呢？他的住所够两人居住的，不过只是勉强满足，乔丽占用了很大空间。

"我希望这个校舍不是庸俗的温床。"丁说。

"难道我们还有选择？"

乔丽在衣柜里翻找了一番，举着挂在衣架上的三套衣服，让丁评价。这也是丁在答应陪她参加诸多活动前提出的要求之一，是他的其中一个请求。"哪套好？"她问。

"不要那套鲜粉红色的。"

"可那是香奈儿啊，是真品！"他们俩经常逛旧衣店，只去高端的，至少他们都保持着身材：丁几十年来依然可以穿他那套20世纪30年代的优雅三件套，他甚至还有一根漆手杖。

“这不是重点，”他说，“没人会看标签的，你又不是杰奎琳·肯尼迪。鲜粉红太扎眼。”

乔丽就想扎眼，她就是这么希望的！如果加文的妻子们在场，尤其是那个叫什么来着的也在的话，她希望自己一走进去就被她们关注。但是她妥协了，因为她知道，再固执下去丁就不肯陪她去了。

“也不要人造豹纹长袍。”

“可现在它又流行了！”

“确实，可就是太时髦了，别噘嘴，你看上去会像一头骆驼！”

“那你看中的是灰色这套喽，我怎么觉得乏味啊？”

“你可以这么觉得，但我还是这样选。灰色的裁剪很棒，朴素低调，再配一条围巾如何？”

“遮住我瘦骨嶙峋的脖子吗？”

“这是你说的，我可没有。”

“我可一直靠你的啊。”乔丽说。她这话是当真的：在这方面每次她听从丁的建议，都会让自己摆脱绝境。等到出门时，她就会坚信自己形象得体了。他为她选的围巾是柔和的朱红色，它提亮了脸部肤色。

“怎么样？”乔丽说着，在他面前转动身子。

“太震惊了。”丁说。

"我就爱听你的恭维话。"

"我说的是实话。"丁说。震惊，意思是导致惊讶或迷惑，由拉丁文stupere（令人讶异）衍生而来。差不多是这个意思。过了人生某个时刻，也只能靠一套裁剪精美的灰色衣服来挽回这么一点了。

终于，他们准备出发了。"你得穿上最保暖的大衣，"丁说，"外面很冷。"

"什么？"

"外面很冷，零下20摄氏度呢，还是预报的最高温度。眼镜呢？"他想让她自己看流程单，省得麻烦他。

"带了，带了，两副呢。"

"手帕呢？"

"别担心，"乔丽说，"我才不会哭呢，为这个浑蛋！"

"如果哭了，不许拿我袖子擦。"丁说。

她仰起下巴，一副宣战的样子："我用不到的。"

丁执意要自己开车，坐乔丽开的车简直像玩俄罗斯轮盘赌。有时候她还行，可是上周她撞倒了一头浣熊。她还说这浣熊早死了，不过丁才不信呢。"反正它不该出来的。"她说，"在这样的天气里。"

丁驾驶着自己这辆细致保养的1995年的标致汽车，车子小心翼翼地行驶在冰冻的街道上，轮胎滑过雪地吱吱响着。前一天的积雪还没有清除，虽然当时只是暴风雪，还不是那种袭击圣诞节的冰风暴。在椰菜城没有暖气和电的房子里困上三天实在折磨人，因为乔丽把暴风雪当作针对个人的伤害，一直抱怨它不公平。为什么老天要这样对她？

国王大街北边有一个停车场，丁特意在网上确定了位置，因为他最怕乔丽乱指方向，可是停车场挤得吓人：他们身后的好几辆车都掉头了。丁把乔丽从前排拉下车，她在冰面上脚步一滑，他稳住她。他干吗不把那些后跟打钉的靴子扔了呢？这样她就会狠狠跌一跤弄个骨折什么的，比如髋部、腿部，如果是这样，她就会在床上待几个月，他则端餐盘和尿盆。他紧紧地拽着她的胳膊，推着她在国王大街上走着，然后往南走上了三一街。

"瞧这些人，"她说，"他们到底是谁？"没错，有一大群人朝伊诺克·特纳校舍方向走着。如你所期待的，他们当中很多人是老朽一代，和丁与乔丽一样，可怪异的是，其中也有不少年轻人。难道加文·帕特南现在成了年轻人的崇拜对象？这可不好受，丁想。

乔丽朝他身旁贴近过来，脑袋如潜望镜般转动着。"我没看见她，"她低语，"她没来！"

"她不会来的，"丁说，"她怕你叫她'那个叫什么来着'。"乔丽笑了，但并不由衷。她毫无计划，丁心想：她做事总是冒冒失失，很盲目。幸好丁陪着她。

进了室内，房间里很拥挤，又太闷热，虽然那里确实有一种优雅的氛围，让人想起往昔岁月。一阵压低音量的急促含混的话语声，就像远处的水鸟发出的。丁帮着乔丽脱下大衣，自己也用力挣脱了外套，而后在椅子上安坐着。

乔丽用胳膊肘推他，发出嘶嘶的低语："那人一定是未亡人，穿蓝色衣服的。见鬼，她看上去就像12岁，加文可真是变态。"丁也想努力瞧瞧，却没发现可能的目标。光从背面，她是怎么看出来的？

此时一片肃静，司仪站到讲台上。他是个年轻一些的男子，穿着高领毛衣，还有花呢夹克，一副教授的做派。他正在感谢大家前来参加追悼会，来纪念我们最著名、最受爱戴的，也可以说是最重要的诗人之一。

那是你自己说的，丁心想，对我可不是最重要的。他调转了注意力，凝神于马提雅尔的几句箴言。他不再发表译作，因为干吗要费力去尝试呢，但即兴翻译过程是私密的脑力练习，可以愉快地消磨必须消磨的时光。

> 不像你，你追逐我们的观点，
> 他们回避观众，那些妓女；
> 他们在紧闭的门后偷偷泄欲。
> 在拉上窗帘的、幽闭的屋里；

连那些最肮脏、最低贱的
都偷溜到坟地后干他们的生意。
再谨慎一些，就像他们！
莱斯比亚，你觉得我卑鄙？
把你的脑袋砍掉！只是——别被看到！

太像《鹅妈妈童谣》了，这韵脚，有韵脚吗？那么，也许可以更简洁一些：

为何不效仿娼妓？
撞它，撞它，不停撞击，
莱斯比亚！千万别扬扬得意！

不，这可不行，比马提雅尔最差的作品都更差劲，还暴露了太多细节。最初的那些坟地值得保留，坟地幽会有很多可以说的。他得稍后再尝试了。也许他可以试试关于樱桃和李子相对比的……

乔丽用胳膊肘猛戳他。"你打瞌睡了！"她嘶嘶地低声说。丁一下子惊醒过来，他赶紧浏览关于活动流程的手册，上面有黑色边框的加文照片，照片中的人威严地凝视他。进行到哪一步了？孙辈的唱过歌了吗？显然唱过了：甚至都不是悲哀之歌，而是，哦，真可怕，是"我的路"。谁提议的，真该打，不过好在丁那时浑然无知。

那位已成年的儿子正在朗读什么，不是《圣经》，而是已故诗人自己的作品，是诗人晚年的一首关于池中落叶的诗。

> 玛丽亚撤去枯萎的落叶。
> 它们是灵魂吗？我的亦在其中？
> 难道她是死亡天使，一头黑发，
> 幽暗一片，来将我带走？
> 黯淡的游魂，在清冷水池中打旋，
> 别了，愚者的帮凶，我的肉体，
> 你将归于何处？在何方，寂寥水岸？
> 难道你只是一片落叶？抑或……

唉，诗歌未写完：加文在写这首诗时逝去。真令人伤感，丁想。难怪他四周都是压抑的抽泣声，就像春日的蛙鸣。不过，如果再好好打磨一下，这首诗还算不错，除了其中那段隐藏得并不巧妙的剽窃，即垂死的哈德良大帝对自己游魂说的话。不过也许不算剽窃：善意的评论家会称为喻指。加文·帕特南对哈德良有足够的了解，这才借用了他的话，这想法大大改变了丁对这位过气的蹩脚诗人的看法，但仅在作为诗人这一点上，并不包括他的为人。

"Animula, vagula, blandula，"他低声背诵着，"Hospes

comesque corporis / Quae nunc abibis in loca / Pallidula, rigida, nudula / Nec, ut soles. Dabisiocos... "[1]很难说得更好了，虽然尝试者众多。

一阵静穆的冥思，其间大家遵从提议闭上眼睛，回想着自己与这位已故同道和伙伴之间丰富珍贵的友谊，以及这种友谊对个人的意义。乔丽又用胳膊肘戳了戳丁。这动作在示意他，以后想起这一幕该多好笑啊！

接下来的葬礼烤肉大餐很快要上来了。讲台上走上来一位"河船"时代知名度略低的民谣歌者，他满脸皱纹，留着散乱的山羊胡，那胡子看起来就像是蜈蚣的足底，他给大家带来了一首那个时代的歌曲《铃鼓先生》[2]。身为民谣歌手，他在唱歌前坦言选这首歌确实奇怪。可它表达的不是哀悼，是吧？倒是庆贺！我知道加文也许这会儿也在倾听，也在用脚愉快地打着拍子！兴奋起来，朋友们！我们向你招手！

屋里到处是哽咽声。饶了我们吧，丁叹息着。乔丽在他身旁颤动着。这是伤心还是高兴？他不能朝她看：假如是高兴，他们俩会咯咯笑出声的，这样就尴尬了，因为乔丽收不住的。

接着是致颂词，发言的是一位穿着高筒靴，披着一条鲜亮披肩，咖啡肤色，漂亮得很邪门的年轻女人。她自我介绍说名

---

1 诗词大意：惹人喜爱的，小小的游魂／肉体的客人与伴侣／你将去往某处／苍白，僵硬，赤裸／再也不能同往日一样与我分享笑话。——编者注
2 诺贝尔文学奖获得者、美国民谣歌手鲍勃·迪伦演唱的一首歌曲。这首歌常被解读为对歌手本人的精神和缪斯的呼唤，或对超越的探索。——编者注

叫纳维娜什么的，是研究诗人作品的学者。然后她说她想告诉大家一件事，尽管她只在帕特南先生生命的最后一天见过他，但诗人富有情感的个性和极具感染力的对生活的热爱让她非常感动，她也很感激帕特南夫人雷诺兹，后者给了自己这个机会，虽然自己失去了帕特南先生，却因为共同经历这段艰难苦痛，而和雷诺兹成了朋友，她还说自己很庆幸事故发生的那天没有离开佛罗里达，能陪着雷诺兹，她也相信在场各位会和自己一样抚慰雷诺兹，尤其在这悲伤、艰难的时刻，还有……她声音颤抖着停了下来。"抱歉，"她说，"我本想说更多的，关于，你们都理解的，关于诗歌，可是我……"她流着泪从台上匆匆走下来。

动人的小家伙。

丁看看手表。

终于到了最后一支歌，是《告别》，一首传统民谣，据说加文·帕特南创作日后很知名的第一部诗集《沉重的月光》时，这首歌给他带来很多灵感。一个年龄至多18岁的紫铜色头发的小伙子在台上为大家演唱着，还有两人弹着吉他为他伴奏。

> 别了，我的挚爱，
> 暂时别了；
> 我要离开，但我会回来
> 假如我走过一万英里。

这支歌每次唱都很打动人：承诺归来，却明知无法归来。歌手那颤抖的男高音渐渐消散，接着传来一阵阵抽泣和咳嗽声。丁觉得有人在轻轻碰他的外衣袖子。

"哦，丁。"乔丽说。

他说过让她带手帕的，可她自然是没带。他掏出自己的手帕递给她。

此时传来低语声，窸窸窣窣的，人们起身，相互簇拥着。他们被告知客厅设有免费酒吧，西厅备有茶点。随之响起了小心翼翼的脚步声。

"洗手间在哪里？"乔丽问。她的脸都哭花了，真没经验：睫毛膏顺着脸颊往下流。丁拿过手帕，尽可能擦掉她脸上的黑色污迹。"你在外面等我好吗？"她哀伤地问。

"我也去洗手间，"丁说，"之后我在吧台等你。"

"别整天待在那里，"乔丽说，"我得走出这鸡舍。"她发起牢骚来，这会儿她的血糖肯定低了。之前吵吵嚷嚷着做准备，他们都忘了吃午餐。他会让她喝点酒抖擞一下精神，再来点去了面包皮的三明治。然后，再吃一两块柠檬酥，葬礼可不能缺柠檬酥，接着他们就要开溜了。

他在男厕所撞见了赛斯·麦克唐纳，此人是普林斯顿大学古代语言系的荣休教授，俄耳甫斯赞美诗的著名译者，居然也是加文·帕特南的老朋友。他们不算同道中人，不过曾经在同一条地中海邮轮上遇见过，同游"古代世界热门景点"，当时他们相处甚欢，并在最近几年一直保持着通信交往。两人相互表示了哀悼情绪，丁照例支吾寒暄了一番，编造了自己到场的原因。

"我们都对哈德良感兴趣。"他说。

"啊，是的，"赛斯说，"没错，我注意到这个典故了，很巧妙。"

这番意外耽搁也就意味着乔丽比丁先走出了洗手间。他不该不看住她的！她就这么带着亮闪闪的铜粉妆进城了，而且妆容上还涂了别的东西：一层大大的、熠熠发光的金色薄片。她看上去就像是一只装饰着亮片的手提包，她准是在手提包里偷偷放了一些东西，这是对丁不看好亮粉色香奈儿的报复。当然，她还没法在洗手间的镜子里完全看清楚了自己的装扮，她不可能一直戴着那副老花镜的。

"你这是干什么……"他开口道。她瞪了他一眼：给我闭嘴！没错，为时晚矣。

他抓住她的胳膊肘，"轻骑兵继续挺进。"他说。

"什么？"

"去喝一杯。"

两人手拿价格不贵但品质还算可以的白葡萄酒，朝茶点桌走去。等他们靠近桌子四周的人群时，乔丽僵住了，"瞧，她

124

和第三任妻子在一起！在那儿！"她说着，浑身颤抖起来。

"谁？"丁问，心里再清楚不过了，就是那个可怕的叫什么来着的女怪，C. W. 斯塔尔本人，看过报纸上的照片就能认出她：一位身材矮小、满头白发的老妇，身穿破旧的绗缝大衣。她脸上没有闪粉，确切地说，完全素面朝天。

"她没认出我！"乔丽轻声道。此刻她乐滋滋的。谁会认出你来，丁心想，就凭脸上这一层灰泥和龙鳞？"她冲我看呢！快，咱们去偷听他们在说什么！"他们童年时的窥探阴影又来了，她拉着他往前走。

"不，乔丽。"他说，就像对着一只训练不足的小猎犬。可是没用，她继续往前扑，想挣脱脖子上那条无形的狗链子，他可没法拽紧了往回拉。

康斯坦丝·W.斯塔尔一只手拿着一个鸡蛋沙拉三明治，另一只手拿着一杯水，看上去很困惑又很谨慎的样子。她右手边肯定是那位丧偶的寡妇雷诺兹·帕特南，一身素净的蓝色，佩戴珍珠首饰。雷诺兹真的很年轻，并没显得过于悲痛，毕竟距真正死亡已经有一段时间。帕特南夫人右侧是纳维娜，即那个迷人的年轻拥趸，她方才致哀悼词时曾崩溃过。此时她的状态似乎彻底恢复了，正滔滔不绝地说话。

但是她说的话题不是关于加文·帕特南和他不朽的措辞。当丁适应了她平淡的中西部口音后，他意识到她是在不停诉说自己对《阿尔芬地》系列的热爱。康斯坦丝·W.斯塔尔咬了一口三明治，这种话她之前多半听到过。

"那个弗雷诺希娅诅咒，"纳维娜说着，"第四卷，真是太……里面有蜜蜂，还有红巫婆鲁普托被禁闭在石头蜂窝中！实在太……"

女作家左侧空着没人，乔丽悄悄挤了过去。她的手还抓着丄的胳膊，头往前探，一副专注聆听的样子。她这是要做出粉丝姿态？丁疑惑着。她想干什么？

"在第三卷，"康斯坦丝·W.斯塔尔说，"弗雷诺希娅最早出现在第三卷，不是第四卷。"她又咬了一口三明治，旁若无人地咀嚼着。

"哦，对的，第三卷，"纳维娜说。她局促地咮咮笑着。"帕特南先生说过，他说您把他写进了这个系列。当时您走出房间，去沏茶，"她对雷诺兹说道，"这时候他告诉我的。"

雷诺兹的脸板了起来：这话干涉她的隐私了。"你确定？"她说，"他一直是坚决否定的……"

"他说有很多事情他从没对你说过，"纳维娜说道，"怕伤你感情。他不想让你觉得被疏离，因为你自己不在阿尔芬地。"

"你撒谎！"雷诺兹说，"他一直什么都不瞒我的！他一直觉得阿尔芬地就是胡扯！"

"确实，"康斯坦丝说，"我是把加文放进了阿尔芬地。"她刚才一直对乔丽置若罔闻，这会儿她才转过身，直直地盯着她，"是为了他的安全。"

"这不对啊，"雷诺兹说，"我觉得你应该……"

"这样的确让他安全了，"康斯坦丝说，"他就在一个酒桶里，沉睡了50年。"

"哦，我明白了！"纳维娜说，"我始终认为他在系列中！是哪一卷呢？"

康斯坦丝没有理会她，她一直对着乔丽说话。"不过现在我已经把他放出来了，这样他想去哪里就能去哪里。他已经不再受到你的危害了。"

康斯坦丝·斯塔尔这是怎么了？丁想。加文·帕特南受到乔丽的危害？可明明是他抛弃的她，他才是施害者。难道康斯坦丝的水杯里是伏特加？

"什么？"乔丽道，"你在对我说话？"她捏紧了丁的胳膊，但这并非为了忍住不笑，相反，她一副惊慌的样子。

"加文并不在那本该死的书里面！加文已经死了。"雷诺兹说着，开始叫喊起来。纳维娜向她走了一小步，可又移了回来。

"你的恶意会伤害他，玛乔丽，"康斯坦丝说，声音淡然，"你怒火中烧，怨念很重，你也明白的。只要他的灵魂在此岸还有一个肉身，他就会有危险。"她清楚地知道乔丽是谁，尽管有金箔片和铜粉，她肯定第一时间就认出她来了。

"我那时当然很生气，因为他那样对我！"乔丽说，"他把我扔了出去，踢出了门，就像，就像对一个破旧的……"

"哦。"康斯坦丝说。一时间，局面僵住了。"我没想到这一点，"她最后道，"我以为恰恰相反，以为是你伤害了他。"这算是一场对峙吗？丁想。物质对反物质的？难道她们俩打算相互开炮？

"他是这么说的？"乔丽问，"该死的，有可能啊！他当然会说这都是我的错！"

"哦，天哪，"纳维娜对乔丽说，声音压得很低[1]，"你就是那个黑女人！十四行诗里的！也许我们可以谈谈……"

"这里毕竟是追悼会，"雷诺兹说，"不是讨论会！加文会愤怒的！"另外两个女人毫不理会她的表情。她抽泣着，红着眼睛气愤地瞪着她们，而后朝吧台走去。

康斯坦丝·W. 斯塔尔把剩下的那点三明治插入水杯里，乔丽盯着她，就好像她在调配着什么。"这样的话，我有义务释放你，"康斯坦丝最后说道，"看来我一直对你有很深的误解。"

"什么？"乔丽差点儿喊起来，"把我从哪里释放出来？你在说什么？"

"从石头蜂窝里，"康斯坦丝说，"你在那里被监禁了很

---

1 "声音压得很低"原文为意大利语：sotto voce。

长时间，受到惩罚，被绿宝石蜜蜂和靛蓝蜜蜂蛰，就是为了让你不去伤害加文。"

"她就是那个红巫婆鲁普托！"纳维娜说，"这太邪恶了！您能否告诉我……"康斯坦丝依然没理会她。

"关于蜜蜂我很抱歉，"她对乔丽说，"肯定非常痛。"

丁紧握着乔丽的胳膊肘，企图把她拉回来。对她来说，暴脾气发作，对着这个老女人作家的小腿踢过去，或者至少大吵大闹一番，都不是没有可能的。他得拉她走。他们得回家去，他会给彼此倒上一杯烈酒，会让她静下来，然后两人对这整件事开开玩笑。

可是乔丽不肯动，她还放掉了丁的手臂。"是非常痛，"她低语着，"太痛了，哪儿都痛，我整个一生都痛。"她在哭吗？是的，真哭了，金属色的眼泪，闪着青铜和黄金的光泽。

"我也很痛。"康斯坦丝说。

"我知道的。"乔丽说。她们俩相互凝望着，仿佛定格在某种无法穿透的心灵交融中。

"我们身处两地，"康斯坦丝说，"阿尔芬地没有往昔，没有时间。可是这里有时间，我们就在此地。我们还有一点剩余时间。"

"是的，"乔丽说，"就是现在了。我也很抱歉，我也把你释放了。"

她走上去。难道她们是要拥抱？丁想。她们这是在拥抱，还是摔跤？是灾难吗？他该怎么去解救？这上演的是怎样一出女性怪诞剧啊？

他觉得自己很愚蠢。难道这几十年来，他一直没理解乔丽？难道她还有其他面，其他的能力？还有他从没见识到的另外维度？

康斯坦丝退了回来。"祝福你。"她对乔丽说。她那惨白的面色此刻闪着金色光泽。

年轻的纳维娜简直不相信自己会如此幸运。她的嘴半开着，正咬着自己的手指头，大气都不敢出。她正在把我们嵌入琥珀吧，丁想，就像古时候的虫子那样，她要把我们做成永恒的标本。嵌入琥珀珠子，进入琥珀的文字，当着我们的面。

4

天生畸形

Lusus Naturae

　　我又能怎样，还能怎样呢？问题都一样。可能性小之又小。全家上下可以探讨的都探讨过了，夜里他们脸色阴郁，围着厨房餐桌坐着，久久不散。百叶窗紧闭着，大家吃着干瘪陈旧的香肠，喝着土豆汤。要是我神志清醒，我也会一同坐着，尽力加入谈话，一边在碗里搜寻土豆块。要是又神志不清，我就会身处幽暗角落，自己咕哝着，一边听着别人无法听到的呢喃声。

　　"她以前是多可爱的宝宝啊，"妈妈会说，"一切都很正常。"她很伤心生下了我这样的孩子，这就像一种耻辱、一种审判。她做错了什么呢？

　　"也许是一种诅咒。"我奶奶说道。她和香肠一般干瘪陈旧，但到了她这个年纪这也很自然。

　　"好几年她都很正常，"爸爸说，"就是那次得了麻疹之

133

后，当时她7岁，就是那以后。"

"又是谁在诅咒我们呢？"妈妈说。

奶奶皱起眉头，她可有一长串的名单。

即便如此，她还是挑不出一个来。家人们都一直受人尊敬，甚至多多少少被人喜爱。此时如此，以后也一直会这样，如果对我能有什么法子的话。也就是说，在我的事情走漏风声之前。

"医生说这是一种病。"爸爸说。他总想标榜自己理性。他读报纸，还坚持让我学会读书，不管发生什么，都不断鼓励我。不过我已经不再偎依在他的臂弯中了。他让我坐在桌对面。虽然这个距离让我很痛苦，但我能理解他。

"那他为什么不开一些药呢？"妈妈问。奶奶哼了一声。她自有想法，它们都和马勃菌[1]与树桩水有关。她一将我的头按在泡着脏衣服的水里，就做起祷告来。这是为了驱赶恶魔，她坚信恶魔从我嘴巴里流进身体，藏在胸骨附近。妈妈说她的出发点是好的。

给她喂面包吃，医生这么说过，她需要吃大量面包。这个，还有土豆。她也要喝血。鸡血很有用，或者是母牛的血。别让她喝太多。他告诉大家这种病的名字，里面有几个字母P和R，反正我们也听不懂。我这样的病他之前只见到过一例，他

1　英文为Puffball，一种药用真菌。

边说边看着我黄色的眼睛、粉红色的牙齿、红色的手指甲，我胸口和手臂上黑色的长毛发。他想带我去城市，让其他医生看看，可是家人不同意。"她是天生畸形[1]。"他这么说过。

"什么意思？"奶奶问。"天生怪物。"医生说。他从很远的地方过来，是我们请他过来的。要是我们这里的医生，早就散布谣言了。"这是拉丁文，意思就是怪物。"他以为我听不见，因为我正在咕哝，"谁都没过错的。"

"她是人。"爸爸说。他给了医生很多钱，让他回他的外国去，别再来了。

"上帝为什么对我们这么做？"妈妈问。

"诅咒或疾病，都一样，"我姐姐说，"不管哪一种，反正被人发现了就没人会娶我了。"我点点头，确实如此。她是个漂亮姑娘，而且我家也不穷，几乎算是绅士阶层。没有我的话，她的前途会一片光明。

白天我被关在自己黝黑的房间里，我这不是开玩笑，这样很好，因为我不能站在阳光下。到了夜里，睡不着，我就在房子里溜达，听着其他人打呼噜，因为做噩梦而大声叫喊。猫是我的同伴，它是唯一愿意靠近我的活物。我浑身血腥味，都是陈旧枯干的血腥味，也许这就是它跟随我，爬到我身上舔我的原因吧。

1　原文为拉丁文：lusus naturae。

他们告诉邻居，说我得了一种耗体力的病，发烧，说胡话。邻居们送来鸡蛋和卷心菜。他们还不时前来探望，打听消息，但是他们并不想看见我，不管是什么病，没准儿会传染。

最后大家决定让我去死。这样我就不会碍着我姐姐了，不会像厄运般笼罩她。"有一个幸福总好过两个都悲惨。"奶奶说，她喜欢把蒜瓣围着我的房门贴上一圈。我也接受这个决定，想帮帮大家。

大家收买了牧师，此外，我们还博取了他的同情。每个人都愿意一边相信自己在做善事，一边把整包的钱塞进口袋里，我们的牧师也不例外。他对我说，上帝挑选了我，因为我是一个特别的姑娘，也可以说就像新娘那样特别。他说我被召唤去献身，还说我的痛苦会净化自己的灵魂。他说我很幸运，因为我一生都很天真无辜，没有男人想玷污我，那样我就能直接进天堂了。

他告诉邻居们说我死得很圣洁。我被安放在一口很深的棺材中，棺材则放在一间黝黑的屋里，我一身白衣，盖着厚厚的白色面纱，这对处女很合适，也很能掩盖我的胡子。我在那里躺了两天，尽管夜里我自然是能四下走动的。有人进来我就屏住呼吸。他们蹑手蹑脚的，说话也压低声音。他们并不靠近，对我的病还是很害怕。他们对我妈妈说，我看起来就像天使。

妈妈坐在厨房里，就像我真的死了那样哭泣着，连姐姐都竭力表现出忧郁的样子。爸爸穿着黑西装，奶奶做烘焙。每个人都把自己的胃填得满满的。到了第三天，他们往棺材里塞满了潮湿的稻草，把它运到墓地埋了。大家祷告着，还立了一块大小适中的墓碑。三个月后，我姐姐出嫁了。她坐着马车到了教堂，这在我们家族是头一人。我的棺木就是她阶梯中的一级。

　　既然我已经死了，就更自由了。只有妈妈得到允许可以走进我的屋子，他们管它叫我曾经住过的屋子。他们告诉邻居，说要保留这个房间来纪念我。他们在门上挂了我的肖像，那是我还像个人时拍的照片。我不知道这会儿自己什么模样了。我避开所有的镜子。

　　在幽暗中我阅读普希金，还有拜伦爵士，以及约翰·济慈的诗歌。我了解了什么是枯萎的爱，还有抗争和死亡的甜蜜。我觉得这些想法很抚慰我。妈妈会给我送来土豆和面包，还有装着血的杯子，并将夜壶拿走。她以前总喜欢给我梳理头发，直到它们开始一把把地脱落；她以前常抱住我哭，可现在她已经不那样了。她尽可能快地进出，不过她竭力掩饰着。她当然是恨我的。在你意识到一个人的痛苦就是他对你犯下的恶意行为之前，你只能为他感到难过。

　　夜里我在房间里走动，后来到院子里走动，再往后就到林子里走动。我不再担心会碍着其他人或他们的未来。对我来说，我没有未来。我只有现在，那个似乎随着月亮的阴晴圆缺而改变的现在。要不是病情不时会发作，连着好几个小时的疼痛，还有那些我无法理解的呢喃声，我都可以说自己是快乐的。

奶奶去世了，接着爸爸也走了。猫越发衰老。妈妈陷入了更深的绝望中。"我可怜的姑娘，"她会这么说，虽然确切来说我已经不再是姑娘了，"我走了谁来照顾你啊？"

唯一的答案就是：我只能靠自己了。我开始探索自己能力的极限。我发现，隐身时比被人看见时更有能力，尤其是半隐半现时最厉害。我在林子里吓坏过两个小孩，是故意的。我让他们看见了我粉红色的牙齿、长毛的脸，还有红指甲。我对他们喵喵叫，他们尖叫着逃开了。很快人们就不来我们这边的树林了。夜里我朝一个窗户里张望，让一个年轻姑娘歇斯底里发作。"鬼！我看见鬼了！"她抽泣着。看来，我是个鬼。我心想。鬼到底是怎么和人区别开的？

一个陌生人提出要买下我家的农场。妈妈想把它卖了，搬去和姐姐，还有她的绅士老公以及她健康开朗的全家一块儿住，全家人的画像才刚刚画好呢。可是妈妈做不到，她怎么能撇下我呢？

"去吧。"我对她说。现在我的声音有点像低吼，"我会腾出自己的房间，我有地方住。"她很感激我，可怜的人儿。她很牵挂我，就像对手指上的倒拉刺，对一个瘊子，我是她的一部分，可是摆脱我她又很开心。她这辈子已经为我付出太多了。

在打包整理和卖家具期间，我整日躲在草垛里。那里对我来说足够了，不过冬天可不行。一旦新人搬进来，避开他们倒是不难。我比他们更了解这屋子，包括入口和出口。我可以在黑暗中活动自如，变成一个又一个的鬼魂。我在月光里用长着红指甲的手摸别人的脸，不由自主地发出生锈的铰链的声音。他们拔腿就跑，于是这里成了闹鬼之地。之后这里就全归我了。

我靠在月光下偷挖土豆、从鸡舍偷鸡蛋为生。我间或偷一只母鸡吃——会先喝鸡血。这里有看门狗，不过虽然它们会朝我叫，却从不攻击我，它们不知道我是什么东西。我在自家房子里试图照镜子。据说死人是看不见自己的镜像的，确实如此。我看不见自己。我倒是见到东西了，可那东西不是我自己，它看上去不是那个我心里自认为的善良美丽的女孩。

但是此刻一切都要结束了。我变得太显眼了。

事情是这样发生的。

黄昏时分我正在采蓝莓，就在树林边缘的草地，我看见两个人分别从相反的两头走过来。一人是小伙子，另一人是姑娘。小伙子穿得比姑娘好。他还穿着鞋。两个人看上去鬼鬼祟祟的。我明白那种样子，回头瞥着，走走停停的，我自己就特别谨慎隐秘。我蹲在草堆里看着。他们抓住彼此，缠绕在一起，倒在地上。他们发出呻吟声，低吼着，轻声尖叫。也许他们癫痫发作了，两人同时发病。也许他们，哦，终于！像我一样。我爬近了想看个究竟。他们不像我，比如说，并没有毛茸茸的，除了头发。这我能看出来，因为他们几乎脱光了衣服。不过后来，我可是费了点时间才明白的。他们一定是发病的初级阶段，我想。他们知道自己发生了变化，于是找到彼此做伴，一起发作。

他们似乎从浑身的抽搐中获得了愉悦，即便他俩还不时地咬着对方。我明白这是怎么回事。要是我也能加入该多好啊！这些年我已经对孤独感到麻木了。此刻我觉得那麻木在消融。可我还是不敢靠近他们。

一天夜里小伙子睡着了。姑娘用他脱下的衬衫盖住他，吻着他的额头。接着她小心翼翼地离开了。

我从草丛里走出来，轻轻地向他走去。他就在那里，躺在椭圆形的压平的草上面，就像摆放在浅盘里。很抱歉，我控制不住自己。我把自己长着红指甲的双手放在他身上，咬他的脖子。这是肉欲还是饥饿？我怎么知道差别？他醒了，看到我粉红色的牙齿，黄色的眼睛。他看到我的黑衣颤动着，看着我跑开了，他知道我去了哪里。

他告诉村里的其他人，于是人们开始猜测起来。他们挖出了我的棺材，发现里面是空的，于是害怕极了。这会儿他们正朝着这房子走来，现在是黄昏，人们拿着长棍、手电筒。我姐姐也在其中，还有她丈夫，还有那个我吻过的小伙子。我认为自己当时是在吻他。

我能对他们说什么呢？我怎么解释呢？当人们认定有恶魔

存在，就得有人填补进去，无论是你主动走上去，还是被人推进去，结果都一样。"我是一个人。"我可以这么说的。可是我有什么证据呢？"我天生畸形！带我去城市！有人可以研究我！"没用的。恐怕这对那只猫来说也很不幸。他们怎么对待我，就会以同样的方式对待猫。

我是一个宽容的人，我知道他们的初衷是好的。我穿上了自己的白色婚纱，戴上白色面纱，就像个处女。人必须得有仪式感。那呢喃声变得很大：我该起飞了，我会如彗星一般从燃烧的屋顶坠落，会像篝火一样闪亮。他们一定会对着我的灰烬不停念咒语，确保我这次真的死了。不久我就会成为倒挂起来的圣人[1]，我的手指骨会被作为黑暗遗物出售。到那时，我会成为传奇。

也许在天堂我会像个天使，或者说是天使会像我这样。这对其他人而言，会是多大的惊奇啊！我期待着。

1　指耶稣的父亲圣彼得。——编者注

5

冻干尸新郎

The Freeze-Dried Groom

接下来，他的车发动不了了。都怪这反常的寒流，是极地涡流造成的，脱口秀演员早就拿"极地涡流"这个词在网上开了好多关于自己老婆阴道的玩笑。

山姆能理解这一点。格温妮丝在最终和他分手前，已经习惯了通过换床单来暗示自己终于要在纯净的床面给他来点薄唇的、水润的、不太情愿的性爱了。完事后她会立即再换床单，以此来强调，他，山姆，就是她洗衣机里充满细菌、引发污渍、被跳蚤叮咬过的废料。她不再伪装，不再假装呻吟，因此这一幕就在怪异的静穆中进行，四周充斥着织物柔软剂粉色、甜腻的气味。那气味渗透进他的毛孔。在这种氛围里，他很惊讶自己还能进行下去，动作居然还那么敏捷。不过他向来会让自己惊讶的。谁知道他下一步还会做什么？他自己都不知道。

一天就是这样开始的。早餐本身就是一场灾难：格温妮丝告诉山姆，他们的婚姻结束了。山姆放下叉子，接着又拿起来，把吃剩下的炒鸡蛋推到一旁。格温妮丝以前常常做出最可口的炒鸡蛋来，所以他只能判断，早餐那坚硬无比的炒鸡蛋也是她驱逐方案的一个步骤。她不再愿意取悦他，恰恰相反，她本来可以一直等到他喝过咖啡再说的，她明知没有咖啡因的刺激他无法集中精力。

"哇哦，慢着。"他说，接着停顿下来。没用的，这不是吵架的开局打法，不是恳求更多关注，也不是在谈判中给出条件。这三种情况山姆之前都经历过，而且他也熟悉各种面部表情的组合。格温妮丝没在咆哮，也没噘嘴或皱眉，她的目光冷冰冰的，声音平淡。她这是在做宣告。

山姆想要反抗，他到底犯了什么重大的、恶臭的、腐烂的、无可救药的过错呢？他以前也没少乱放钱或弄脏口红。他可以责怪她的口气：干吗突然这么暴躁呢？他也可以抨击她扭曲的价值观：她的幽默感、对生活的爱，还有道德标准是怎么了？或者他也可以规劝：宽容是美德！再或许他可以好言相劝：为什么像她这样一个善良、耐心、热心肠的女人，竟然会以如此粗暴的心理攻势来打击他这种脆弱易伤的男人？另外，他也可以发誓做出改进：我可以做什么吗？请告诉我！他可以恳求再给他一次机会，可是她会坚定地回答说他已经用完了所有的机会。他可以对她说他爱她，可是她会说，爱不靠言语而凭行动。最近她一直这么说，反复地说，像是在做预言。

她坐在桌子对面，准备进行一场毫无疑问是她期待的战斗，她额头上的头发梳得服服帖帖，在脖子后面扭成了止血带的样子。她那直线型的金耳环和叮当作响的项链渲染着她金属般坚硬的决定。她脸上的妆容也在为这一幕做好了准备，干燥血红的唇色，乌云般黑的眉色，她双臂交叉环抱，遮住了曾经魅力十足的胸部：伙计，现在可行不通了。最糟糕的是，在她武装自我的坚硬外壳之下，是对他的漠然。既然两人之间所有的情节剧都表演过了，最终她对他厌倦了。她在倒计时，等着他滚蛋。

他从桌旁站起身。她本来应该得体地推延驱逐令，留出给他穿衣和修面的时间，同一件睡衣连穿了5天的男人确实身处劣势。

"你要去哪里？"她说，"我们得商量一下具体细节。"他很想说一些伤人的、坏脾气的话，诸如"流浪街头""你也会关心我啊！""这已经和你的正事不再有关系了，对吧？"等。可这样就犯了战略错误。

"我们可以稍后再商议的，"他说，"不就是那些法律上的玩意儿嘛。我得去打包。"假如她只是虚张声势，这就是时机；可是不对，她没有阻止他。她甚至都没说，"别傻了，山姆！我并没有让你马上离开的意思！坐下，喝杯咖啡！我们还是朋友！"

可他们好像不再是朋友了。"请便。"她平视着他。因此，他不得不满怀羞辱、步履蹒跚地趿着那双被重重践踏的羊毛拖鞋，走出厨房。他身穿那件睡衣，上面还印着羊跳过栅栏的图案，那是两年前她送的生日礼物，那时她还觉得他可爱有趣。

他知道迟早是这结果，但这一切还是太快了。他本该更加警觉，先把她给甩了，这样就处在优势位置了。难道那才是劣势吗？其实，被动的一方可以把这个角色当作自己的权利。他套上牛仔裤、运动衫，把一堆东西塞进自己已经用了一阵子的一只大包里，那只包是他未执行的航海计划的一部分，余下的杂物他可以过后再回来拿的。卧室马上就是她一个人的了，那里曾充满了性爱的电力，上演着你拉我拽、推入抽离的肉搏戏，此时已经像一个他即将抛却的酒店房间。难道是他帮着挑选了这张丑陋的仿维多利亚时代的床吗？确实，或者说，在犯下这个购买错误时，他至少是袖手旁观来着。不过那些窗帘帷幔，那些有着呆板玫瑰图案的面料不算。反正他问心无愧。

剃刀、袜子、男式内裤、T恤等等。他接着走进一间自己一直用作办公室的空房间，迅速将笔记本电脑、手机、笔记本，以及一对充电线塞进电脑包；还包括一些散落的文件，倒不是说他多在乎文书；此外还有钱包、信用卡、护照，他把这些都插入了不同的口袋里。

他怎样才能在走出房子时不让她看到自己，看到他本人以及他悲惨的撤离？把床单拧成绳索，从窗口爬出去，顺墙而下吗？他脑子一片凌乱，气得都有点斗鸡眼了。为了静下来，他回到了和自己经常玩的心理游戏中：假设他是谋杀案的受害者，那他的牙膏会成为线索吗？我判断这管牙膏最后一次被挤是在24小时之前，因此受害者那时还活着。那他的iPod又如何呢？让我们来看看，在那把餐刀刺进他耳朵之前，他在听什么。播放列表上会有编码！还有那些印着狮头和名字首字母的庄重的袖扣，那是格温妮丝两年前送他的圣诞礼物。这些不可能是他的东西，像他这种品味的人。它们一定是凶手的！

可它们就是他的。它们是他俩刚开始约会时格温妮丝对他的印象：他是百兽之王，是把她甩来甩去、在她身上乱咬的强势掠食者，他按住她，欲火中烧，一只爪子抓着她的脖子。

那他为何很乐于如此想象呢？自己躺在太平间里，而法医，无疑是一个性感火辣的金发碧眼美女，虽然身上的实验室服装盖住了她紧实、正经的女医师的胸脯，她正用自己那灵巧而熟练的手指探究着他这具尸体。那么年轻，那么性感！她心想，真是可惜！接着，这个好奇、鲁莽的小侦探试图重现他悲惨的死亡事件，追溯他任性的脚步，正是这些脚步引他走进邪恶人群，导致了他的悲剧下场。祝你好运，甜心，他那冰冷惨白的脑袋对着她静静地微笑着：我就是个谜，你永远得不到我的密码，看不透我的。可是，你就戴着那副橡皮手套再来一次吧！哦，来吧！

在某些幻想中，他会坐起来，毕竟他压根儿没死嘛。尖叫！接着，亲吻！但在有的幻想里，他即便真死了也会坐起身来。眼球直往他脑袋里转，可是饥渴的双手却伸向了她的实验服的纽扣。这就是另一种场景了。

他又往大包里塞了一件运动衫：好了，应该够了。他把包合上，拎了起来，另一只手拎起电脑包，慢慢跑下楼梯，一步两台阶，和往常一样。他不用再考虑换掉楼梯上的旧地毯了，反正这对他是一件好事。

在客厅里，他从衣柜里抓起自己的冬季大衣，在大衣口袋里找手套，还有厚围巾和羊皮帽子。他看见格温妮丝依然在厨房里，胳膊肘支在高档玻璃桌台面上，那东西是他买的，不过现在归她了，他压根不想为此再和她争吵了。再说，他其实也没付钱，是他弄来的。

她故意不理睬他，还给自己泡了杯咖啡，那味道很好闻。看起来还有一片烤面包，她当然不会因为心情不佳而吃不下去的。他心里气恼。这样的时刻她怎么还能吃东西？难道在她眼里他什么都不是？

"我什么时候再见你？"他朝大门走去时，她冲他喊道。

"我发短信给你，"他说，"祝你幸福。"这么说是否太挖苦人？是的，积怨是错误的。别傻了，山姆，他告诫自己，你这样就不理智了。

车子就是这时候发动不了的。该死的奥迪。他真不该接受这一大坨豪华汽车垃圾的，当时就为了和一个欠债人扯平，尽管那时候似乎还是一笔很大的交易。

本来好好的退路，这一下被搅局了。他甚至没机会在拐角处呐喊一声，乌拉，终于解脱了，水手进了公海，谁还要女人像水泥块一样黏着你的脚踝，拖拽着你啊？他挥挥手离开，向新的冒险挺进。

他又试了试点火装置。咔嚓咔嚓，死死不动。冰冷的空气中他呵气成雾，手指尖发白，耳垂冻僵，于是他打电话给通常的服务机构，让他们来充电发动。回答他的只有录音：中介会很快予以处理，但是又建议他，鉴于如此恶劣的天气情况，平均等候时间为两小时，请不要挂机，因为我们真的很重视为您的服务。接着传来了欢快的音乐。把你的愚蠢冻掉，那是没唱出的歌词，因为所有这些对极地涡流的赞美，让我们大赚一笔。聪明点，找个暖气，吻我的屁屁。

于是他无精打采地走回屋里。幸好他还有钥匙，尽管换锁无疑是格温妮丝计划清单上最重要的事情，她就爱列清单。

"你回来干吗？"她问。一脸卑下却迷人的微笑：没准她会好心地看看她自己的车能否发动，接着也许她会帮他把车发动起来？可以这么说，他默默地自言自语。他甚至不介意试试把她发动一下，看看能否把她赢回来，至少有足够的时间来利用一下和解的激情，但现在不是时候。

"要不然我就得在这里等着，直到他们派卡车过来，"他

151

说道，露出自己希望展现的漫不经心的微笑，"可能得几个小时，也许……也许我得在这里待一整天。你可不愿意吧。"

她确实不愿意。她痛苦地长叹一声，一辆发动不了的汽车是他无休止的窝囊表现中的又一笔。她开始穿上冬衣，戴上手套、围巾，穿上靴子，包裹得严严实实。他能听到她撸起了无形的袖子：赶紧解决问题。把他从困境中拉出来，给他掸掸灰尘，把他擦得锃亮如新，这种事情曾是她挚爱的使命。要有人能治他，只有她了。

可是她失败了。

他们第一次好上，是格温妮丝走进他店里，想给自己刚继承的一个很丑陋的斯塔福德郡古董瓷器猎犬买一个相配的东西。当时她觉得他令人难以抗拒：他急躁、令人兴奋，又很有趣，就像20世纪50年代音乐剧里的配角，某个可爱滑稽的家伙，淘气，但内心值得人信赖。很可能此前没有其他男人像他那样关注过她，即那种细致入微、摩挲般的把玩和观察，仿佛她就是一只价值昂贵的茶杯。也有可能她还没开始关注身边的男性，因为她一直忙于照顾生病的父母，没有在男人身上花太多时间，也没有让男人在她身上花太多时间。可以这么说。倒不是说她不美。她很美，是小巧玲珑型的美，只是她好像并不明白该如何处置这种美。她有过几任男友，不过在他看来他们都是些可悲的胆小鬼。

不过在为瓷器猎犬买配件的那天，她准备行动了。她本不该对陌生男子，就是他，如此敞开心扉，不该主动给予如此多的个人信息。父母双亡，得到一大笔遗产，足够让她能辞掉学校教职，开始享受生活。可是怎么享受呢？

山姆在这节骨眼出现了，他熟知斯塔福德郡，冲她微笑，彬彬有礼，殷勤有加。他擅长享乐，对此有少见的天赋。他乐于分享。

他在她面前还是比较率直的，或者更确切地说，他没有完全撒谎。他告诉她，说自己的收入是靠古董店，这话在一定程度上是真的。他没有提及其他的收入来源。他还说在自主经营生意，没错，不过他有合伙人，这也没错。她眼中的他是个很有活动能力、积极昂扬的男人，是个性爱魔法师。他眼中的她则是一个外表体面典雅、内里可以让他安定一阵子的人。他可以不再住汽车旅馆或在商店后面露营，她早就有一栋房子，很方便的，他去的话其中一间房给他住。随着诸事顺理成章后，他反而越发局促。他工作上需要频频出差，他告诉她，要检验古董什么的。

一开始，他不能说自己不喜欢与她结婚后的种种便利，如衣食无忧、生活舒适等。

他毕竟不是个浑蛋，他拼命规劝自己走进婚姻，甚至相信自己会改变。他也不年轻了，也许是该安定下来。从外表来看，她并非热辣尤物，那又怎样？辣妹太过自恋，又挑剔又变化无常。格温妮丝没那么火辣迷人，所以她对自己拥有的东西也没那么在意。有一次他把她放倒在床上，赤裸着身体，然后用百元大钞盖在她身上。她这样的好姑娘，这是多令人兴奋的东西，如此催情！可是自打他第一次因运气不好向她借了一笔贷款后，这种百元大钞短缺变成了周期性的、日渐严重的情况，一旦她发现了这种短缺后，效果就适得其反了。她双眼眯起来，乳头也收缩成葡萄干似的，身体如梅了般干瘪了。正当他能给予大量的同情和安抚时，砰！他一下子被关进了虚拟的冰箱，哪怕他有着一对幽蓝的大眼睛。

他这一生可就指望它们了，那对大大的蓝眼睛。圆圆的，真诚的双眼。骗子的双眼。"你看上去就像是布偶娃娃。"有个女人曾这么评价过他的眼睛。"我又如此的脆弱。"他当时是这么回答的，很魅惑的样子。凝望着这样一双眼睛，哪个女人能打心里不吃他那套街头小贩兜售名牌丝巾式的瞎话呢？

尽管他的蓝眼睛正在变小，他依然对此深信不疑。难道是他的脸在变大？不管什么原因，他的双眼和面孔的比例在变化，就像他的双肩和肚腩比。他仍然可以施展蓝眼睛魅力，大多数时间它还是有用的，当然不是针对男人们。男人更能辨别其他男人是否在胡说八道。对付女人的诀窍在于要盯着她们的嘴巴。这是其中一计。

他和格温妮丝没有孩子，因此离婚手续不用太长时间。一旦完成各项流程，山姆又能游手好闲了。他会像一只蜗牛在世间流浪，背着全部身家，也许这也是最让他感到舒适的。他会吹着欢快的口哨，会随意漫游，浑身又散发自己的味道了。

格温妮丝的车子很顺利地发动了。她关了引擎，瞪着车窗外的他，得意扬扬地目睹他用冻僵的手指操作着跨接电线，盼着他没准会触电。运气不会这么好的：他示意她启动开关，电流从她的车流入了他的车，他的车又能动了。两人相互勉强地笑笑。他朝她挥挥手，开上了冰冻的大街。可是她早已转身走开了。

楼后面他的停车位头一次没人占着。店铺在女王大街西端，正好冲着惊涛骇浪拍击穷途末路的荒凉海岸。街的一边是时髦的咖啡供应商和精品店，另一边则是典当铺和廉价服装店，蒙在开裂的人体模型上的服饰都泛黄了。他的店铺招牌上写着"梅特拉泽"[1]。橱窗里放着一整套20世纪50年代的柚木餐厅装备，还配着一套金黄色木质立体声音响。黑胶片又回来了：有钱人家的孩子会对这套音响柜爱不释手的。

梅特拉泽还没开门。山姆叮叮当当地打开一道道门锁。他的合伙人早在了，在后屋，像往常一样正忙着伪造家具。不对，是美化家具。此人名叫奈德，或者是别人称呼的他的名字，而痛苦就是他玩的把戏，或者说把戏之一。他就是给木头

---

1 英文Metrazzle（梅特拉泽）与metrazol（强心剂"卡地阿唑"）谐音。

打肉毒杆菌针的医生，只不过他让木头更显古旧而不是年轻。空气里飘浮着细密的木屑子，散发着着色剂的味道。

山姆把大包扔在一把老式的埃姆斯钢制椅子上。"破玩意儿不少啊。"他说。奈德的目光从锤子和凿子上抬起来，他正在给家具添加几道假裂纹。

"还有更多在路上呢，"他说，"都堆在芝加哥了。他们关了机场。"

"什么时候运到这里？"山姆问。

"要晚几天吧。"奈德说。啪，啪，他继续拿凿子干活儿。

"多半是天气变化。"山姆说。大家都这么说，也习惯了。我们把上帝惹火了，诸如此类的话，谁都他妈的没法子，干吗还提它？趁机狂欢吧，尽情享乐吧。倒不是说他今天真的很想放纵。格温妮丝对他的所作所为伤了他，真伤了他。他内心深处有一个阴冷的地方。"该死的雪，我真受够了。"他说。

啪，啪，啪。停顿。"老婆把你踢出门了？"

"我自己走的，"山姆说，尽量表现出不在乎的样子，"一直准备走来着。"

"时间问题，"奈德说，"迟早的事。"

山姆就喜欢奈德这种不露痕迹的接受态度，他明明一眼就看出那多半和事实不符。"是啊，"他说道，"很难过，她也接受不了，不过她会好的，又不是无家可归，也不愁什么温饱。"

"对的，对的。"奈德说。他前臂上有太多刺青，看上去像裹着一层软装饰。他从来说话少，做事多，他认为，闭紧嘴巴就吸引不了穿高跟鞋的。此话没毛病。他喜欢这份工作，也感恩能有这份工作，这对山姆很有利，他不会因为问问题而毁了这工作。另一方面，他像数据挖掘器一样存储输入的信息，并在需要时准确无误地输出。

山姆从他那里得到一条消息，有位顾客昨天很晚时来过，奈德之前从未见过此人，他穿着昂贵的皮夹克，细细看过了所有的书桌。有趣的是他竟然在暴风雪天出门，不过有些人就喜欢挑战。当时店里没有其他人，这也不奇怪。督政府时期[1]风格的优秀复制品是这家伙的兴趣所在，他询问了价格，说自己得再想想。他预订了一件东西，要求保留两天，还留了一百元订金，用的是现金，而不是信用卡，放在了收银机旁封着的信封里，里面还写有姓名。

奈德又继续凿木头。山姆闲逛到柜台旁，很随意地打开信封。里面是现金，都是20元面值的，还有一张纸，他抽了出来。纸上面只有地址和一个数字。那人没骗奈德，但他们是以责任最小化原则行事的，山姆的座右铭即"假设所有东西都有问题"。他看着铅笔写的数字，56，用心记住了它，然后把纸揉成一团，放入了口袋。下一次上厕所时他会立刻把它扔进马

1　法国大革命时期1795年11月到1799年10月的法国最高政权。

桶冲掉。

"我该去拍卖会了，"他说，"看看能挑点什么。"

"祝你好运。"奈德说。

拍卖会是仓储单元式的拍卖。和众多古董行业人士一样，山姆一周去那边两三次，就在环绕城市和邻近城镇的仓储商场四处转悠，它们都位于沿公路的荒地购物区。山姆的店被列入了电子邮件的服务列表，所以他会自动收到该地区所有的拍卖会信息，还附上了邮政编码。他只去方便到达的那些拍卖会，车程两小时以上的就不选择了。比这远的，投资回报比就不值得了，或者说平均而言划不来。尽管幸运的竞标者会赚钱，可谁知道什么时候会撞见被尘土和清漆掩盖的真古董，或是一箱已故名人写给他秘密情妇的情书，或一堆本以为是人造的结果被验证是真品的珠宝？最近流行的一种真人秀节目声称能在开启空间的一瞬间就抓人眼球，来了！那是生活发生精彩巨变的发现，众人发出"哇"和"哦"的赞叹。

山姆从没遇上过这等好事。但是，拍卖会仍然能带来兴奋，有机会盈利，得到钥匙，打开锁着的大门。他会有期待宝藏的心情，因为不管里面是什么样的垃圾，它们曾经一定是宝物，否则人们不会花心力去储存起来。

"四点回来。"山姆说。他总是会告诉奈德预计返回的时间，这是他禁不住要缔造的情节线索的一部分。他说过四点会回来。不，他并没显出丝毫的紧张不安，尽管他也许很焦虑。

他向我问起来过店里的某个陌生人。穿皮夹克的，那人对书桌很感兴趣。

"给我发短信告知什么时候派小货车过去。"奈德说。

"但愿会有值得派车运回来的东西。"山姆说。储存仓24小时内得清空，如果不想要，你不能就这么把垃圾扔在那里：你赢下了它，它就是你的。仓库工作人员才不想赚那个把你新买的垃圾运到垃圾场的钱。

山姆和奈德心照不宣的一致想法是，山姆负责找到一些像样的家具，奈德来渲染改造。他只是负责去找，干吗不呢？山姆希望自己能在家具方面有所斩获，超过上次带回来的那些破烂玩意儿，诸如一把破吉他，只有三条腿的折叠桥牌桌，一只来自游乐场射击区的巨大泰迪熊玩具，一个木制的加拿大棋盘。那木盘是唯一值点钱的东西，因为有人收藏古旧游戏盘。

"一路顺利。"奈德说。他发短信让我派车过去。当时是2点36分，我知道时间是因为我看过钟，就是那边那个有艺术装饰的，看见没？那个时间可准了。然后，我也不知道为什么，他就失踪没音讯了。

难道他有仇家？

我只是在这里打工。

虽然他确实提到过……嗯，他对我说他和老婆起了冲突。应该是格温妮丝。我本人不太认识她。是早餐时候，他丢下她出了门。这是能料到的。她限制他的个性，从不给他足够空间，是啊，嫉妒心强，占有欲强，他对我说过的。她觉得天底下他最厉害，对他怎么都看不够。难道她，她曾经……有暴力行为？不，他从没说起过。除了有一次她朝他砸过一个酒瓶，空酒瓶。不过有时候他们会咬人，女人爱干这套，输了，就会发疯。

他想象着发现了自己的尸体。是赤裸的，还是穿衣服的？内伤还是外伤？刀伤还是枪伤？独自一人？

这一次车启动了，山姆觉得这是个好兆头。他左弯右转地朝着加迪纳方向驶去，那里也许还没遭受暴雪，不，不会的，也许有老天庇佑，接着他朝西而去。信封里的地址写的是米西索加的一个仓储商场，不太远。这一路行驶太糟糕了。为什么一到冬天人开起车来，手就和脚没什么两样了呢？

他早早到了那里，停下车，走到主办公室去登记。一切照常。这会儿他得在周围溜达一下，等着拍卖会开始。他讨厌这些死气沉沉的大把时间。他查看了手机短信，逐条浏览。格温妮丝发来的是：明天碰面？把这事给了了吧。他没回复，但也没删。就让她等着吧。他想去外面抽根烟，但是抵住了诱惑，五个月里他已经第四次正式戒烟了。

慢慢地又来了几个人，稀稀拉拉成不了群。人少也好，减少了竞争，竞标就有好价格。天太冷不会有游客来的，这里没有夏日古风的氛围，没有迷人的电视真人秀的热闹场景，只有一群裹得严严实实的人不耐烦地站着，手插在口袋里，或是看看手表和手机。

这时又来了几个经销商，他认识其中几个，便朝他们点点头，他们也点头回应。他和那两人都有过交易，处理那些他赢下的却很难放置但适合他们的东西。他不太进维多利亚风格的东西，太大了，小公寓里摆不下；也很少进战争时期的东西，太圆乎乎，颜色又都是栗色的。他喜欢那种线条更简洁、更轻盈，不那么庞大的。

5分钟后，拍卖商拿着一杯外卖咖啡和一袋甜甜圈匆忙赶来了，他愠怒地看了一眼稀疏的来者，打开了手持麦克风，其实根本用不到它，又不是足球赛，不过这东西多半会让他觉得自己很重要。今天有7个仓储单元要拍，7个有没有人来拍都无所谓的卖主。山姆对5个单元出了价，买下了4个，第5个他放手了，因为这样显得更合理。他真正想要的是第2个，56号，那是信封里的数字，是藏那批秘密货物的地方，不过他总是几个单元一起买下。

活动结束后，他和拍卖商谈妥，对方将四个仓库的钥匙给了他。"货得在24小时内清空。"那人说，"都清干净，这是规定。"山姆点头。他知道规矩，不过那样说没什么意义。那家伙是个浑蛋，正在受训成为监狱看守或政客或自称的独裁者。不是浑蛋的话，他就该给山姆一只甜甜圈。这家伙肯定吃不掉一整袋，减点肥对他有好处，可这种仁慈的行为并未发生。

山姆径直朝着边上的商场走，他竖起领子挡着越发强劲的风，围巾裹住下巴，给自己买了杯提米[1]的双奶油双糖咖啡和一袋甜甜圈，涂巧克力的那种，然后走回来悠闲地查看自己买下的旧货单元。他喜欢等到其他竞标者都清场后才这么做，不想被别人盯着。他会把56号留到最后一个打开：那时人都走光了。

第一单元里高高地叠着纸板箱子。山姆朝几只箱子里看了看，妈的，基本都是书。他不知道怎么对书估价，因此他要和自己认识的一个家伙做交易，那人专门做书籍买卖，如果真有什么特别的，山姆也能得一份。有时候，一些作家签名版是好的，那人说；另一方面，如果作家没什么名气，那就没什么价值。死了的作家有时不错，但也并不常常如此，他们得又有名又不在世。艺术书籍一般都不错，得看具体情况。很多时候它们是珍本。

下一个单元里除了一辆老旧的小轮摩托车什么也没有。那是一辆轻型的意大利准三轮车。它对山姆没什么用，不过也许对别人有用。至少可以把零件拆解下来。他没再逗留。没必要在这里把蛋蛋都冻掉了——这些单元都没有装暖气，气温一直在下降。

他走到下一个单元，把钥匙插进锁眼。事不过三，也许会是个宝库呢？他依然对这种可能性充满了兴奋，即便他明白这

---

1 英文为Timmy's，指加拿大一家颇受欢迎的快餐连锁品牌Tim Hortons。

和相信牙仙子[1]没什么区别。他卷起大门，打开电灯。正对着他的是一件白色婚纱，裙子像一个巨大的铃铛，袖子蓬松宽大。婚纱包裹在一个透明的塑料拉链袋里，像刚从店里买来的，甚至看上去很新，还有一双新的绸缎鞋塞在袋子的底部。袖子上还别着长及肘部、有纽扣的白色手套。它们看上去令人毛骨悚然，让人想起无头人。尽管还有一个白色面纱，他这会儿看到了，它绕着肩膀处圈成了一个圈，还有缀着白色人造花和小珍珠的项圈。

　　谁会把婚纱放在仓储单元里？山姆疑惑着。这不会是女人干的。她们多半会把婚纱放在衣柜里，或是箱子之类的，但不会是仓储单元里。他马上想到了，格温妮丝把婚纱放哪里了呢？他也不知道。倒不是说她那件和这件一样精美。他们还没有隆重地办过婚礼，没办过盛大的教堂婚礼：格温妮丝说这种事其实是办给父母看的，而她父母已经过世，山姆的父母也是，反正他是这么告诉她的。没必要让他母亲对格温妮丝唠叨他之前起起落落、进进出出、或精彩或无趣的生活，这只会让她感到困惑。否则她只能在两种事实中二选一，他的，还有他母亲的，这种局面对浪漫氛围而言是很扫兴的。

　　所以他俩只是去市政厅走了流程，接着山姆就带格温妮丝去开曼群岛度梦幻蜜月了。出海，入海，在海滩上翻滚，赏

1　英文为Tooth Fairy，英国童话人物，半夜里会来拿走小孩子掉下的牙齿，留下零用钱。

月，早餐桌上的鲜花，夕阳又西下，在酒吧手拉手，为她斟满冰冻的代基里酒，她爱喝它。清晨做爱，他像鼻涕虫舔着生菜一样，从脚趾开始，一路往上亲吻她。

哦，山姆！这可太……我从没想过……

放轻松。对了。把手放这里。

这并不难。他当时什么都付得起，海滩，鸡尾酒，他有钱。现金流起起落落，本质如此，但是他信奉今朝有酒今朝醉。就是那时候他用百元大钞盖住格温妮丝身体的吗，就在蜜月时？不，他是后来才这么做的。

他把婚纱裙移到一旁。衣服都发硬了，发出沙沙、噼啪声。这里还有更多的婚礼用品：一张小床头柜，上面还有一大束花，用粉色缎带扎着。大多是玫瑰花，但是都干枯了。另一边，在白裙子后面，还有一张相配的床头柜，摆放着一只很大的蛋糕，就在烘焙坊常用的那种圆罩子下面，它上面有白色糖霜，糖做的粉色和白色玫瑰，顶上还有一对小小的新娘和新郎。蛋糕没切过。

他有一种怪异的感觉。他擦着婚纱侧身走过去。如果没猜错的话，应该还有香槟，婚礼不能少了香槟酒。果然在那里，有三板条箱香槟呢，都没开过。真是奇迹，居然没有冻结和爆裂。那旁边有几箱香槟杯，也没有开过，都是玻璃的，不是塑料的，品质很好。还有几箱白瓷盘，另外有一大箱白色餐巾，是布的，不是纸质的。看来有人在这里存放了全部的婚礼用品。大手笔的婚礼。

纸板箱后面是一些行李，崭新的行李，一组套的，樱桃红色。

再后面，在最里面、最幽深的角落里，是新郎。

"破玩意儿。"山姆大声说道。因为天冷，他的呼吸像吹开了一团白色羽毛。也许正因为寒冷，才没什么气味。这时他注意到，其实里面有一股隐约的气味，有点甜丝丝的，尽管有可能是蛋糕散发的，还有一点类似臭袜子的气味，略带狗粮的味道，而且是放了太久的那种。

山姆用围巾捂住鼻子，他觉得有点恶心。不正常啊，把新郎塞在这里的人一定是个危险的疯子，某个病态的恋物癖。他应该立马离开，应该叫警察来。不，不要，他才不想让他们来查看自己最后一个单元，即56号呢，他这会儿还没打开它呢。

新郎穿的是全套婚礼服饰：正规的黑色西装，白色衬衫，领结，纽扣孔里还有一朵枯萎的康乃馨。还有大礼帽呢？山姆倒是没见着，可是他觉得它一定是放在哪里了，他猜是放在行李里面，因为谁要弄这身行头肯定得弄完整。

只有新郎，新娘不在。

男人面容枯槁，干瘪得就像木乃伊。他被几层透明塑胶包裹着，也许是放衣服的塑胶袋。没错，上面有拉链，沿着缝隙很小心地贴着打包胶带。在透明袋里面，新郎有一种颤抖摇曳的表情，就像身处水底。他双眼紧闭，对此山姆觉得庆幸。这是怎么回事？尸体的眼睛不是睁着的吗？用了胶水？胶带？他有一种异样的感觉，觉得这个男人很眼熟，像是他认识的某个人，可这明明不可能。

山姆小心翼翼地退出了仓储单元。把卷帘门拉下，锁上了。然后他拿着钥匙站在门前。该死的！他该怎么办？单元里是干尸新郎。他不能就此离开，把尸体锁在里面。这是他买下的婚礼，都归他了，他得负责运走。他不能让奈德派车来运输，除非奈德亲自开车来，他相信奈德不会泄露什么。可是奈德是不会开货车来的，他们用了货运服务。

假设他让奈德从另一个渠道租货车，并开车过来；假设他一直等到奈德过来，站在单元外面等，因为他不想其他人牵涉进来；假设他就待在这里受冻，天很快黑了，然后假设他们把全部的婚礼用品装入货车，带回店铺。假设所有这些完成，接着呢？他们把这可怜的干瘪的浑蛋带到某个地方埋了？把他扔进安大略湖，那他们得走过岸边的冰层，冰面还不会开裂，他们不会落水，怎么可能？即便他们能设法做到这一切，他肯定会浮起来。木乃伊新郎令破案小组困惑不已。婚礼变态客疑云重重。惊悚的婚礼：她嫁给了僵尸。

发现尸体未上报，难道这不是重罪吗？更糟糕的是，那家伙一定是被谋杀的。人不可能还没被谋杀，就穿着正式的婚礼礼服，被包裹在几层塑胶袋中，封口还贴了胶带。

正当山姆想着该怎么办时，一个高个子女人来到了他附近。她穿着那种有羊毛衬里的绵羊皮大衣，大衣兜帽还拉起来盖住了金色头发。她几乎是跑过来的。这会儿她来到了他跟前，十分焦虑的样子，尽管她竭力掩饰着。

啊，他心想，是失踪的新娘。

她碰碰他的胳膊。"对不起，"她说，"是你刚才买下了这个单元的东西吗？在拍卖会上？"

他朝她微笑着，圆睁着那双大大的蓝眼睛，只盯着她的嘴巴，又抬起了目光。她个子和他差不多高，很强壮，足以独自把新郎拖进仓库，哪怕当时尸体没干枯。"是我，"他说，"确实。"

"但是你还没打开过吧？"

该做决定的时刻到了。他可以把钥匙递给她，并说，我看过你弄的烂摊子了，你自己清理吧。他也可以说，是的，我打开了，我正报警呢。或者，我粗粗地看了一下，好像是婚礼的东西，是你的？

"没呢，"他说，"还没，我也买下了其他几个单元，我正要打开它呢。"

"不管你付了多少钱，我给双倍的，"她说，"我之前不想卖它的，可是出了点差错，支票在邮寄过程中丢失了，我又有业务外出，没有及时收到通知，后来我第一时间坐飞机赶过来，可因为暴风雪又在芝加哥被困了6个小时，雪太大了。之后再从机场一路赶来，交通太糟糕了。"说完她紧张地咯咯笑着。她一定操练过这一段话，字句出来一气呵成，就像自动收报机里的纸条。

"我也听说了暴风雪，"他说，"在芝加哥，太不幸了，很抱歉听你说被耽搁了。"他没有回应对方的报价，它就像两人的呼吸，在彼此间盘旋着。

"暴风雪正朝这边过来，"她说，"势头凶猛，它们总是一路往东。如果你不想被困在这里，得赶紧上路了。这事我会赶紧处理的，我直接付现金吧。"

"谢了，"他说，"我还在想，里面到底是什么呢？肯定是值钱的东西吧，对你那么重要。"他很好奇对方会怎么回答。

"就是家族的东西，"她说，"我继承的，你知道的，水晶、瓷器，是我祖母传下来的，还有几件服饰珠宝，有情感价值，卖不了很多钱。"

"家族的东西？"他说，"有家具吗？"

"只有一点点家具，"她说，"质量一般，老旧家具，不是那种谁都想要的。"

"但是我就是做这个生意的，"他说，"老旧家具，我开着一家古董店。人们常常不知道自己东西的价值。在接受你开价前，我想看一看。"他再次低头瞥了瞥她的嘴巴。

"那我出三倍。"她说。这时她身子颤抖起来。"你现在要看这个单元实在太冷了！我们干吗不趁着暴风雪来前离开呢？可以以后再商量的。"她颇有意味地朝他微笑着。她的一缕头发落了下来，拂过她的嘴。她慢慢地把头发捋到耳朵后面，接着目光向下，盯着他腰带的方向。她在加大赌注。

"好吧，"他说，"不错的主意，你可以对我多讲讲那些家具。不过，假如我接受你的开价，那么这个单元得在24小时内清空。否则他们会自己进来处理掉，而且会扣留我的清场预付款。"

"哦，我保证会清场的，"她说着把手插进了他的臂弯，"可我得有钥匙啊。"

"不急的，"山姆说，"我们还没谈定价格呢。"

她看着他，笑容消失了。她意识到他是知情的。

他不该再继续扯了，应该拿了钱赶快逃走。可是他觉得太有趣了，一个真正的女凶手，就在眼前！尖锐、鲁莽、性感。他有一阵子没体会这种勃勃生机了。她会试着在他的饮料里下毒吗？或是把他带到一个幽暗的角落，拿出袖珍折刀对他晃着，顶着他的颈静脉？他会敏捷到抓住她的手吗？他想要在周围有人的安全地带向她和盘托出。也就是说，他想看着她的表情，当她得知自己已经被他牢牢拿捏住时。他想听听她讲的故事，或者是系列故事，她的故事肯定不止一个。他要这么做。

"离开这里，往右转，"他说，"到了下一个交通灯路口，径直往前。那里有一家汽车旅馆，叫银色骑士。"他知道自己参加拍卖的所有仓库群附近的汽车旅馆酒吧。"我在酒吧里见你。要一个卡座。我这会儿还得看看另一个单元。"他差点儿说"你在那里订一个房间，因为我们都知道要干什么"，不过这样操之过急了。

"银色骑士，"她说，"店外面有银色骑士招牌吗？骑马救人的那种？"她竭力表现得轻松。她又笑了，有点气喘。山姆没有悔棋，相反他做出了谴责皱眉的表情。别以为你能魅惑我，女士，我可是来赚钱的。

"你不会找不到的。"他说。她会丢开他吗？让他陷入困局？没人知道怎么追踪她，除非她蠢到在租单元时用了真名。这么做有风险，让她走出自己的视线范围，可是他需要冒风险。他有九成九的把握她会坐在银色骑士酒吧里等他。

他给奈德发短信：交通瘫了。该死的暴风雪。明早再弄。晚安。

他非常冲动地想拿掉手机里的SIM卡，把它放进干瘪新郎的胸口口袋里，不过他忍住了。然而他还是下了线：没有关机，但下了线。

我不知道，警官，奈德会说。他从仓库给我发短信。大概4点左右。他那时还好好的。他照理一早会回到店里，然后我们就开着货车过去，把几个单元都清了。这之后，就没消息了。

什么穿礼服的干尸？真的吗？别瞎说！我哪里知道。

一样样来。首先，他打开了第56号单元。一切照常：几件家具，品质上乘，是那种可以在店铺里再出手的。摇椅，松木的，魁北克产；两张茶几，20世纪50年代的，应该是桃花心木的，细长的乌木桌腿；在这些中间，还有一张工艺书桌；右手边的三个抽屉里有密封的白色袋子。

完美，确实如此。最大限度的推诿。没有丝毫与他相关的线索。我不知道它怎么在那里的！我在拍卖会上买了这个单元，我出价得手了，谁都可以的。我也和你们一样惊讶！不，我把这些抽屉运回店里前没有打开过，干吗打开？我卖古董，又不卖抽屉里的东西。

接着终于有下家买去了那张书桌，很可能是周一，事情的来龙去脉就是这样。他只是个储物箱，只是个送货员。

奈德也没打开过抽屉。他很清楚哪些抽屉不该开。

山姆可以把货安全地留在原地，次日中午之前都不会有人去干涉这个上锁的单元。他和他的货车在那之前就能顺利赶来。

他查看了一下手机，有一条新短信，格温妮丝发来的。我错了，快回来吧，我们好好商量解决。他心生一种怀旧的情绪：那种熟悉、温馨、安全。安全就够了。他很高兴得知自己很快会拥有安全。可是他没有回复。他需要这个即将进入椭圆形的自由落体时间。那里面一切皆可能发生。

他走进银色骑士酒吧时，她已经在那里等着了，还订了个卡座。他为这即刻的默许感到欣喜。此时她脱去了大衣，全身上下是她这类女性常有的装束：一身黑，寡妇黑，蜘蛛黑。这与她灰金色的头发很相配。她的眼睛是榛果色的，眼睫毛很长。

他悄悄坐进她对面的座位，她朝他微笑，但是笑容很淡，是那种若有若无、忧伤的微笑。她面前是一杯白葡萄酒，几乎没动过。他也点了同样的酒。两人暂时沉默不语。谁先开口？山姆脖子后面的每根汗毛都警惕着。她头后面墙上的平面屏幕上，暴风雪正无声地滚过来，就像一大波五彩纸屑。

"我想我们会困在这里。"她说。

"那就为此干一杯吧。"山姆说着，睁大了他圆圆的蓝眼睛。他直盯着对方，举起了酒杯。她除了举起杯子之外，还能怎样呢？

是的，就是他，没错。我当天晚上在吧台上班，就是暴风雪那晚。他和一位火辣的黑衣金发女人在一起，他们好像关系很不错，你懂我的意思吧。他们离开时我没看见。你真觉得积雪融化时他们会在防雪堤上找到她？

"那么，你到里面看过了？"她说。

"是的，看过了。"山姆说，"他是谁？怎么回事？"他希望她别哭出来，这样会很扫兴。不过没有，她只是下巴轻颤了一下，咬了咬嘴唇。

"很糟糕，"她说，"这是个错误，他不该死的。"

"可是他死了，"山姆口气温和地说，"事情发生了。"

"啊！是的，发生了。我不知道怎么说才好，说起来真的……"

"相信我。"山姆说。她不会信的,但是她会假装。

"他喜欢……克莱德喜欢被勒着脖子。我并不是很乐意这样,可是我爱他,我很爱他,所以他怎么喜欢我就怎么做。"

"当然。"山姆说。他宁愿她不说出那个木乃伊新郎的名字,克莱德太过时了,他宁愿他匿名。他很清楚她在撒谎,可是撒谎的程度如何呢?他自己撒谎的时候喜欢尽量靠近事实,如果可能的话,即少一些捏造,少一些竭力回忆的刻意,这么说也许有一些是真实的。

"于是,"她说道,"他就那样了。"

"他就怎么了?"山姆问。

"他就死了。他不断痉挛,我以为他只是在,你懂的……就是他常有的动作。可是这次过分了。然后我就不知道怎么办了。那是我们婚礼前一天,我为这事都规划了好几个月!我告诉大家,说他给我留了言,消失不见了,他抛弃了我,丢下了我。我太紧张了!什么都送到了,婚礼礼服、蛋糕,所有的一切。而我,唉,这听起来太怪异了,可是我把他穿戴整齐,在纽扣洞里放了康乃馨,诸如此类的。他看上去帅极了。之后我就把所有一切打包放进了这个仓库单元。我脑子乱糟糟的。我一直在期盼婚礼,我把所有东西聚在一起,就像是终于实现了。"

"是你自己把他放到那里的?还有蛋糕和其他所有东西?"

"是的，"她说，"并不难，我用了推车。你知道的，搬运重箱子或家具等物件的那种。"

"很有策略啊，"山姆说，"你是个聪明的姑娘。"

"谢谢。"她说。

"听起来像讲故事，"山姆说，"没多少人会信的。"

她的目光低垂在桌子上。"我知道。"她轻声说，接着又抬起视线，"但是你相信的，是吗？"

"我不大相信故事的，"山姆说，"尽管现在，我可以对你说我相信它。"也许他以后会从她那里得知真相。也许不会。

"谢谢，"她又说了一遍，"你不会说出去吧？"她颤抖地微笑着，咬着嘴唇。她太小题大做了。她到底做了什么？拿香槟酒瓶砸了他的脑袋？给他注射了过量的药物？牵涉多少数额的钱，又是什么形式呢？肯定是关于钱。她是否盗用了那个可怜家伙的银行账户，被他发现了？

"走吧，"山姆说，"左边的电梯。"

房间一片漆黑，除了透出点街上的微光。交通拥挤，和往常一样。雪真的下了起来，轻轻拍打着窗户，就像一群小老鼠组成的神风特工队往玻璃上撞，竭力想冲进来。

抱着她，不，用胳膊按住她，是他做过的最刺激的事。她像高压电线般危险地嗡嗡着。她是一个裸露的插座，她是他无知愚昧的最终结果，是他无法理解也永远不会理解的一切的结果。一旦他松开她的一只手，他可能就死了。他转过身。这一刻，他是在逃命吗？她刺耳的呼吸声在追逐他吗？

"我们应该在一起，"她说话了，"我们应该永远在一起。"难道她是在对另一个人说话？对她那个悲伤的、已经成为木乃伊的替身？他抓住她的头发，咬住她的嘴巴。他依然领先，他超过她了。再快一点！

没人知道他在哪里。

6

我梦见了红牙泽妮亚

I Dream of Zenia with the Bright Red Teeth

"昨晚我梦到了泽妮亚。"卡丽丝说。

"谁?"托妮问。

"哦,该死!"罗兹说。卡丽丝那条说不出血统、毛色黑白相间、名叫奥维达的狗,它那脏兮兮的爪子刚把罗兹新大衣的前襟弄脏了。大衣是橘色的,或许这颜色不够好。卡丽丝声称奥维达有特殊感知力,说它爪子留下的污迹就是某种讯息。奥维达想对我说什么?罗兹迷惑不已。你像一个南瓜?

现在是秋天。她们三人正在山谷里踩着枯树叶漫步,每周必到。这是她们约好的:要多锻炼,提高细胞自噬率。罗兹在牙科诊所候诊时从一本健康杂志上读到了相关信息:人的一部分细胞会吞噬另一部分生病或垂死的细胞,这种细胞间的同类相食据说能提高人的寿命。

"你说'该死'是什么意思?"卡丽丝问。她长长的白脸上皱纹遍布，一头白发也又长又皱，比之前更像绵羊，或是更像一头安哥拉山羊，托妮心想，相比一般性概括，她更喜欢说得明确。她露出一副内省、沉思的表情。

"我不是指你的梦，"罗兹说，"我说的是奥维达。坐下，奥维达！"

"它喜欢你。"卡丽丝温柔地说。

"坐下，奥维达！"罗兹有点愠怒地命令着。奥维达蹦跳着跑开了。

"它真是精力旺盛！"卡丽丝说。她养狗才三个月，可这蠢家伙做的每一件讨人嫌的事早已超出了可爱的范畴。你会觉得它生来就是干讨厌事的。

"太棒了！"托妮说，她有时会模仿自己的学生。她现在是荣休教授，可还是在教一门研究生研讨课"古代战争技术"。他们刚结束了一直很流行的蝎子炸弹部分，现在要讨论匈奴王阿提拉的复合短弓，它的骨架结构更强劲。"泽妮亚！真他妈的太不可思议了！难道她又从坟墓里爬出来了？"

她透过圆圆的镜片看着卡丽丝。20岁时，托妮的模样就像花仙子，她现在依然如此，不过是一朵被压扁的花仙子，更加干瘪枯燥。

"她是什么时候死的？"罗兹问，"我记不清了，很糟糕不是？"

"1989年开年后不久，"托妮说，"或者是1990年，当时柏林墙倒塌。我还弄到了一块墙的碎片呢。"

"你觉得那是真的吗？"罗兹问，"那时的人都从随便什么东西上凿下水泥碎片来！就像真十字架，或是圣人指骨，或……或是冒牌劳力士手表。"

"是留作纪念，"托妮说，"不一定得是真的。"

"梦里的时间并不一致。"卡丽丝说，她喜欢解读自己非清醒时刻大脑的活动，尽管在罗兹看来，有时候很难说出什么差别。"在梦里，人人都活着，真的。这就是那个谁来着……他说的，梦里的时间永远是当下。"

"这话听来让人不太舒服。"托妮说。她喜欢凡事都分门别类，钢笔放在这个笔筒里，铅笔放在另一个里，蔬菜放在右边的盘子里，肉则放在左边的盘子里。活着的在这里，死了的在那头。太多的彼此渗透，太多的似是而非，会令人迷惑眩晕。

"她穿什么衣服？"罗兹问，泽妮亚活着的时候一直穿得令人咂舌。她喜欢诸如深褐和玫红等浓郁饱满的色彩。她富有魅力，而罗兹只是泯然众人。

"皮装，"托妮说，"还拿着一条银质把手的鞭子。"

"就是那种裹尸布，"卡丽丝说，"白色的。"

"我看不得她穿白色。"罗兹说。

"我们没有用裹尸布，"托妮说，"火化时，我们挑了她其中的一套衣服，记得吗？是那种小礼服，黑色的。"泽妮亚倒过来拼就是埃内兹[1]，西班牙语发音的名字。泽妮亚无疑有西班牙特征，她是一位歌手，是女低音。

"是你俩挑的，"罗兹说，"换作我就把她放进袋子里。"她曾提出用麻布袋的建议，可是卡丽丝争辩说要穿得体的衣服，否则泽妮亚会耿耿于怀，阴魂不散的。

"好吧，也许不是裹尸布，"卡丽丝说，"更像是一件睡袍，有点轻飘飘的。"

"有光泽吗？"托妮颇感兴趣地问，"由内而外发光的那种？"

"穿的什么鞋子？"罗兹问。鞋子在罗兹的生活中一度非常重要——高价的高跟鞋，却夹得脚趾疼，会得拇囊炎的那种。不过，步行鞋也得很漂亮。她可以穿那种新式的每个脚趾都分开的鞋，看上去就像青蛙，但应该很舒服。

"当然了，是印花薄纱的，真的，"托妮说，"每个脚趾都满满地塞了进去。"

"你们到底在说什么啊？"罗兹问。

"重点不是她的脚，"卡丽丝说，"重点是……"

"我猜她套着滴血尖牙。"托妮说。那是泽妮亚热衷的一种过火行为。戴红色隐形眼镜，发出嘶嘶声，张牙舞爪，全套的装备。

1　泽妮亚的英文为Zenia，倒过来拼是Ainez。

卡丽丝晚上不该看吸血鬼电影的。这对她不好，她很容易受影响。托妮和罗兹都这么认为，所以吸血鬼之夜她们会去卡丽丝家，这样她至少不会独自看鬼片。卡丽丝会为大家泡上薄荷茶，备好爆米花，她们坐在她的沙发上，像十几岁的孩子，把爆米花塞满嘴巴，还不时给奥维达喂上一把。当瘆人的音乐响起，吸血鬼的眼睛发出红色或黄色的光，牙齿变长，鲜血像比萨酱喷溅在眼前的一切上面，她们就凑在屏幕前。狼嚎时，奥维达也吠开了。

她们三人为何要沉溺于这种青少年的癖好呢？难道这是性爱退化的某种可怕替代品吗？她们抛弃了所有像积攒航空里程般中年后养成的成熟、经验、智慧，将它们一扫而光，喜欢放纵不羁地享用涂了黄油、耐嚼的咸味东西，还有俗腻的、令肾上腺素飙升的东西以此来虚度光阴。这番古怪肆意纵情后，托妮会用好几天时间将羊毛衫上的白毛发挑掉，有一些是奥维达身上的，一些是卡丽丝的。"那天晚上开心吗？"韦斯特会问，而托妮会回答说，那无非是女人的无聊八卦闲扯，和往常一样。她不想让韦斯特觉得自己被排斥了。

事情发展到了失控的地步：托妮发现自己每天都至少有一次这样的想法。天气糟透了，政治邪恶，充满仇恨。无数的玻璃高楼像三维镜子般拔地而起，或是像攻城坦克[1]。还有城市垃

1　一种战争游戏中摧毁城堡的坦克类武器。

圾回收：谁能搞清楚那些颜色各异的垃圾桶？哪里放置透明的塑料食品盒，以及为什么塑料盒底部的小数字标识不是可靠的分类指南呢？

还有吸血鬼。你之前明白自己怎么看他们，他们散发臭味、邪恶、死而复生，可现在有善良的吸血鬼和声名狼藉的吸血鬼，性感吸血鬼和光彩夺目的吸血鬼，老一套都不适用了。以前你可以靠大蒜、日出以及十字架等彻底消灭吸血鬼，可现在不行了。

"其实不是那种尖牙，"卡丽丝说，"想想看，尽管她的牙齿有点尖，而且是粉红色的。奥维达，别这样！"

此时奥维达正四下冲撞，大叫着，来到山谷，脱去了拴带，它非常兴奋。它喜欢在倒下的枯木上闻来闻去，躲进灌木丛里，不想被人抓着，藏起它的——怎么说来着？卡丽丝不喜欢那些粗鲁的词，比如狗屎等。罗兹给出了便便一词，可卡丽丝认为那太孩子气，所以没用它。消化道产物呢？托妮提议道。不，听起来冷冰冰的，太学究气，卡丽丝说。赋予土地的礼物。奥维达藏起了它赋予土地的礼物，于是卡丽丝犹豫不决地跟在它身后，手里抓着一个塑料垃圾袋（卡丽丝几乎不用这种袋子，因为她常常找不到那些礼物），不时低声叫唤。她现在就在喊："奥维达！奥维达！过来！乖女孩！"

"这么说她就在那里，"托妮说，"泽妮亚，在你的梦里，然后呢？"

"你认为这很愚蠢，"卡丽丝说，"可是不管怎样，她并非气势汹汹，或类似的样子，事实上，她好像很友好，她给我带了条消息来。她说，比利要回来了。"

"来世的消息肯定传得慢，"托妮说，"因为比利早就回来了，是吧？"

"不算是真的回来，"卡丽丝拘谨地说，"我的意思是，我们没有……他只是住在隔壁。"

"住得也太近了，让人不舒服，"罗兹说，"真不明白你到底干吗还要租给这无赖。"

很久以前，当她们比这会儿年轻许多时，各自的男人都被泽妮亚抢过。她从托妮那里抢走了韦斯特，不过他一番思量后还是回来了，或许这也是托妮对外界的官方表述，从此他安心扎根在托妮那里，捣鼓着自己的电音系统，耳朵越发聋了。泽妮亚从罗兹那里抢了米奇，倒也不难，因为他从没有坐怀不乱过。可是后来，他不仅掏空了自己的口袋，还掏空了卡丽丝所说的他的精神信用，泽妮亚便甩了他，他跳进安大略湖。他那时穿着一件救生衣，让这一切看起来像是一场海难，可是罗兹心里早明白了。

她现在已经释怀，女人总能跨过去，她有了一个好得多的老公叫山姆，在商业银行做业务，也更适合她，更有幽默感。可是毕竟伤痕还在，而且对孩子们也有伤害，这是她不能原谅的地方，虽然她去看了心理医生，想要努力抹去阴影。这倒不是说原谅一个逝去之人会有什么好处。

泽妮亚从卡丽丝那里抢了比利。在托妮和罗兹看来，也许这才是最残忍的掠夺，因为卡丽丝轻信他人，毫无防备。她让泽妮亚走进自己的生活，因为泽妮亚当时遇到了麻烦，饱受虐待，还得了癌症，需要有人关心，也许这是她自己说的故事，一个彻头彻尾编造出来的无耻故事。卡丽丝和比利当时住在一个岛上，他们的小房子更像是乡间木屋，他们还养鸡。比利自己做鸡笼，他是个逃避兵役的人，并没有真正稳定的工作。

木屋的空间其实并不足以容纳泽妮亚，但是卡丽丝腾出地方来，热情好客，乐于分享，那时候岛上的居民，尤其是逃避者社群都这样。那里有一棵苹果树，卡丽丝用鸡蛋做苹果蛋糕，还有其他烘焙。她很开心，而且还怀有身孕。接下来的事情你们也知道了，比利和泽妮亚一起走了，鸡也全死了，脖子被人用面包刀给割了。真卑鄙。

泽妮亚干吗要这么做？所有这一切？猫为何要吃小鸟？罗兹不得而知。托妮觉得这是一种权力的实践。卡丽丝则认定其中必有原因，这原因深藏在宇宙运行的某处，可她就是不知道会在哪里。

尽管泽妮亚竭尽所能加以破坏，罗兹和托妮最后都各自有了一同生活的男人，但是卡丽丝没有。根据罗兹的理论，那是因为她始终没有获得过解脱。托妮则认为她没能找到足够愚蠢的家伙。可是一个月前，除了那个失踪已久的笨蛋比利，还有谁会出现呢？除了把公寓的另一半租给他，卡丽丝还能干吗呢？真恨不得把自己灰白的头发连根拽出来，罗兹想。她现在每隔两周染一次头发，用的是一种不错的栗色，并不鲜艳。颜色太亮会被洗掉的。

卡丽丝的双拼屋就完全是另一个故事了。卡丽丝远方表亲真不该去世，托妮想。或者，即便去世了，他们也不该把钱留给像卡丽丝这样的善良傻子。

因为，卡丽丝不再是之前居住在岛上隔热很差的乡间木屋里的养花女孩，不再以养鸡为乐，靠当日制作的面包、猫粮和天知道还有什么的过活，也不用面对日益贫困和最终体温过低的老年生活，整日要抵抗自己已成年的渥太华官僚女儿将她送进福利院的企图。另外，卡丽丝不再是曾经游荡街头的老太太，她现在身价不菲，比利就像远程传输般回到了她的生活中。

倒不是远方表亲留下了什么了不得的家产，不过那些财产足够让卡丽丝搬离岛屿。据她说，岛上的生活太过文雅，建筑不断翻新，势利的人越来越多，她不再觉得自己被这地方接纳。那笔钱足够让她离开这种程式化和只吃当日面包的生活，足够让她买套房子。

卡丽丝本来可以挑选一套独立式住宅，可有时候她会失去头绪，这是她的原话，这话让托妮在电话里悄悄对罗兹评价说是"胡说！"其实卡丽丝心里想的是，她可以住双拼屋的其中一半，把另一半租给别人——最好是比她更擅长使用工具的房客，这样她就能以更低的房租来换取房客对房屋的维护和修整。与收取市值租金相比，技能交易不那么唯利是图，难道罗兹和托妮没觉得吗？

她们确实没觉得，但是卡丽丝没听她们的建议，在网站上发出了租房信息，也许还略微过多介绍了自己和自己的品位（托妮这么觉得），所有这一切（罗兹认为）就变成了对类似比利这样的浑蛋的公开邀请。情况迅疾，突然地，他就来了。

奥维达不喜欢比利。它朝他狂吼。这多少令人欣慰，因为卡丽丝现在最在乎奥维达的感受，甚至超过对她两个老朋友的感受。正是托妮和罗兹把奥维达送给卡丽丝的。既然卡丽丝现在住在帕克代尔，一个很贵族化的社区（罗兹是这么认为的），她很关注房地产价格，所以长远来说卡丽丝会过得不错，但是那种贵族化还远达不到完善，你都想不到会在街上撞见谁，更别提那些毒贩子了。再者，托妮说，卡丽丝又那么天真，对可能遭遇的伏击毫无察觉；她又不喜欢开车，而更愿意漫步在城市的荒野地带，什么山谷、山地公园等等，与植物的灵魂进行交流。不管她认为自己在做什么，罗兹说，我们只希望她别把毒葛仙女当作自己的新闺密。

她们谁都不想在报纸上看到卡丽丝被人报道，诸如"老妇桥下遭抢""无害怪人惨遭殴打"等。狗就是震慑用的,奥维达是混种小猎犬,也许有边牧犬的血统,反正挺机灵的,当时她们在填写搜救犬信息时都这么评价,而且它还受过点训练……

好吧,托妮同意道,当时奥维达已经放在卡丽丝那里一个月了。这是计划中的薄弱环节:卡丽丝什么都训不了。"不过奥维达很忠诚,"罗兹说,"到了关键时刻,我赌奥维达能行,它可会大吼大叫了。"

"它看到蚊子都会吼。"托妮郁闷地说。身为历史学家,她不相信所谓的可预见结果。

奥维达是以19世纪一位善于自我炒作的小说家[1]来命名的,她特别喜欢狗,因此卡丽丝的新宠还会有比这更好的名字吗?托妮说,名字就是她定下的。罗兹和托妮怀疑卡丽丝有时候会真把狗当作那个自我炒作的小说家奥维达,因为卡丽丝相信再循环,不仅是玻璃瓶和塑料制品,还包括精神物质。有一次她曾申辩道,麦肯齐·金总理[2]就深信自己已故的母亲转世成了他那条爱尔兰小猎犬,而且当时也没人觉得奇怪。托妮对当时没人觉得奇怪这种说法未加评论,因为当时没有人知道这事。不

1　指英国小说家玛丽亚·路易斯·拉梅(Maria Louise Rameé, 1839—1908),奥维达为其笔名。——编者注

2　麦肯齐·金(Makenzie King, 1874—1950),三度出任加拿大总理,前后达21年,其头像印在50加元纸币上。

过后来她们觉得这事确实怪异。

一次罗兹散步回家，她用手机给托妮打电话。"接下来我们怎么办？"她问。

"关于泽妮亚吗？"托妮问。

"关于比利，这男人精神不正常，他把那些鸡都杀了！"

"杀鸡是公共服务。"托妮说，"得有人来管管，否则我们就得深陷母鸡群了。"

"托妮，别闹了。"

"我们能做什么呢？"托妮说，"她又不是未成年人，我们也不是她母亲，她早已陷入忧愁的幻想状态了。"

"也许我可以雇一个侦探，查查比利的记录，趁他还没把她埋在花园里。"

"那房子没花园，"托妮说，"只有一个天井。他只能用地窖了。监控一下五金店，看看他是否买过铁镐。"

"卡丽丝是我们的朋友啊！"罗兹说，"别开这种玩笑！"

"我知道，"托妮说，"抱歉，我只有在不知所措时才开玩笑。"

"我也不知道该怎么做。"罗兹说。

"向奥维达祈求吧，"托妮说，"它是我们最后的防线。"

周六是她们例行散步的日子，但鉴于这次危机，罗兹准备了周三的午餐。

她们以前都在托奇克[1]吃午餐，当时泽妮亚还活着。西皇后街那时更前卫，有更多绿头发，更多黑皮衣，更多的漫画书店。现在有一些中档的服装连锁店进驻，但仍残留着一些文身店和纽扣店，成人用品连锁店也在维持经营。不过托奇克早不在了，罗兹换到了太后咖啡馆。那里有点古旧破落，但很舒服，就像她们仨。

或者说像曾经的她们仨。然而，今天的卡丽丝很紧张不安。她翻拨着自己的泰式素炒粉，不断朝着窗外看，奥维达被绳子拴在一个自行车架上，不耐烦地等着。

"下次吸血鬼之夜是哪天？"罗兹问。她刚看完牙医，因为天气太冷而冻得吃不了东西。她的牙齿就像她的高跟鞋，因为同样的原因，碎裂而让人疼痛。还很费钱！这就像往她张开的嘴里塞钱一样。从好处来说，牙医学可比从前令人愉悦多了。不必痛得打滚，大汗淋漓，罗兹可以戴上墨镜，塞上耳机，听着新时代的叮咚作响的音乐，在镇静剂和止痛药的作用下飘飘欲仙。

"嗯，"卡丽丝说，"其实，吸血鬼之夜就是昨晚。"她露出愧疚的口吻。

"你没通知我们？"托妮说，"否则我们就来了，我肯定你做噩梦见到泽妮亚了。"

---

1 英文为Toxique，有"有毒"的意思。

"那是前天夜里了，"卡丽丝说，"泽妮亚过来坐在我床头，让我留心一个人……我之前不知道这个名字，听起来是个女的，像火星人的名字，你们知道的，以Y开头的。这一次她穿毛皮衣服。"

"哪种毛皮？"托妮问，她猜是狼獾皮。

"我也不知道，"卡丽丝说，"是黑白间色的。"

"天哪，"罗兹说，"你独自一个人看吸血鬼电影！这也太莽撞了！"

"我没有，"卡丽丝说，这会儿她的脸红了起来，"没有一个人看。"

"哦，该死的，"罗兹说，"别是比利啊！"

"你们上床了？"托妮问，这个问题很唐突，可是她和罗兹需要确切了解敌人的状况。

"没有！"卡丽丝说，慌乱不安的样子，"我们只是很友好！聊聊天！我现在感觉好多了，因为如果对方不在场，你怎么可能真正原谅他呢？"

"那他抱你了吗？"罗兹问道，觉得自己就像她母亲，不，是祖母。

卡丽丝避而不答。"比利觉得我们应该开一家市区的家庭宾馆，"她说，"作为投资，这是新兴行业，用双拼屋的一半就行。他负责装修，我来做烘焙。"

"然后由他来管钱，是吧？"罗兹问。

"泽妮亚告诉过你那个名字，肯定不会是Yllib[1]吧？"托妮说。泽妮亚向来很擅长密码、字谜、图示等。

"就信我这一回，把这事忘了吧！"罗兹说，"比利是条蚂蟥，会把你吸干的。"

"奥维达对他什么反应？"托妮问。

"奥维达有点吃醋，这倒确实，"卡丽丝说，"我得……我得把它隔离。"她此时完全绯红了脸。

"她会把奥维达锁在壁橱里，我猜。"托妮在电话里对罗兹说。

"真可怕。"罗兹道。

她们想出了一种电话树的方法：每天给卡丽丝打两通电话，每人各一次，以此监控局势。可是卡丽丝没有接电话。

过了三天，托妮收到了一条短信：要和你谈谈，请过来。抱歉。是卡丽丝发的。

托妮去接了罗兹，或者说，其实是罗兹开着普锐斯车来接的托妮。等她们到达双拼屋，卡丽丝正坐在厨房餐桌旁哭，但她至少还活着。

"发生了什么，亲爱的？"罗兹问。没有暴力的痕迹，也许浑蛋比利卷走了卡丽丝的积蓄。

---

1 比利（Billy）倒过来写就是Yllib。——编者注

托妮看了看奥维达，它就蹲在卡丽丝身旁，耳朵竖起，伸着舌头。它胸毛上有东西，是比萨酱？

"比利住院了，"卡丽丝说，"奥维达咬了他。"她开始吸着鼻子。乖狗狗，奥维达，托妮心想。

"我来泡点薄荷茶吧，"罗兹说，"奥维达干吗要……"

"唉，我们正要，你们知道的……就在卧室里。奥维达就开始大叫，我只好把它关在楼上客厅的橱柜里。这之后，没等……我就是想弄明白，于是我问，'比利，是谁把我的那些鸡弄死的？'因为那时泽妮亚告诉我是比利干的，可我不知道该相信谁，因为泽妮亚爱撒谎，而且我就是没法……面对那个干了这种事的人。这时比利说，'是泽妮亚干的，她割了它们的喉咙，我当时想制止她来着'。这时奥维达开始狂叫，就像有人在伤害它，我只能过去看看出了什么状况，等我开了橱柜的门，它冲了出来，跳到床上咬了比利。他大声叫着，床单上都是血，这……"

"你可以用冷水清洗的。"罗兹说。

"大腿部位吗？"托妮问。

"不完全是，"卡丽丝说，"他当时没穿衣服，否则我敢保证它不会……不过他们正在给他动手术。我很难过。我在医院里对他们说，他们已经把他推进急救室……我说是我咬的，说这是比利喜欢的做爱动作，做过火了，他们很和气，说这种事时有发生。我不想撒谎的，可是他们会，你们知道的，会弄走奥维达。我压力很大！但至少现在我知道答案了。"

"什么答案？"罗兹问，"关于什么的？"

卡丽丝说一切真相大白：泽妮亚不断回到她的梦里警告她要提防比利，是比利把鸡弄死的。可是卡丽丝太笨了，没想明白，她一直希望比利是好人，再说他重新回到她的生活里，起初她觉得太棒了，就像一切得到了圆满，于是泽妮亚只能继续走下去，转世投胎进了奥维达的身体，这也是她为何在第二个梦境里穿着毛皮衣服的原因了，当她听到比利把莫须有的罪名嫁祸于自己时，当然很恼火了。

其实，卡丽丝说，泽妮亚的本意也许一直是好的。也许她和比利偷情就是为了保护卡丽丝不受他这个坏蛋的伤害。也许她出轨韦斯特就是为了让托妮有一次生活教训，嗯，关于音乐欣赏或之类的教训，她抢走米奇也许是为了给罗兹铺平道路，可以找到更好的丈夫山姆。也许泽妮亚就是，像她们各自秘密的第二自我，替她们做出她们自己没有勇气做的事情。假如你能这样看问题的话……

所以托妮和罗兹得这样看问题，至少和卡丽丝在一起时得这么觉得，因为这样会让她开心。要假装觉得这条黑白相间的中型狗，这条用爪子在你大衣上挠，在圆木后面拉屎的狗就是泽妮亚，还真得费点功夫。好在她们不需要一直假装，泽妮亚来了又走，像往日一样捉摸不透，只有卡丽丝能察觉泽妮亚什么时候在奥维达身体里，什么时候离开了。

比利威胁说要告卡丽丝导致了自己身体受伤害，可是被罗兹压住了：她告诉他，她可以随时随地搞倒他的律师。多亏她雇用的那个侦探做了详尽的调查，她一章一节地整理了关于他职业生涯的内容，包括诈骗主妇、庞氏骗局、身份窃取等，如果他以为可以利用奥维达作为勒索工具，那他得三思，因为这是他针对卡丽丝的指控，他以为陪审团会信谁的?

于是比利离开了，从此消失。现在是一位开朗的退休水管工住在卡丽丝双拼屋的另一半。他是个鳏夫，而罗兹和托妮一直很看好他。他重新装修了浴室，这是好的开端。奥维达也喜欢他，每当他拿着扳手干活儿时，它就藏在水槽下面，逮着机会就舔他，不知羞耻地调戏他。

7

死亡之手爱着你

The Dead Hand Loves You

　　《死亡之手爱着你》开始就是个笑话，或者说更像是一个挑衅。他本该更小心的，但事实上，那段时间他一直在嗑药，又喝了太多劣质酒，因此没有完全尽责。他不该被追究责任，也不该被要求遵守那该死的合同条款。正是那东西束缚了他，那份合同。

　　他也无法摆脱那合同，因为上面没有任何最后期限。他本该写入"有效期"这一项的，就像箱装牛奶、桶装酸奶、罐装蛋黄酱一样。可那时候他哪里懂合同啊？当时他才22岁。

　　他那会儿急需用钱。

　　钱太少了，那笔交易太糟糕了。他被宰了。他们三人怎么能这么占他便宜呢？尽管他们不肯承认亏待了他。他们只是引用那该死的合同，让人看上面确凿无误的签名，包括他的签名，他只能忍气吞声，付出代价。他起初不肯付钱，直到伊莲娜找了律师。现在他们找律师就像在狗身上抓虱子。考虑到他们曾经的亲密关系，伊莲娜本来可以放他一马的，但是不行，她的心仿佛沥青，经过年复一年的日晒，越发坚硬干枯。是钱毁了她。

他的钱。正是因为他，伊莲娜和其他两人才变得有钱，足以支付律师费，还是最高级的律师，像他一样优秀。倒不是说他想和律师们进行什么谩骂、争夺、撕扯的竞争。客户始终是食肉啃骨的鬣狗们的早餐，它们就像一大群雪貂、老鼠、食人鱼一样，一点点地咬你，直到你变成碎片、肌腱、趾甲。

所以他只能几十年不断地付钱。因为正如他们理直气壮指出的，在法庭上他不会有任何胜算。他签过名了，在那该死的合同上。他用炽热的鲜血在上面签的名。

签合同时，他们四个还是学生。那时他们也不算特别穷，否则就不会接受所谓的高等教育，而是去修补冻裂的公路，去烤汉堡，赚最低工资，或是在廉价、难闻的酒吧里做买卖，至少伊莲娜会这样。可尽管没到贫寒的地步，他们还是囊中羞涩。他们靠暑假打工赚的钱和亲戚勉强的接济艰难度日，伊莲娜则靠微薄的奖学金过活。

他们最初是在一家一毛钱一客的生啤酒店里认识的，那里尽是些喜欢打趣、抱怨、吹牛的人，当然，不包括伊莲娜，她从不喜欢这类事。她更像是一位女训导员，当其他人都烂醉如泥，忘记把10分硬币和25分硬币放哪里了，或过于狡猾压根儿没带钱时，她会去买单，也不是说她之后不会把钱讨回来。他们四个发现彼此有共同的节省食宿开销的需求，于是就在大学附近租了房一起住。

那是20世纪60年代，当时学生可以在那个地区租房住，只要有那种狭窄、尖屋顶、三层楼、夏天闷热窒息、冬天寒冷刺骨、破旧、散发尿骚味、墙纸剥落、地板凹凸不平、暖气片叮当作响、老鼠出没、蟑螂横行、维多利亚式的红砖排屋就行。当时，那些房子还没被改造成价值连城的文物建筑，还没被贴上历史纪念铭牌。而一群白痴在四处转悠，在这些标着虚高价格、目空一切的房地产上贴上了这些铭牌。

他自己的住所，签那份不明智的合同就是关于这个住所——上面也贴了历史纪念铭牌，说是——真是令人震惊！——他本人曾在此居住过。他知道自己曾在那里住过，他当然不需要别人提醒，也不需要看到自己的名字，杰克·戴斯，1963—1964，弄得好像自己才他妈的活了一年，名字下面还有一行小字，"世界经典惊悚之作《死亡之手爱着你》创作于此"。

我又不傻！我全明白！他想对着那个蓝白相间的椭圆形珐琅铭牌大吼。他应该忘掉这事，尽量忘掉整件事，可是他做不到，因为它束缚住了他的腿脚。每次进城参加电影节、文学节、动漫节、妖魔鬼怪节或之类的，他都禁不住会瞥它一下。一方面，它在提醒他当初签合同时的愚蠢；另一方面，看到

"世界经典惊悚之作"这几个字又让他有一种令人感伤的满足。他对那块铭牌迷了心窍。它仍然是对他一生主要成就的肯定。确实是的。

或许这会是他的墓地铭文：《死亡之手爱着你》，世界经典惊悚之作。或许那些适婚的女孩粉丝会化着哥特眼妆，像弗兰肯斯坦那样在脖子上刺上文身，手腕上画上虚线表示切割处，前来祭奠他，用枯萎的玫瑰和白色的鸡骨头当祭品。现在他都还没死，已经有粉丝给他寄这些东西了。

有时粉丝们会在他出席活动地点的附近出没，诸如那些研讨会，他会被邀请来喋喋不休地讨论"文学体裁"的内在价值，或是回顾从他的代表作衍生出来的各种电影。粉丝们披着褴褛的裹尸布，脸部涂上病态的绿色，还带上了装着自己裸照和/或脖子上绕着黑绳，舌头吐出来的照片，照片都放在信封里。他们有时也会带着装有几簇自己体毛的袋子，还说要在戴着吸血鬼假牙的情况下提供壮观的性爱表演，这可太令人难堪紧张了，他从未接受过这些。不过其他的甜言蜜语他倒没拒绝过。他怎么会呢？

不过这一直很冒险，对他的自我不无风险。假如他在床上表现不佳，或者，由于这些姑娘喜欢那些能带来一定程度不适的催情手段，诸如在地板上、顶着墙壁，或是被绳子绑在椅子上做，那可怎么办？假如她们一边整理着自己的皮革内裤，把蛛网长袜子套回去，对着浴室镜子修整那些粘上去的化脓伤口，一边说"我还以为你多有能耐呢"，又如何？他知道这种事会发生，随着年纪渐长，身体日渐衰弱，自己越发陈旧落伍，这种情况会更多。

"你弄坏了我的伤口。"她们甚至会这么说。更糟糕的是，她们会直言不讳，懒得运用反讽。她们嘟嘴、责怪、蔑视他。所以最好和这种姑娘保持距离，让她们远远地崇拜自己那堕落的邪恶力量。反正女孩粉丝越来越年轻化，在她们期待他说话时，彼此越来越难以沟通。有一半时间他都不知道她们嘴里除了舌头，还会吐出什么东西来。她们有全新的语汇。有时他认为自己已经被埋在地下长达百年了。

谁又曾预见他会有这种形式怪异的成功呢？当时所有认识他的人都觉得他是个废物，包括他自己。《死亡之手爱着你》一定是从某个俗气、下流、被跳蚤咬过的缪斯女神那里得来的纯粹的灵感，因为他一口气就把那书写完了，没有像往常那样停停写写、磨磨蹭蹭，还不时把稿纸揉皱了扔进废纸篓，也没有让他常常写不下去的一阵阵无精打采和绝望感。他端坐着打字，一天八九页，那台老式的雷明顿打字机还是从典当铺里买来的。想到这打字机可真是怪事，它的一些字母键都卡住了，色带凌乱缠绕，复写纸脏兮兮的。他大概花了三周时间写完的。最多一个月。

他当然不知道它将是一本世界经典惊悚之作。他也没有穿着内裤跑下两段楼梯，在厨房里大喊："我刚刚完成了一部世界经典惊悚之作！"即便他真这么做了，其他三人只会嘲笑他。他们坐在富美家牌餐桌旁，喝着速溶咖啡，吃着伊莲娜常为大家做的平淡无味的砂锅菜，原料是大量的米饭、面条、洋葱，以及罐头蘑菇汤和罐头金枪鱼，因为这些材料价格低廉又很有营养。伊莲娜很注重营养，她让每一笔钱都花得有价值，这是她的职责。

他们四个人每周会把餐食费存到"晚餐小猫"，一个猪形饼干罐里，不过伊莲娜给的钱少一些，因为她是实际做饭的。做饭、购物、支付诸如电费暖气等住宿开支，伊莲娜喜欢做这些事。女人们曾经的确喜欢扮演这些角色，男人们也乐意如此。毋庸置疑，他自己曾经就很享受被人咯咯地嘲笑，被叮嘱要多吃点。按照约定，包括他在内的其他三人应该洗碗，不过他得承认这种情况并没经常发生，或者说他就没怎么干过。

做饭时伊莲娜会系上围裙。围裙上画着一块馅饼，他不得不承认她穿着围裙很好看，部分原因是围裙系在她的腰上很显腰身。为了保暖，她的腰线常常被厚厚的针织或编织的层层衣服盖住。那些黑灰色、黑色的衣服，穿起来就像一位还俗的修女。

有腰身就意味着她也有明显的臀部和胸部，杰克忍不住想象，她如果没穿结实臃肿的衣服，甚至连围裙都没系，会是什么样子。当她头发垂下来时，金发在她背后卷曲着。她看上去既可爱又滋润，丰满而柔顺。她诱人而不自知，就像一个裹着粉色天鹅绒的肉质热水瓶。她原本可以骗过他，她也确实骗了他：他之前还以为她心软，软得就像羽绒内胆的枕头。他把她理想化了。真蠢。

总之，假如他走进那散发着面条和金枪鱼气味的厨房，说他刚写完了一本世界经典惊悚之作，那三人只会嘲笑他，因为他们当时从不把他当回事，他们现在也没把他当回事。

杰克住在顶层，即阁楼里，那是最糟糕的位置。夏天酷热难耐，冬日寒冷刺骨。楼里的烟气飘上来，诸如烹饪气味、楼下臭袜子的味道、马桶恶臭等，统统萦绕着升上来。他除了四下跺着地板，又不能因为闷热、寒冷、气味等进行任何报复。不过跺脚也只能烦扰到伊莲娜，她就住在下面一层，而他又不想惹恼她，因为他想钻到她的内裤底下。

他不久前刚有机会发现她穿黑色内裤。他那时觉得黑色内裤很性感，是那种肮脏的性感，就像低俗廉价的警匪杂志。他生活中对内裤颜色无甚了解，除了白色和粉色的，那还是他中学女友穿过的颜色，倒不是说他在停着的车子那恼人的幽暗中曾竭力观察过这些内裤。他后知后觉地了解到，伊莲娜挑选黑色并非为了挑逗而是出于实用考虑：廉价的黑色，没有蕾丝边，没有十字交叉缝线，没有任何雕绣装饰，选来就是为了不显脏，不用经常洗，而非展露肉体的。

和伊莲娜做爱就像抱着一块铁板，他后来常对自己开玩笑，但那是因为后续事件扭曲了他对往昔的回忆，也让伊莲娜铁甲裹身般坚硬。

伊莲娜并非独自一人住在二楼，还有贾弗里，这让杰克非常嫉妒：贾弗里轻轻松松就能穿着他那双臭烘烘的羊毛袜子滑过客厅，带着肮脏淫荡的欲望，垂涎欲滴地来到伊莲娜门口，神不知鬼不觉。杰克却在阁楼小窝里麻木不已。但是贾弗里的房间就在厨房正上方，厨房用油布纸裱糊，四处漏风，污迹遍布，是大楼后面突出来的一块，所以顶上没有可供杰克跺脚的天花板。

罗德也一样住在跺脚区域之外，他也被杰克怀疑对伊莲娜心怀不轨。他的房间在一楼，那里原先应该是餐厅的位置。他们钉死了装有磨砂玻璃的双开门，门是通往曾经的客厅的，现在那里成了鸦片窟，虽然他们并没有什么鸦片，只有一些发霉的栗色垫子，一块狗狗呕吐物般棕色的地毯，上面满是碾碎的薯片和坚果，另外还有一张破旧的安乐椅，它散发着一股令人作呕的甜腻的老水手波特酒的气味，那可是酒鬼的首选酒，讽刺的是，它被到访的哲学系学生们享用着，因为几乎不用花钱嘛。

他们在那个客厅里闲聊，办聚会，倒不是说那里空间宽敞，因此，聚会时人们会流散到狭窄的小厅里，会走上楼梯，走进厨房，他们会自发散开形成嗑药组和喝酒组，嗑药的并非嬉皮士，因为当时还没这种热潮，他们是未来事物的先遣，是肮脏的、自由意识强烈的、类似垮掉的一代，他们与爵士乐手混在一起，也沾染了略显放荡不羁的风格。那个时候，他，杰克·戴斯，也就是现在被刻入铭牌的、创作世界经典惊悚之作的著名作家，庆幸自己的房间在顶楼，脱离了乱哄哄的人群，还有酒精、香烟、大麻和偶尔的呕吐所散发出的恶臭，因为这些人根本毫无分寸。

他有自己的房间，顶楼的房间，能为某个可爱、疲惫、厌世、世故、穿黑色高领毛衣、眼线浓重的姑娘提供一个临时的避难所，他会诱惑她上楼走进自己散落着报纸的密室，躺上他那张铺着印度床单的床，并许诺要和她展开关于写作的技巧、创作的痛苦和折磨、诚信的必要、作品大卖的诱惑以及抵制这些诱惑的高尚等诸如此类的艺术探讨。这是一种带有自嘲意味的许诺，就怕姑娘会觉得他狂妄、自以为是。他确实是，因为在那个年纪，你必须这样才能在早上爬下床，并在此后12个小时里对自己虚幻的潜力保持信心。

可他从未成功地引诱过这样的姑娘，即便有，也会坏了他和伊莲娜发展的机会，而伊莲娜正发出可能会成功的微小信号。伊莲娜自己不喝酒也不抽大麻，虽然她忙着为那些喝酒嗑药的人收拾，脑子里还会记住谁对谁做了什么，而且第二天早上什么都记得。她从来没说过那话，很是谨慎，不过你能从她避而不谈的话里察觉到。

《死亡之手爱着你》出版后声名鹊起，不，不能叫声名，因为这种书没法获取任何与声名相关的东西，那时候是没有的，只有到后来才有，直到低俗小说在创作合法性的海岸上建立了一个立足点，然后才有了滩头阵地。后来作品被改编成电影，于是，这种诱惑对他来说就更大了。一旦他有了名气，至少是商业作家的名气——有着巨大的平装书销量、封面上印着凸版金字的商业作家，他再也不能凭借探讨艺术成功得手了，但是，作为补偿，不少姑娘喜欢惊悚，或者声称喜欢。甚至在哥特风盛行前，她们就喜欢了。也许它让这些人想起了自己的内心世界。尽管她们也许只是希望他能帮自己进入影视圈。

哦，杰克，杰克啊，他对自己感叹着，同时凝望着镜子里自己深重的眼袋，用手指抚弄着后脑勺一片稀疏的头发，收腹，虽然保持的时间没法很长。你真是一团糟，真是个傻瓜，你如此孤独。哦，杰克你得聪明点，敏捷一些，快用你曾依赖的烛台和即兴胡说的本领吧。你以前精力那么旺盛，那么容易信赖别人，那么年轻。

合同的事一开始就不太妙。那是在三月下旬的一天，草坪上四下渗漫着灰色的融雪，空气冷冽潮湿，大家的心情急躁火爆。当时是午餐时间，杰克的三个室友都坐在厨房的富美家牌餐桌旁，那桌子是红色的，桌面带有珍珠色的漩涡花纹，桌腿镀铬。他们吃着午餐，伊莲娜常常把残羹冷炙端上来，因为她不想浪费食物。杰克自己当时还睡着，这也难怪，前一晚有聚会，异常地肮脏乏味，都拜贾弗里所赐，这家伙就喜欢滔滔不绝地谈论晦涩难懂的外国作家，什么尼采、加缪之类的，这对他，杰克·戴斯，尤为不幸，因为他对这两人的了解少得可怜。虽然他可以不断重复地谈论卡夫卡，后者写了那个令人捧腹的、关于一个家伙变成甲虫的故事，反正绝大多数早晨，他自己就是这种感觉。有个疯子在聚会前夜带来一瓶实验室用的酒精，把它和葡萄汁还有伏特加混在一起，而他，杰克·戴斯，被充满竞争的文学讨论弄得头昏脑涨，喝了太多那玩意儿，差不多把膝盖骨都要呕出来了。此外，加上他一直不停抽的那不知什么的东西，里面多半混了下体抗真菌止痒粉。

所以，看着眼前那吃剩的金枪鱼面，他对要冷静而即刻地讨论伊莲娜给出的话题提不起任何兴致。

"你已经三个月没有交房租了。"她说，甚至都不等他喝一口速溶咖啡。

"老天，"他说，"瞧瞧，我的双手都在发抖。我昨晚真的打了个平手！"他妈的，她干吗就不能更善解人意些，不能更温柔些呢？哪怕是有点见地的评论都会令人宽慰些的，比如"你看上去糟糕透了"。

"别转移话题，"伊莲娜说，"你也明白的，我们几个人被迫分担了你的那部分房租，否则大家都得滚蛋。但这事不能再继续下去了。要么你想办法付钱，要么你走人。我们可以把你的房间租给确实有支付能力的人。"

杰克一屁股坐在桌子旁。"我明白，明白了，"他说，"老天，真抱歉，我会付的，只是再多给我一点时间。"

"多一点时间干吗？"贾弗里带着怀疑的假笑道，"绝对时间，还是相对时间？心理时间，还是可测量时间？欧几里得时间，还是康德时间？"对他而言，这会儿开始探讨令人毛骨悚然的基础哲学的文字游戏未免太早了。这人真是个浑蛋。

"谁有阿司匹林？"杰克问。这样问很软弱，可他也没其他办法。他确实头痛欲裂。伊莲娜站起身拿给他一片止痛药。她总是忍不住要照顾人。

"还要多少时间？"罗德问。他掏出了那本绿棕色的小笔记本，他用那本子做计算，他也是合租一事的簿记员。

"你连着好几周都说再多给你一点时间，"伊莲娜说，"确切地说是连着好几个月。"她放下两片阿司匹林和一杯水。"这里还有苏打水。"她补充道。

"我的小说，"杰克说，倒不是他之前就编好了这个理由，"我需要时间，我真的……我差不多要写完了。"这是假话。事实上，他卡在了第三章。他已经大致罗列了人物表，四个人，四个富有魅力、荷尔蒙爆棚的学生，他们住在大学附近一栋三层楼尖顶的砖结构维多利亚风格的排屋里，说着一些关于灵魂的含混晦涩的句子，相互乱交，可除此之外他写不下去了，不知道他们还能做些什么。"我会去找份工作。"他弱弱地说。

"比如什么工作呢？"铁石心肠的伊莲娜问，"这里还有姜汁汽水，如果你要的话。"

"也许你可以去卖百科全书。"罗德说，他们三个人笑了起来。大家都知道兜售百科全书是窝囊废、笨蛋、走投无路者的无奈之举。此外，一想到他，杰克·戴斯，居然要向他人兜售东西，这念头让他们觉得滑稽。在他们看来，他就是个浑蛋，连流浪狗都会逃开，因为他身上散发着猫屎般的失败味道。最近他们仨居然不让他擦盘子，因为他摔碎了好几个盘子。他是故意的，因为在家务分配上被当成笨蛋很管用，可这会儿就对他不利了。

"你干吗不卖小说的股份呢？"罗德说。他是学经济学的，拿自己的零花钱炒股，干得挺不错，就靠这付的房租。自此，他在钱方面一直有这种沾沾自喜的特征，真让人受不了。

"行，我同意。"杰克说。当时也没人当真，那三人只是打趣他，暂时给他台阶下，假装承认他有才华，可以走一条"钱品"端正之路，哪怕仅仅是纸上谈兵。他们马后炮的解释是，他们共同商量要为他打气，让他相信他们看好他，对他有信心。这样他就真的能行动起来做点什么，倒不是他们确实认为这事能成。事情真成了，而且成得如此轰轰烈烈，这又不是他们的过错。

是罗德起草的合同，租期三加一个月，三指的是杰克之前没付的三个月，一是下面开始的一个月。由此，他那部尚未完成的小说的收益就分成四份，每个人，包括杰克，都会得到一份。假如杰克自己得不到任何实际好处，那么激励就是消极的，一无所获的话他对此不会有任何动力，罗德说，这人笃信经济学。说到最后一点时，他窃笑起来，因为他觉得杰克无论如何也完成不了作品。

要不是杰克宿醉不醒，他能签下这样的合同吗？也许吧。他不想被逐出房门，不想流落街头，或者更糟糕的是回到位于唐米尔斯的父母家那间娱乐室里，被母亲的忧心忡忡和炖肉以及父亲喋喋不休的说教包围。于是他答应了所有条款，并签了名，接着长舒一口气，在伊莲娜的催促下吃了几叉子的砂锅面条，因为他的胃最好有点填充，然后他就上楼去睡了。

可是之后他只得去写那劳什子。

那四个住在维多利亚风格排屋的大学生都没救了。很显然，他们都不肯把自己瘫痪的屁股从三手的厨房座椅上挪下来，屁股这会儿就像大章鱼的吸盘一样粘在椅子上，哪怕他把这些人的脚点着了都没用。他只能尝试别的手段，得来点与众不同的。进展很快，因为写那部小说，写任何小说，变得与尊严攸关。他不能让贾弗里和罗德继续嘲笑自己，他再也受不了伊莲娜那双可爱的蓝眼睛投来的怜悯、鄙视的目光。

拜托，拜托，他对着凝固、充满烟雾的空气祈祷着，帮我走出困境！什么都行！只要能赚钱！

魔鬼交易就这样达成了。

于是，突然，那只手的幻影像发出磷光的毒菌，闪现在他面前，完全成形，他只需要或多或少地将它写下来，至少他在后来的脱口秀节目中是这么说的。《死亡之手爱着你》从何而来？谁知道呢？来自绝望，来自床底，来自他童年的梦魇。更有可能，它来自他12岁时从街角的杂货店里偷来的那些可怕的黑白漫画书：书里尽是被肢解的、干枯的、自己会动的身体部位。

故事情节很简单。薇奥拉是个美丽却冷漠的姑娘，她很像伊莲娜，只是腰肢比伊莲娜更细，屁股更丰满，她把未婚夫威廉抛弃了，让他失恋了。威廉是个英俊、敏感的小伙子，至少比杰克高6英寸，不过两人发色相同。她这么做动机很粗鄙，因为另一个追求者阿尔夫在相貌上和贾弗里旗鼓相当，却富得流油。

薇奥拉甩人的手段侮辱人至极。直肠子的威廉与薇奥拉有个约会，他开车到女方颇为宽敞的住宅来接她。可是阿尔夫已经捷足先登，于是威廉目睹了薇奥拉和阿尔夫在门廊的秋千上火热地相拥缠绵。更惨的是，阿尔夫还撩起了薇奥拉的裙子，威廉可从没如此放肆过，这个笨蛋。

恼怒和震惊之下，威廉愤愤然直面那两人，可这无济于事。她轻蔑地把威廉手捧的那束雏菊和野玫瑰，还有那只纯金的订婚戒指扔到了人行道上，那戒指还是他用百科全书公司的两个月的工资买的。此后，薇奥拉踩着那双扎眼的红色高跟鞋大步走开了，接着她和阿尔夫就开着后者那辆银色的阿尔法·罗密欧敞篷车扬长而去，那辆车是阿尔夫心血来潮买下的，因为品牌名和他的名字很相配，他就是有钱做这类浮华之举。他俩嘲讽的笑声在可怜的威廉耳朵里回荡。订婚戒指沿着街道滚动，从下水道的格栅间落下去，一路叮当作响，为此画上了圆满句点。

这对威廉是致命打击。梦想被碾得粉碎，完美女性形象破灭。他郁郁寡欢地回到自己低廉却干净的出租屋里，写下了遗愿：他要把右手砍下来，分开埋葬，埋在公园长椅旁，无数的浪漫之夜，他和薇奥拉曾经坐在那条长椅上亲吻和温柔相拥。接着，他用已故父亲（威廉是孤儿）留给他的那把军用左轮手枪朝自己脑袋开了一枪，父亲在第二次世界大战时十分英勇，曾用过这把枪。杰克觉得这个细节渲染了一种象征性的高贵感。

威廉的房东太太是位和善的寡妇，她有着欧洲口音和吉卜赛人的直觉，承诺要让他关于断手的遗愿达成。她真的在夜里蹑手蹑脚地走进殡仪馆，亲自用从她已故丈夫的木工长凳上拿来的锯子将那只手锯了下来。这一幕，在电影里，无论是原版还是翻拍的电影里，都笼罩着某些不祥的阴影，那只手还发出怪异的光。那光让房东太太吓了一跳，可是她继续干下去。此后她把那只手埋在了公园长椅旁，埋得很深，臭鼬都挖不到。她还把自己的十字架放在上面，因为她来自古老国度，很迷信。

无耻的薇奥拉铁石心肠，她不屑去参加葬礼，也不知道那只砍下的手。没人知道那只手，除了房东太太，她此后很快就搬去了克罗地亚，在那里当了修女，为了洗刷自己曾犯下的这桩或许算得上是邪恶之事，以救赎灵魂。

时光荏苒。薇奥拉后来和阿尔夫订了婚。他们也计划好了一场盛大奢华的婚礼。薇奥拉对威廉感到了些微的愧疚和抱歉，但总的来说她几乎很少想到他。她忙着试穿那些昂贵的新衣，炫耀粗鄙的阿尔夫赠送的各种钻石珠宝，阿尔夫的格言即唯有珠宝能抵达姑娘芳心，这对薇奥拉来说是千真万确的。

杰克继续胡编乱造着故事情节。他要一直把手藏着，直到婚礼那天吗？是否该把它藏在长长的绸缎婚纱拖裙里，随着薇奥拉走上红毯，只为了在她说我愿意时突然曝光，引发骚动吗？不，那里有太多见证者，他们会像追一只逃脱的猴子般满教堂地跟随，效果与其说是恐慌，不如说是荒唐滑稽。最好是只对薇奥拉一人起效，而且，如果可能的话，最好在她裸体时。

婚礼前几周，一个在公园玩耍的小女孩看到房东的那个十字架在阳光下熠熠发光，便捡了起来，带回了家，由此消除了它的保护作用。（在电影里，原版的那部，不是翻拍的，这一

215

幕还伴着阴森的复古配乐。在翻拍电影里，女孩被替换成狗，狗把这个宗教饰物带给主人，这位主人缺乏任何相关知识，就把东西扔进了灌木丛。）

此后，在下一个满月之夜，威廉的手从公园长椅旁的泥土里伸了出来，就像一只沙蟹或突变的水仙花芽破土而出。外表看上去更是糟糕，是棕色和干瘪起皱的，指甲很长。它爬出公园，爬进一个涵洞里，再次出现时小手指上还戴上了那只被无情丢弃的订婚金戒指。

它一路摸索着逃到了薇奥拉家中，沿着常春藤爬上去，钻进了薇奥拉卧室的窗户，藏在梳妆台精致的碎花桌裙后面，在薇奥拉脱衣服时斜视着她。它能看见吗？不，因为它没有眼睛。但是它有一种无须眼睛的观察力，因为上面附着威廉的灵魂，或者说他部分的灵魂，不是善的部分。

（13年或15年前，在现代语言协会关于《死亡之手爱着你》的专题研讨会上，一位垂垂老矣的弗洛伊德派批评家曾说过，那只手指的就是被潜抑事物的重复出现。荣格派批评家不同意这种解读，他举了神话和魔幻作品中很多关于被砍下的手的例子，他说，那只手就是"光荣之手"的呼应，它是从被绞死的罪犯的尸体上砍下并做过防腐处理，然后用嵌入的蜡烛点燃，这种蜡烛在破门咒语中被长期使用。它在法语中被称为main de gloire，因此名为曼陀罗草，或曼德拉草。弗洛伊德专家说这个民俗信息已经过时且偏题了。争吵声越来越大。杰克作为嘉宾，借口抽烟走了出去。当时他还没戒烟，心血管医生还没警告他不戒烟就会死。）

那只手从梳妆台下面偷窥，只见薇奥拉脱去了所有的衣服，在淋浴间里自娱自乐，还让通往套间浴室的门半开着，让这只手和读者能窥见诱人春色。粉色肉欲的骄奢，丰满婀娜的曲线。杰克写得过火了，他现在看出了这一点，可当时22岁的小伙子会耽于这些细节。（原版电影的导演拍这个淋浴镜头时，是以致敬希区柯克《惊魂记》的手法进行的，更恰如其分的是，第一版薇奥拉的饰演者是苏伦·布莱克，她综合了珍妮特·利和蒂比·海德莉[1]的特点，是位金发的半人半神的尤物，杰克拼命追求她，到头来还是没得手。苏伦极其自恋，她喜欢最初的那些礼物和爱慕崇拜之举，却不喜欢性本身，她讨厌别人把自己的妆容弄脏了。）

学生时代的伊莲娜并不化妆，也许因为这很花钱，不过这给她带来了一种新鲜娇嫩的效果，使她看起来朴实无华，宛若剥了壳的牡蛎。她也不会在枕头上留下浅褐色和红色的痕迹。（现在回想起来，杰克心里不无欣赏。）

那只手看着薇奥拉在身体各处涂抹着沐浴液，心旌摇荡，不过，它倒没有挑这个时机伸出手去。反之，它耐心等待着，想着一个又一个用来描述薇奥拉的形容词。手，读者，还有薇

1　分别是希区柯克电影《惊魂记》和《群鸟》中女主角的扮演者。——编者注

奥拉自己，都对薇奥拉的身体赞赏不已，她轻轻地拍干皮肤，调皮地在完美无瑕、肤如凝脂的身体表面擦上芳香的乳液。接着，她套上了一件镶着金色亮片的紧身长裙，用红宝石色的口红勾勒出自己丰满的嘴唇，在那线条优美的、令人窒息的脖子上戴了一条闪闪发亮的项链，在柔软诱人的肩膀上搭了一条无价的白色毛皮，然后以令人瞠目结舌的扭臀动作轻快地走出了房间。当然，那只手确实无法瞠目结舌，但是它自有其欲火中烧的煎熬方式，两版电影都是以一种真正充满张力的抽动来渲染的。

一旦薇奥拉走出房间，那只手就开始翻查她的书桌。它找到了她那独特的粉色便笺纸，上面还有她名字首字母的浮雕印刷。接着，它用她那支银质钢笔写了留言，用的是已故威廉的笔迹，内容毋庸置疑，就是痴情不改：

> 我会永远爱你，我亲爱的薇奥拉，死后依然执着。永远爱你的，威廉。

它把留言和一朵红玫瑰一起放在薇奥拉的枕头上，玫瑰是从她梳妆台上的花束里摘下的。那束花很新鲜，因为开阿尔法·罗密欧的阿尔夫每天给她送来一打红玫瑰。

然后那只手匆匆钻进薇奥拉的衣橱，藏在一只鞋盒里，静观事态发展。薇奥拉正是穿着鞋盒里的这双亮红色高跟鞋把威廉无情地一脚踢开的，对于手而言，那种象征意义仍未消失。它用干枯的长指甲在红鞋上擦来擦去，既沾沾自喜又迷恋不已。（原版电影中的这一幕在学术论文中被不断解读，这些论文大多是法语的，也有西班牙语的，它们把影片视为清教徒式的晚期美国新超现实主义典范，欧洲的电影制片人对翻拍的那部嗤之以鼻。杰克自己才不在乎呢，他只想让那只死亡之手用一双性感的鞋子把此事了结。尽管他愿意承认效果很可能是一样的。）

那只手在鞋盒里等了好几个小时。它不在乎等待，它也没别的事情想做。在电影里（原版的，非翻拍版），它不时手指相击，表示出不耐烦，不过这是事后想到、应导演的要求再添加的。导演斯坦尼斯劳·卢茨是个怪人，他把自己想象成惊悚影片界莫扎特级别的大师，后来还跳下了拖船。他认为看着一只手在鞋盒里无所事事，就毫无悬疑紧张感。

在两版电影中，鞋盒里的手，夜店里的薇奥拉和阿尔夫，画面不断来回切换，夜店的两人脸贴脸、大腿挨大腿地跳着舞，阿尔夫的手指充满占有欲地顺着薇奥拉满是珠宝的脖子摸索着，一边低语："你很快就是我的了。"杰克在小说里并没描写过夜店这一幕，可当时他要是能想到，就一定会写的。他在写剧本时就想到了，两版剧本都是，因此情景几乎一致。

等跳舞、手指摸索、鞋盒里的等待都渲染够了，薇奥拉又回到了房间，痛饮了几杯香槟酒，此处有她吞咽酒水的脖颈特写，然后她一头扎到了床上，都没瞧一眼枕头上精心写好的爱意留言和玫瑰。她有两只枕头，留言和玫瑰在另一只枕头上，因此她没看到留言，也没被玫瑰花刺给扎到。

那只手会有怎样的感觉，自己再次被冷落疏忽了？是伤心还是生气，或者都各占一点？对一只手来说，很难讲。

它悄悄地溜出了衣橱，顺着散乱落下的床罩爬到了薇奥拉的花边睡衣上，她正在乱蓬蓬的一堆中睡着。难道它要勒死她？它阴森的手指在她脖子上踟蹰不定，这里电影观众会尖叫，可是，不，它依然爱着她。它开始抚摩她的头发，温柔，充满渴望，慢悠悠地；然后，它不可自控地抚摩着她的脸颊。

这弄醒了薇奥拉，在这幽暗的、月色朦胧的房间里，她看见自己枕头上有一只像是长着五条腿的巨型蜘蛛。尖叫声更响了，这一次是薇奥拉发出的。手大吃一惊，赶紧逃开。此时，薇奥拉吓得不断咕哝着，竭力要打开床头灯。手躲到床下面，没人能看到它。

薇奥拉哭着给阿尔夫打电话，语无伦次地诉说着，这种情形下姑娘常常如此，阿尔夫很男人气地安慰她，说她一定是做噩梦了。一番安抚之后，她挂掉电话，准备把灯关了，可是就在此刻，她当然看到了玫瑰花，然后是那张留言，明白无误那是威廉，是她前男友的笔迹。

她瞪大了眼睛，惊恐地喘息着，这不可能吧！薇奥拉不敢留在房间里再给阿尔夫打电话了，她把自己锁在浴室里，蜷缩在浴缸里，身上零落地盖着几条毛巾，度过了这个不眠之夜。

（小说中她还有关于威廉的痛苦回忆，可最终两部电影都没展现这一幕，取而代之的是她痛苦地咬着手指，窒息般抽泣着。）

到了早晨，薇奥拉小心翼翼地走进了洒遍明媚阳光的房间。粉色便笺不见了，那只手把它拿走了。那朵玫瑰再次回到了原来的花瓶里。

她深吸一口气，又释然地呼出。原来只是一场噩梦。尽管如此，薇奥拉还是受了惊吓，她穿着那条昂贵的紧身裙准备去和阿尔夫共进午餐时，还紧张地朝身后瞥了几眼。

这时手又忙了起来，它迅速翻阅薇奥拉的日记，并练习抄写她的文字。它还偷了几张粉色便笺，并给另一个男人写了一封热辣淫荡的情书，提议在他们通常见面的地方，即城郊一家地毯批发店旁、常有妓女光顾的破旧汽车旅馆，再来一次婚前幽会。"亲爱的，我知道这事有风险，可就是忍不住啊。"信上写道。这封信还对阿尔夫进行了一番诋毁，说他做爱能力不行，特别提到了他那玩意儿的尺寸。信最后还期待着，等多金的阿尔夫和薇奥拉结婚后，再把他给解决掉，他们会有多快乐。信里写道，只要在阿尔夫的马提尼里加一点锑就可以了，接着就是结尾段落，表达了对这个时刻热忱急切的期盼，等着这个捏造出来的情人的那条电鳗能再度钻进薇奥拉潮湿颤动的海草丛中。

（你这会儿不能用这样的委婉用语，你得直说，但是在那个时代，可以印刷哪些粗俗的词是有限制的。杰克很遗憾现在这些禁忌被撤销了，有禁忌才能激发创意性隐喻的产生。现在的年轻作家整天F和C开头的词乱喷，他个人觉得很无聊。难道他也成了老古董？不，客观来说，确实无聊。）

那个捏造的情人名叫罗兰。确实有个真实的罗兰，他是薇奥拉更早的追求者之一，虽然没追成功。薇奥拉选了英俊的威廉没选他，这也难怪，因为罗兰不仅是个令人哈欠连天的经济学者，还是个思想卑劣、灵魂枯竭、心思复杂的浑蛋，是那种绿棕色笔记本不离身的家伙，像个呆鸟、傻屌、笨佬……

听起来太有韵律，于是杰克画掉了。接着他进入了一种被咖啡因刺激而引发的幻觉中：为何男人那玩意儿要被当作辱骂词？恰恰相反，是个男人都不会讨厌自己那玩意儿的。可也许这是对男人放之四海而皆准的冒犯，这也必然是事实。他应该把这篇论文润润色，等下一次聚会时，当学术争论令人厌烦时，再把它拿出来展示一下。

这就是拖延的根源所在。杰克睡前还有几页要写，还得耗费一点心血。

"我给你做了点汤。"伊莲娜边说边悄悄走上楼梯来到了杰克的蜗居，把一个盘子和一个碗放在杰克用来当书桌的桥牌桌上。是蘑菇汤，还有几片饼干。

"谢了。"杰克说，简直像在疗养院。他想要抓住伊莲娜围着围裙的身子，冲动而急切地压倒她，把她按在地板上，让她昏厥，乖乖就范。可这时时机不对：先得把罗兰除了，再做掉阿尔夫，让薇奥拉吓得六神无主。一样样来。

此后几天，杰克不得不回溯手稿，把罗兰安插到故事开头部分，既然剧情需要他。当他说要剪刀和胶带时，伊莲娜立即递了过来。任何表明小说有进展的迹象都会激发出她乐于助人的全新态度。

那只手将写给罗兰的骗人情书塞进了薇奥拉那堆轻薄的内衣里，然后它又在另一张粉色便笺上写了一条匿名的留言：阿尔夫，你这个笨蛋。她对你不忠，去衣柜第二个抽屉的内衣里看看吧。接着，它蹦下藤蔓遍布的墙壁，穿过城市来到阿尔夫的豪华顶层公寓，它顺着电梯井爬到房顶，小指和无名指间夹着那封匿名信，并把这段骂人的留言从门缝底下塞了进去。此后它雀跃着返回了薇奥拉的家，藏身于蔓绿绒的盆栽中。

薇奥拉午餐后回家（这里很巧妙，杰克心想），在一个矮胖、谄媚、模样滑稽的裁缝的协助下试穿婚纱，这时阿尔夫满脸通红、气势汹汹地冲了进来，一顿暴风骤雨的咆哮谩骂，并开始从薇奥拉的衣柜抽屉往外扔内衣裤。他这是疯了吗？不！快看，那封淫荡的情书就放在薇奥拉的笔记本里，正是她本人的笔迹！

薇奥拉哭得很动情，这一刻电影观众也很动情，很同情她，她申辩说自己从来没有，从未写过这样的东西，她和罗兰也，嗯，也很久很久没见面了。接着她讲了前一夜的事情，说起自己发现的枕头上的那封可怕的情书。

　　这时情况很清楚了，他俩是一场卑鄙骗局的受害者，而这事无疑是由那个邪恶善妒的卑鄙小人罗兰犯下的，此人企图拆散他们，这样他就能把薇奥拉占为己有。阿尔夫发誓要追究到底，他要与罗兰对峙，逼对方承认罪行，越快越好。

　　薇奥拉恳求他千万不要鲁莽行事，可这样反而让阿尔夫对她大起疑心。明明自己有正当的发火理由，她为何要竭力护着罗兰？假如她没说真话，那他会扭断她美丽的脖子，他咆哮着，再说了，她声称的枕头上的留言到底在哪里呢？难道她在撒谎？他抓着泪眼汪汪的薇奥拉的脖子，狠狠地吻着她，接着把她粗暴地甩在床上。到这里，读者和薇奥拉都开始害怕阿尔夫会失控。拍着鲜红翅膀的强奸天使在空中盘旋，可阿尔夫只是一味满足于咒骂几句，并把最近送的那束玫瑰花扔到地上，花瓶碎了一地，为荣格派和弗洛伊德派学者提供了大量可以进行探讨的内容。

　　阿尔夫刚夺门而出，薇奥拉就在梳妆台上发现了另一条留言，方才那里还什么都没有。你只属于我一个人，死亡也无法将我们分开。留心你的脖子。你永远的，威廉。

　　薇奥拉的嘴一开一闭，就像一条搁浅的石斑鱼。她吓得都不敢尖叫了。无论是谁写的这些留言，此人就和她同在一个屋檐下！而她孤立无援，裁缝也走了。这太可怕了！

　　事态越发恐怖，杰克也越写越快。他每天喝速溶咖啡，大嚼袋装花生，晚上只睡几个小时。伊莲娜被他的疯狂干劲打动，还给他端来几盘砂锅面条，以支持他的创作，甚至到了为他洗衣服、整理房间、换床单的地步。

换床单之后不久，杰克就在床上将她搞定，或者说是她把他搞定的？他一直没弄明白。反正两人最终上了他的床，他也并不是很在意到底是怎么上去的。这样的结果他已经期待了很久，幻想过、策划过，可是机会真的来了，他果断上阵，事后却心不在焉，都忘了给出爱意呢喃，一完事几乎立刻睡着了。不过那是有原因的，他当时年轻，又太累了，脑子里乱七八糟的。他的精力需要用在其他地方，因为他差不多写到了《死亡之手爱着你》的尾声。

阿尔夫暴跳如雷，要把罗兰痛打一顿。接着，他会浑身血迹、步履蹒跚地回到自己的阿尔法·罗密欧车里，那只手就藏在定制座椅的皮革装饰里面，要从后面把他掐死。此举会让阿尔夫在车上失控，导致车子撞到高架桥上，将他烧成灰烬。那只手虽然被严重烧伤，但依然会从残片灰烬中爬出来，一瘸一拐地回到薇奥拉的家。

那个不幸的姑娘刚得到警方关于罗兰被害以及那场致命车祸的消息，她会情绪崩溃，医生会给她开镇定剂，然后薇奥拉会不由自主地进入沉睡，她会在睡梦中看到那只起了水疱、伤痕累累、烤焦的、势不可当的手，它正痛苦而执拗地拽着自己爬上枕头，朝她而来……

"你在写什么？"伊莲娜枕在杰克的那只枕头上，或者说是他的其中一只枕头上问道。他这会儿有两只枕头，第二只是伊莲娜自己拿过来的。她到访他的蜗居已渐渐成了习惯，有时候还会带点可可饮料来。她越来越频繁地在那里过夜，尽管她的臀部并不纤瘦，而杰克的老式双人床又很挤。至此，她一直满足于扮演一位伟人的使女角色，她甚至提出要为他重打手稿，因为她不像杰克，她打起字来快捷高效，不过他没答应。这是她第一次对他的项目性质心生好奇，虽然她知道他是在进行文学创作。她不晓得他是在编造一个关于枯槁之手的廉价、俗艳的惊悚故事。

"从存在主义的视角看，"杰克说，"我们当代的物质主义受到了《荒原狼》的启发。"（《荒原狼》！怎么可能？现在的杰克思考着。不过可以原谅，《荒原狼》当时将红未红，其在大众中的流行还没开始。）这一回答并不完全是谎言，不过，即便有一定的真实性，它还是有点扯。

伊莲娜很满足。她轻轻地吻了他，穿上了她廉价的黑色内衣，接着是厚套衫和粗呢裙，匆匆下楼去热一些吃剩的肉丸，准备大伙儿的午餐。

此后杰克写完了最后一章，倒头连睡了12个小时，连梦都没做。接下来他就把精力投在了兜售手稿上面，因为如果不赶紧努力补上过去和将来自己应付的房租，他依然会面临被屈辱逐出的困境，尽管没有人会否认他的勤奋。他全力以赴地打字（伊莲娜见证着这个过程，他盖住了纸页），也许室友们会因此对他多些好感。

当时纽约有几家出版社专做惊悚恐怖小说，所以杰克买了几个牛皮纸信封，将手稿寄给了其中三家。结果比他期待的更快，事实上他都没敢有任何期待，他收到了简短的回复。书稿被接受了，还付了预付款，数额不算大，但是足以支付房租，剩余的也够付余下的租期。

他甚至有余钱开一场庆祝会，杰克真开了，伊莲娜做帮手。大家都祝贺他，并想知道大作何时出版，由谁来出。杰克回避了这些问题，他嗑了点药，又喝了太多的老水手波特酒和伏特加潘趣酒，还把伊莲娜烤的芝士球都呕了出来，那可是她为了致敬他的才华做的烘焙。他并不很期待自己的作品出版，有太多秘密会成群结队地从里面钻出来，室友们准会认出，原来他毫无顾忌地把自己放进了故事里面，还进行了一番滑稽荒谬的形象扭曲。说实话，他之前都没敢相信作品真能见天日。

等聚会结束安定下来，各种任务完成，又勉强拿到了学位之后，杰克就挣脱束缚般走上了余下的人生之路，结果大量精力被用在市场宣传上。他得知自己在运用形容词和副词上颇有天赋，一旦掌握诀窍，就能大展手脚。虽然四个室友已经不住原来的地方，各自找到了住所，他依然和伊莲娜交往着，后者决定去读法学院。和她做爱一直能给他带来灵感。第一次哪怕算不上欣喜若狂，他还是感到沉醉痴迷，此后都一直如此，尽管伊莲娜坚持传统的男上女下姿势。她话不多，他很欣赏这一点，这样自己就能多说话，但是他也不会介意对方就自己的表现评论上一两句，因为他没有任何参照来进行比较。难道她不是该多一些呻吟吗？他只好从她那双蓝眼睛的凝视中寻求满足，因为他觉得那目光难以捉摸。是崇拜？他当然很希望如此。

尽管从伊莲娜的熟练灵巧程度可以明显看出她有能力进行比较，可她就是聪明地只字不提，这也是他欣赏她的另一点。她并非他的初恋，他的初恋叫琳达，是个扎马尾辫、浅黑肤色的大二姑娘，但伊莲娜是他第一个性伴侣。不管喜欢与否，伊莲娜都是里程碑。所以无论如何，她有自己专属的精神地位，是神圣性高潮的圣伊莲娜。她最终成了一尊石膏圣人像，在他的脑海里始终保持着要将那条日常黑色内裤脱去的姿态，双腿白皙耀眼，眼眉低垂而调皮，半开的嘴巴露出神秘的微笑。这个形象和后来那个冷酷无情、贪婪、一年要两次兑现他支票的泼妇截然不同。两者根本不能相提并论。

此后几个月里，伊莲娜给他买了一套样式各异的碗，还有一只厨房垃圾桶，因为她认为他需要这些东西，深层诠释的话，即她需要它们，这样她就能在他家做晚餐。她还为他打扫浴室，不止一次。她不仅搬过来和他同居，还开始指手画脚起来。她不喜欢他的广告宣传工作，认为他应该着手写第二部艺术作品，顺便说一下，第一部艺术作品（她一直期盼着要阅读它）不是很快要出版了吗？此时《死亡之手爱着你》一直按兵不动，杰克甚至希望出版商把手稿落在了出租车上。

可是运气不好。因为，正像书名中的那只断手，《死亡之手爱着你》爬了出来，在全国各地杂货店的架子上登场亮相。杰克当时还有自己的家什，包括一把豆袋椅和一套不错的音响系统，他还有三套西装，各有相配的领带。他很后悔自己在书上用了真名而非笔名，不知新的雇主们是否会觉得他是写这类东西的变态狂？他唯一能做的就是埋着头，不引起任何人的关注。

运气还是不好。当伊莲娜发现他的杰作确实问世了，他却没有告诉自己，便和他发生了一场令人寒心的争执。当她看完此书，明白了这到底是何种杰作，这种东西是在浪费他的才华，是一种背叛，是无耻堕落的行为，他根本是在自取其辱，况且书中的人物一看就是他的三个室友，包括她自己。

"原来你是这么看我们大家的呀！"她说。

"可是薇奥拉是美丽的！"他辩解道，"可是男主人公爱她！"没用的。那只干枯之手的爱，无论有多执着，在伊莲娜看来毫无动人之处。

最后一击是她在他外出时偷看了他的邮件，他真不该把公寓钥匙给她的。她这才意识到他自己保存着版税支票，而没有将它和其他股东瓜分。他没有遵守那份合同！他是个蹩脚的作家，蹩脚的情人，一个犯罪的骗子，她说。她要立即联系贾弗里和罗德，她能想见他们会怎么说。

"可是，"杰克说，"我忘了合同的事，它也不是真正的合同，只是一个玩笑，就是一种……"

"它是真正的合同。"伊莲娜冷冰冰地说，她那时对真正的合同已经知之甚多，"它表明了意向。"

"好吧，我本来是要分的，没抽出时间来。"

"这是扯淡，你也明白的。"

"你什么时候能读心了？你以为了解我的一切，就是因为我舍了你……"

"我不会说这种话。"伊莲娜说道，她在措辞上向来保守，虽然其他方面并非如此。

"那你希望我怎么表述？我干这事时你倒是挺享受的嘛。好吧，就是因为我把自己的胡萝卜插到了你那引人入胜的……"

砰，砰，砰，她重重地踏过地板，出了门，门被狠狠甩上了。他到底该为此感到开心还是难过呢？

此后，三位愤怒股东的共同律师发来了信函。各种要求和威胁。接着杰克做出了让步。他们把他抓得死死的。正如伊莲娜所言，合同中确实表明了意向。

让杰克更感到痛苦的是伊莲娜的离去，比他自己承认的更痛苦。他确实想努力修补两人的关系。他做了什么？他问她。为什么她要抛弃他？

不行。她对他进行了一番评价，综合判断，发现了他的不足，不，她不想再讨论了，不，没有第三者，不，她不会再给他机会了。杰克只有一件事可以做，也早就该做了，她说，可事实上正是因为他对此毫无头绪，她才铁了心要离开。

她想要什么呢？他恳求着，尽管语气很无力。她为什么就不能告诉他？她就是不说。真是困惑。

他强忍下自己的伤心，虽然强忍下的东西往往会趁人不备再度浮出水面。

乐观地说，《死亡之手爱着你》在自己的领域大获成功，虽然该领域遭严肃文人不齿。正如他的编辑所言："没错，它就是扯淡，但是扯得不赖。"甚至更不错的是，还有了拍成电影的合约，而谁能比杰克更适合来写电影剧本呢？接着还会有《死亡之手爱着你》的续篇，总之还会有扯得不赖的东西出来。杰克辞掉了广告宣传工作，专心致志于写作生涯。或者说，是致力于雷明顿打字机的生活，它很快又被IBM电动打字机取代，那上面有一个弹跳球可以让你改变字体。这可真酷！

他的写字生涯自有起伏。说实话，他没有再企及处女作的成功，那本书依然是他的成名作和收入的大头，可这笔收入，拜年轻时的那份合同所赐，他只能拿到四分之一，真让人痛心。随着时间的流逝，他在粗制滥造文字方面越发感到力不从心，因而之前的痛心更为加剧。《死亡之手爱着你》是他的大作，他现在已无法再创佳绩了。更糟糕的是，到了他现在这个年纪，就有更年轻、更变态、更暴力的作家对他显出居高临下和不屑一顾的态度。《死亡之手爱着你》，没错，它确实像开山之作，可是以今天的标准看，还是平淡乏味了些。例如，薇奥拉没有被开肠破肚。没有任何酷刑，没有人的肝被放在锅里煎，也没有轮奸。又有什么好玩的呢？

人们很可能会保留高耸的头发和鼻环，这是对电影而非对小说表示尊重，是对原版电影，而不是翻拍的那部。翻拍的更为纯熟，是的，似乎如此，如果这是你想要的结果。它有更好的技术水准，它，天知道，它也有更好的特效。可是它没有新意，没有那种粗犷、原始的能量。它太过修饰，过于刻意，它缺乏……

这是我们今晚的嘉宾，杰克·戴斯，资深惊悚大师。您如何评价这部电影，戴斯先生？第二部，即乏味、失败的那版。哦，是您写的剧本？哇哦，谁能知道呢？那时大家都还没出生呢，是吧，伙计们？哈哈哈，是的，玛莎，我知道不能称你为伙计，不过你可是这里的荣誉伙计。你比这里到场的一半以上的伙计们都更雄心勃勃啊！我说得没错吧？无知的咯咯笑声响起。

难道他自己也曾如此莽撞，这样浅薄吗？没错，确实是的。

上周他收到一个迷你电视剧的提议，将作品与一个电子游戏捆绑在一起，但据他的律师所说，那两种形式都不幸受制于最初的那份四人合同。还有一个完整的研讨会，将在得克萨斯州的奥斯汀举办，那里是超级书迷的大本营，他们热衷于杰克·戴斯和他的作品，他的所有作品，尤其是《死亡之手爱着你》。这种新的活动，以及随之而来的社交媒体热潮会带来更多的图书销量，更多的剩余价值，而更多的一切——他妈的！——都得分成四份。这是他最后的一口气，最后的欢呼，他以后都不会再享受到了，可他只能享受到四分之一。四分的做法极其不公平，已经够久了。得有人放弃，得有人离开，或者是几个人都离开。

怎样才能让它看起来最自然呢？

他和那三人都保持着联系，倒不是说他还有什么选择，是他们的律师要求的。

罗德和伊莲娜有过一段短暂的婚姻，不过那是很久以前的事了。他从一家国际经纪公司退休，现在居住在佛罗里达的萨拉索塔，是当地芭蕾舞团和戏剧社的财务顾问志愿者。

贾弗里也和伊莲娜有过短暂婚姻，是在罗德之后。贾弗里目前在芝加哥，把自己的哲学辩论才华施展于市政工作。14年前他差点儿因为受贿被定罪，但是他躲过了这一劫，继续担任著名幕后推手、政治顾问和候选人顾问的角色。

伊莲娜仍然住在多伦多，她领导着一家公司，致力于为优秀的非营利组织筹集资金，例如肾脏病慈善机构什么的。她已故的丈夫在钾肥行业做得很好，身为遗孀的她举办了很多高端晚宴派对。她每年都会给杰克寄圣诞卡，还附上一封信，讲讲她所做的平庸的社会工作的业绩。

表面上看，杰克和这三人相处得并不坏，几年前他就接受现状，顺其自然了。不过，他已经好几年没见过他们了。有几十年了吧。干吗要见呢？他根本不想重温旧梦。

直到此时。

他决定从住得最远的罗德开始。他没有写电子邮件，而是留了一条语音留言，说他因为考虑要为相关电影寻找适当的摄影地，会途经萨拉索塔，问罗德是否愿意一起吃顿午餐叙叙旧。他做好了被拒绝的准备，可令他吃惊的是，罗德接受了。

他们没有在餐馆会面，甚至也不在罗德家，而是在佛教姑息治疗中心的一家令人沮丧的自助餐厅见的面，罗德现在就住在那里。穿着藏红花颜色长袍的白人步履飘摇地走来走去，面带善意的微笑。铃声叮当，远处传来吟诵声。

昔日健壮的罗德憔悴消瘦了，他浑身灰黄，就像一只空瘪的手套。"是胰腺癌，"他对杰克说，"等于被判了死刑。"

杰克说他之前并不知道，这倒是真话。他还说（他是怎么想起这些陈词滥调的呢），希望罗德正在获得适当的精神关怀。罗德说他并非佛教徒，但是他积极正视死亡，而且，他也没有家人，在这里和在其他地方一样。

杰克说他很抱歉。罗德说这已经不错了，他不能再抱怨什么。他过得挺好，一部分归功于杰克，他很有风度地补充道，因为《死亡之手爱着你》的收益给了他事业起步时所需的资助。

他们坐着，盯着盘子里佛教寺庙的素斋，没有太多的话可说。

杰克觉得释然，他根本不用去杀害罗德。难道他真的会这么做吗？真会做到这个地步吗？很可能不会。他也没有那么讨厌罗德。他这是撒谎，他确实讨厌罗德，但是没到要杀他的程度，无论过去还是现在。

"你真的不是罗兰。"他说。他至少得对这个痛苦的小浑蛋撒这么个谎。

"我知道。"罗德说。他微笑着，一个湿润的微笑。一位身着橘色长袍的中年妇女给他们端来绿茶。"我们有过欢乐，不是吗？"他说，"在那幢老房子里，那是一段纯真岁月。"

"是啊，"杰克说，"我们有过欢乐。"因相隔遥远，确实看似欢乐。欢乐自己都不知道是怎么结束的。

"有件事我得告诉你，"最后罗德说，"就是关于你的那本书，还有那合同。"

"别再记挂着那事了。"杰克说。

"不，听着，"罗德说，"还有附带协议。"

"附带协议？"杰克说，"你这话什么意思？"

"是我们三人之间的，"罗德说，"假如其中一人去世，另外两人就平分那一份。这是伊莲娜提出的。"

应该也是，杰克心想，她从不放过任何机会。"我明白了。"他说。

"我知道这不公平，"罗德说，"这钱应该是你的，可是伊莲娜很气愤，因为你那样描写薇奥拉，在那本书里，她觉得这是在损她。她之前一直，嗯，对你那么好。"

"这不是在损人，"杰克说，这又是一个似是而非的谎言，"那如果你们都去世了会怎样？"

"那我们的钱就返还给你了，"罗德说，"伊莲娜想把所有的钱都捐给她的肾病慈善机构，但我拒绝了。"

"谢谢。"杰克说。看来，这是最后还有点尊严的人。至少他现在对事态有了全局观。"谢谢你告诉我。"他握了握罗德那苍白的手。

"这只不过是钱，杰克，"罗德说，"拿去吧，到头来，钱什么都不是。由它去了。"

贾弗里很高兴收到杰克的信，他是这么说的。曾经有过那么美好的时光，他们年轻的时候！纵情欢乐！他似乎忘了还有一段日子他们诈骗了杰克，不过既然贾弗里现在正全身心投入公众诈骗，那么很久以前的那个精心的骗局一定不再是他的内心纠葛。这倒不是说贾弗里没有充分利用杰克的收入。他们是在高尔夫球场见面的，这是贾弗里的建议。玩上一轮，喝几杯啤酒，不是很棒吗？杰克讨厌高尔夫，不过他擅长输球，还有过很多实践，例如输球给电影制片人以疏通关系等。

聪明的贾弗里，高尔夫球场是完美的掩护，可以进行私密谈话，却又始终在他人视力范围内，所以杰克不能在众目睽睽下干掉这喋喋不休的老骗子。此外贾弗里也老了，真的老了。他头发全白了，脊背弯曲，肚腩松弛肥大。杰克自己也不青春年少了，但是至少他还保持着较好的身材。

贾弗里滔滔不绝地说着他们在那破砖房里度过的那段无忧无虑的时光，问杰克是否还记得那上面有一块历史纪念铭牌？他追忆着杰克和《死亡之手爱着你》，以及所有的事情！现在人们居然把他那本笨拙的、陈词滥调的书误以为是某个艺术杰作，太不可思议了！他们相信那是法国人写的，觉得那个杰瑞·刘易斯是个天才，可其他人呢？贾弗里一直觉得《死亡之手爱着你》令人捧腹，他觉得杰克创作时准是先想好了结局。它最终成了一座金矿，真是太好了，是吧？从各方面来说都是的。他咯咯笑着，眨眨眼。

"伊莲娜可不觉得好笑，"杰克说，"那本书，她都气疯了，觉得我误导了她，她是希望我能写出《战争与和平》这样的作品，我却一直在写那样的……"

"她知道你写的是什么，"贾弗里说着咧嘴笑了，一副哲学专业学生特有的瞧我多厉害的神情，"那时你还没完成呢。"

"什么？"杰克说，"你这话什么意思？我从没告诉……"

"伊莲娜是最敏感精明的女人了，"贾弗里说，"我应该知道的，毕竟夫妻一场，她有第六感。我对她统共只撒过七八次谎，不超过十次，每次她都立刻察觉了。打高尔夫碰上她也得倒大霉，你别想占她一英寸的便宜。"

"她不可能知道的，"杰克说，"我一直保密的。"

"你以为她一旦有了机会就不会偷看手稿吗？"贾弗里说，"你上厕所，她就会翻上几页。她可入迷了，想知道你是否会杀掉薇奥拉。她一看就知道这会成为热门通俗大作。"

"可是后来她对我大发雷霆，"杰克说，"我都莫名其妙。"他觉得有点头昏脑胀的，也许是太阳光，他不习惯被阳光晒着。"就因为那本书她和我掰了，什么浪费了我真正的才华啦等等的。"

"那并非真正原因，"贾弗里说，"她那时很爱你，你没察觉吗？她希望你向她求婚，她想结婚。她很传统的，伊莲娜这人。可是你压根儿没明白，她觉得很挫败。"

杰克大吃一惊。"可是她在读法学院！"他说。贾弗里笑起来。

"这不是理由。"他说。

"假如这是她想要的，"杰克闷闷不乐地说，"那她干吗不说呢？"

"那如果你拒绝了呢？"贾弗里说，"你知道她的，她绝不会让自己陷入这样被动的境地。"

"可是也许我会答应呢。"杰克说。要是他事先猜到，并抓住了机会，那他的生活将会截然不同。更好，还是更糟糕？他也不知道。不过，肯定不同。比方说，他这会儿就不会觉得孤单了。

他从没娶那些女孩中的任何一个，没娶任何女粉丝，或任何因电影而结识的女演员。他怀疑所有人都更看重他的书和／或钱，而不是真的爱他。可是伊莲娜，此时他回忆着，她是在《死亡之手爱着你》问世前同他交往的，是在他成功之前。无论怎样，他都不能指责她别有用心。

"我认为她依然在暗恋你。"贾弗里说。

"那些年她一直折磨我，"杰克说，"关于版税等。如果她那么讨厌那本书，她应该拒绝从书里获利的。"

"这是她和你保持联系的方式吧，"贾弗里说。"你想过没有？"贾弗里说，他和她的离婚协议离奇古怪，伊莲娜坚持要包括贾弗里在《死亡之手爱着你》里的股份，一旦贾弗里获得其中的收益，就得立即支付给她。"她认为是她给了你灵感，"他说，"所以她有权这么做。"

"也许她是给了我灵感。"杰克说。他一直在思考各种除掉贾弗里的手段。在男洗手间里用碎冰锥？在啤酒里加放射性尘埃？得好好策划一下，贾弗里在幕后工作的几十年里一定树敌不少，对危险十分警惕。但是似乎杰克不必非得实施这些方案，因为贾弗里与《死亡之手爱着你》已经没有任何瓜葛，他不再从中得到任何收益。

杰克给伊莲娜写了一封信，不是电子邮件，是书信，还贴了邮票，诸如此类的。他希望营造一种浪漫氛围，最好能让她有一种安全感，这样就能把她引诱到僻静的地方，然后将她推下悬崖什么的，这是打比方的说法。他们干吗不一起吃顿饭呢？他建议道。他有关于这本共同作品的未来的新消息，想与她分享。她来选餐厅，丰俭随意。都这么久了，他真的很想见她。她一直是他心中非常非常特殊的人，现在依然是。

开始几天没有音讯，而后他就收到了回复：当然好，我很乐意。回想那段漫长而复杂的旅程，无论是我们同行还是后来分道扬镳却路途相似的经历，都令人开心。你也一定意识到，我们彼此之间有着各种无形的羁绊和牵挂。你诚挚的老友，伊莲娜。又及：我们的星象已经预言了这次重聚。

怎么解读这信呢？爱，恨，漠然，伪装？还是伊莲娜疯了？

他们在高档的独木舟餐厅见面，吃的当然比金枪鱼面条砂锅好多了。餐厅是伊莲娜挑的。他们的餐桌位置绝佳，能看到令杰克眩晕的灯火通明的城市。

他将目光从窗景转开，凝视着伊莲娜。她添了点皱纹，也瘦削了许多，不过总的来说保养得挺不错。她的颧骨突出，显得高贵不凡。她那摄人心魄的蓝眼睛依然令人捉摸不定。她比当年做室友时穿着高档了许多，不过他也一样。

白葡萄酒上来了，是赤霞珠。他们共同举杯。"又见面了。"伊莲娜说着，微笑中带着点轻轻的颤抖。难道她很紧张？伊莲娜之前从不紧张的，或者是他看不出来。

"见到你太好了。"杰克说，他吃惊地发现自己是由衷的。

"这里的鹅肝酱特别棒，"伊莲娜说，"我知道你喜欢，所以为你挑选了这里，我一直都了解你的喜好。"她舔了舔嘴唇。

"你是我的灵感。"杰克不由得说道。杰克，你这不要脸的东西，他悄悄告诫自己，可是他似乎想取悦她。怎么回事？他得开门见山了，直接把她扔下阳台，推下楼梯。

"我知道，"伊莲娜说，沉思般微笑着，"我就是薇奥拉，是吧？只是她更美，而且我也没那么自私。"

"我觉得你更美。"杰克说。

难道她落泪了，动容了？这下他有点害怕了。他一直坚信伊莲娜是克己忍耐的，现在他才意识到这一点。他可没法杀害正在抽泣的伊莲娜，她必须冷酷无情才能被谋杀。

"我买了这双鞋，红色的，"她说，"就像书中的那双。"

"这可……"杰克说，"真是太疯狂了。"

"我一直存放着，放在鞋盒里。"

"哦。"杰克说。这可太怪异了，她和他那些哥特小姑娘一样疯狂，对他痴迷。也许他该把杀掉她的念头忘了，赶紧走人，就说肚子不舒服。

"它为我开启了一扇门，那本书，"她说，"它给了我信心。"

"就因为被一只死亡之手跟踪？"杰克问，他有点迷惑了。难道他真的想把伊莲娜引到一条黝黑的巷子里，用砖头砸她吗？那只是幻想吧，肯定是的。

"我猜这些年你一定很恨我，因为钱的事情。"伊莲娜说。

"不，并不是这样。"杰克言不由衷道。他确实很恨她，但此刻他不恨了。

"并不是针对钱，"她说，"我不想伤害你的，我只想保持联系，不希望你把我完全忘了，你都有了精彩全新的生活。"

"并没那么精彩，"杰克说，"我不会忘了你，永远忘不了你的。"这是扯淡，或者他真这么觉得？他在扯淡的世界里浸淫太久，都分不清了。

"我很开心你没有杀掉薇奥拉，"她说，"我的意思是，那只手没有杀她。这令人感动，你写的结局。很美，我都哭了。"

杰克之前一直想让那只手把薇奥拉掐死，这样似乎合理，好像挺合适。那只手会捂住她的鼻子和嘴巴，然后捏紧她的脖子，用那僵死起皱的手指狠狠挤压，她的眼珠会翻上来，就像陷入狂喜状态的圣人。

可最后时刻，薇奥拉勇敢地战胜了自己的恐惧和厌恶，采取了主动。她伸出自己的手，充满爱意地抚摩着那只手，因为她知道它其实就是威廉，或者是威廉的一部分。于是那只手就化为一团银色的迷雾。这是杰克从《吸血僵尸》里偷来的情节：一位纯洁女性的爱会带来神奇的力量，超越黑暗。也许1964年是可以这么做的最后期限，现在如果这么尝试，只会引来人们的嘲笑。

"我一直觉得那个结尾是你发来的一条讯息，"伊莲娜说，"是给我的。"

"一条讯息？"杰克问。她是疯了，或者说她是对的？荣格派和弗洛伊德派会赞同她的。不过如果这真是一条讯息，他妈的他可不知道那是什么意思。

"你当时害怕，"伊莲娜说，仿佛在解释，"你害怕如果我真的触动了你，如果我伸出手来触摸你的心灵，如果你让我接近藏在你心里的那个真正善良、有灵性的人，那你就会消失。这就是你为什么不能，为什么没有……为什么它会崩溃的原因。但是你现在可以了。"

"我想我们会找到答案的。"杰克说。他咧嘴笑着，希望那是一个孩子气的笑容。他真的在内心藏着一个善良、有灵性的人吗？如果是真的，伊莲娜就是唯一相信它的人。

"我也这么觉得。"伊莲娜说。她又微笑了，并把一只手放在他的手上。他能感觉到她的手指关节。他用另一只手盖着那两只握在一起的手，用力捏着。

"我明天要送你一束玫瑰，"他说，"红色的。"他凝望着她的眼睛，"就当是求婚。"

好吧。他一头扎进去了，但为什么扎进去呢？杰克，放聪明点，他对自己说。别掉进陷阱里。你也许会受不了她，更别提她有多疯狂了。别犯傻了。可是生命中又能剩下多少时间可以用来担心别犯傻呢？

8

石床垫

Stone Mattress

石床垫

　　最开始弗娜并没打算杀人。她心里只想着度假，念头纯粹而简单：暂时休整一下，好好沉思，美容养颜。北极很合适，在广袤的冰层、岩石、海洋和天空中自有一种平静，不受城市、高速公路、树木和其他东西的干扰，那些分散人注意力的东西让南方的景致杂乱无章。

　　她认为的杂乱无章还包括他人，而他人即男人。这段时间她受够了男人，心里暗暗打定主意要终止所有的调情撩拨行为，杜绝由此产生的一切后果。她不缺现金，不再缺钱了。她不奢侈也不贪婪，她告诉自己，曾经她只想要一沓又一沓体贴、柔软、阻隔一切的钞票来保护自己，这样就不会有任何人或事能接近并伤害她了。当然，她最终达到了这一适度目标。

　　可是积习难改，不久，第一晚住机场酒店时，她就在大厅打量起那些穿着羊毛外套、带着拉杆箱、满脸踌躇的旅客。她的眼光掠过女人们，对人群中的男性暗暗分门别类地辨识起来。有一些身边有女人黏着，她有原则地将这些人剔除掉，干吗吃力不讨好呢？撬有妇之夫的墙脚太费劲，这是从她第一任丈夫那里得来的经验，弃妇必然毛刺般扎人。

独行侠才会引起她的兴趣，他们潜伏在边缘。有一些年纪太大了，不合适，她会避免和这些人有眼神接触。那些仍然欣赏半老徐娘的，才是她的猎物。她对自己说，倒不是说她真会采取什么行动，而是因为来点小暧昧也无妨，权当只是向自己证明，她要是愿意，还是能撩的。

为那晚的见面，她挑了件米色的套衫，左胸上"北上胜境"的姓名牌贴得略低。幸亏有水上运动和核心力量的训练，她在这个年纪身材保持得很好，其实任何年纪，这种体形都很棒，至少穿戴整齐，有精心设计的支撑型内衣垫衬着，效果绝佳。她不会冒险穿比基尼坐在甲板椅子上，尽管做了最大的努力，还是会露出皮肤皱褶，这也是她选择北极，而不是，比如加勒比海地区的原因之一。她的脸还是老样子，当然是这个年龄段用钱能买到的最好的状态了：用一点古铜色和淡色的眼影、睫毛膏、闪粉，加之暗一些的光线，她可以巧妙减龄10岁。

"虽然失去很多，毕竟还拥有不少。"她对着镜中的自己喃喃着。她的第三任丈夫喜欢不停地引经据典，特别偏好丁尼生。"到花园来吧，莫德。"上床前他总爱这么说。当时她都快要疯了。

她稍稍擦了点古龙水，这是一种淡淡的花香，有怀旧味道；然后将它抹掉，只留一点点气味。过头了就不好，尽管人年纪大了嗅觉不比年轻时敏锐，最好得考虑别过敏。男人打起喷嚏来可没风度了。

她稍稍晚点入场，露出超然而愉悦的微笑，没伴的女人不可以表现得太急切，她接过一杯还算过得去的白葡萄酒，那是分发给客人的，而后从聚集在一起小吃小喝的人中间飘过。那些男人都是退休的专业人士，如医生、律师、工程师、股票经纪人等，他们对北极探险、北极熊、考古学、鸟类、因纽特工艺品，甚至是维京人、植物或地质学等很感兴趣。北上胜境很吸引正儿八经的赌客，他们被一群热切的专家团团围住，专家们滔滔不绝。她研究了一番该地区的另外两个旅游项目，都没什么吸引力。一个尽是徒步旅行，吸引的都是五十岁以下的人，他们不是她的目标群体；另一个热衷唱歌，打扮得很傻气。所以她就参加了"北上胜境"，它带来熟悉的舒适感。她之前也参加过这家公司的旅行，那是她第三任丈夫去世之后，是在5年前，所以这会儿她很知道可以期待些什么。

房间里满是运动装，有很多穿米黄色衣服的男人，也有不少穿格子衬衫的，还有穿口袋很多的马甲的。她留意着姓名牌：弗莱德、丹、瑞克、诺姆、鲍勃，又是一个鲍勃，接着再是一个，这个团里面有好多个鲍勃。有几个似乎是独自乘飞机来的。鲍勃这个名字曾经对她意义非凡，尽管现在她早已摆脱了这些负担。她挑了一个相对瘦一点却依然沉重的鲍勃，向他飘然靠近，她抬起视线，又垂下来。他悄悄瞥了瞥她的胸脯。

"弗娜，"他说，"真是个好听的名字。"

"过时了，"她说，"它源于拉丁文'春天'，万物复苏。"这句话撩拨起来性趣盎然，曾经为她搞定了第二任丈夫。对第三任丈夫，她说自己的母亲曾经深受18世纪苏格兰诗人詹姆斯·汤姆森与他笔下春日微风的影响，那是个荒谬而有趣的谎言，其实她的名字来自一位粗笨、包子脸的已故姨妈。至于她母亲，她是个严谨的长老会教徒，嘴巴像老虎钳一样紧，她讨厌诗歌，任何硬度低于花岗岩的东西都不可能影响到她。

在弗娜初识第四任丈夫，即他被她标识为扭动成瘾者的那段时间里，她就更肆无忌惮起来。她告诉对方自己的名字来自《春之祭》，一部极为性感的芭蕾舞剧，该剧以痛苦的折磨和以活人献祭为结局。他笑了，但是也扭动了起来，这显然是鱼儿上钩的信号。

这会儿她说，"你叫……鲍勃。"这是她花了多年才臻于精湛的小口发声技巧，绝对令人心颤腿软。

"是的，"鲍勃说，"鲍勃·戈勒姆。"他补充道，有点缺乏自信，他肯定是想表现得有魅力些。弗娜露出开心的笑容以掩饰自己的震惊。她发现自己脸红了起来，其中交织着恼怒和近乎鲁莽的欢乐。她细细打量对方的脸，没错，在稀疏的头发、满脸的皱纹、明显被漂白和可能是种植的牙齿外，就是同一个鲍勃，是五十多年前的那个鲍勃。是她的心动先生，足球巨星先生，捕获惊奇先生，他来自富裕的、开着凯迪拉克车的街区，矿业巨头们都住在那里。她的狗屎先生，带着隐约的霸凌姿态，露出歪着嘴的小丑笑容。

那时候，所有人都觉得不可思议，不光是学校的人，而是所有的人，因为在那个偏僻的小城，谁喝酒，谁不喝，谁并不怎么样，谁的屁股兜里有多少零钱，他们都知道得一清二楚，而那个金童鲍勃居然在白雪皇后宫殿的冬季舞会上选中了微不足道的弗娜，这有多不可思议。漂亮的弗娜比他小三岁，好学，跳级生，天真，大家可以容忍她，但并不接纳她，弗娜想方设法地争取奖学金，以此作为走出小镇的通行券。容易上当的弗娜，她以为自己坠入了爱河。

或者说她确实恋爱了。说到恋爱，难道信以为真和真爱不就是一回事吗？那些信以为真的念头弄得人筋疲力尽，模糊了视线。她可再也不许自己重蹈覆辙了。

那一晚他们跳了什么舞？《昼夜摇滚》《石头心》《大伪装者》等，鲍勃带着弗娜转悠到了舞池边缘，搂着她，把她紧紧地贴在自己插着康乃馨的扣眼处。当时涉世不深、笨拙的弗娜从未参加过舞会，她跟不上鲍勃那激烈而华丽的舞步。在温顺的弗娜看来，生活就是教堂、学习、家务，以及周末在杂货店的零工，而她面容严肃的母亲会指点每一步。没有约会，这些是从不被允许的，倒不是说她没被人邀请过。不过母亲允许她和鲍勃·戈勒姆一起去参加监督严格的高中舞会，他不是出身于名门望族吗？母亲甚至有一点沾沾自喜，虽然她保持着沉默。自打弗娜父亲出走后，把头抬高，挺直脖子成了她最重要的工作。隔着时空距离，弗娜后来对此有了深刻理解。

于是弗娜出了门，满怀崇拜，一脸憧憬，第一次穿着高跟鞋颤颤巍巍地走着。她彬彬有礼地坐进了鲍勃那辆闪亮的红色敞篷车，而那邪恶的、掺着麻醉剂的黑麦酒早已藏在了手套箱里。她笔直端坐着，因为害羞而非常紧张，浑身散发着普瑞尔洗发水和杰根斯乳液的味道。她披着母亲那带着樟脑丸气味、过时的兔毛披肩，还有一件冰蓝色薄纱连衣裙，看上去廉价至极。

廉价，是那种廉价和一次性的，用完即丢型。这就是鲍勃眼里的她，打一开始就是这样。

此时鲍勃微微一笑。他显得怡然自得，也许他觉得弗娜是因欲望而脸红的。但是他没有认出她！他真的没有认出来！他这辈子到底遇到过多少弗娜啊？

稳住了，她告诫自己。看来，她毕竟并非真的无懈可击。她因为愤怒而颤抖，或者是因为屈辱？为了掩饰自己，她喝了一大口酒，马上就呛住了。鲍勃赶紧行动，在她背上轻快而温柔地拍了几下。

"抱歉。"她竭力喘息。康乃馨那淡雅、清冷的芬芳包围着她，她得走远点。突然她觉得很恶心，便急忙冲到女厕所，幸好里面没有人，她把白葡萄酒、奶油芝士橄榄甜饼呕在了厕所隔间里。她心想现在取消这趟旅行是否为时太晚。可是她干吗要再次逃离鲍勃呢？

当时她别无选择。到那周的周末，这件事传得沸沸扬扬。是鲍勃自己传开的。那个夸张滑稽的版本和弗娜自己记忆中的截然不同。淫荡的、醉醺醺的、主动倒贴的弗娜，简直是笑话。她被一群不怀好意的男孩一路尾随到家，他们起哄大叫着。浪妹妹！我能搭个顺风车吗？糖果美味，喝酒更爽！这些话都算轻了。她还被女生们排斥，她们都怕丢脸，这一切太荒谬可笑，又肮脏，自己可别沾上了。

接着就传到了母亲那里。丑闻没多久就传到了教会圈子。母亲咬牙切齿、言简意赅地直奔主题：既然弗娜自己捅的娄子，那就着手解决。不，她不该自怨自艾，她得直面现实，这并不是说她要永远背负耻辱，因为一步错了就万劫不复，生活就是这样。当最糟糕的已然发生，她为弗娜买了一张汽车票，把她送去了多伦多郊外的一个由教会办的未婚妈妈之家。

那段时间，弗娜整天和其他失足少女一起削土豆皮，擦地板，冲洗厕所。她们穿着灰色孕妇装、灰色羊毛袜、笨重的棕色鞋子，并被告知这些都是慈善捐款购置。除了洗刷和削皮等杂务，她们还接受一轮轮念叨式的教诲和那些自以为是的训斥恫吓。她们的遭遇都是应得的，她们被这么训导着，因为她们行为不端，不过依然来得及通过干苦活儿和自我约束来改过自新。她们被告诫不要喝酒、抽烟和嚼口香糖，如果哪个体面的男人愿意娶她们，那她们就该把这看作上帝的奇迹。

弗娜的分娩过程漫长而艰辛。婴儿一生下就被人抱走了，这样她就没有任何和婴儿接触的机会。她无意中听到一个活泼的护士对另一个护士说，她感染了，还出现了并发症，留下了疤痕，但这是最好的结果了，因为这样的姑娘本来就不适合做母亲。等到弗娜刚能走动，那里就给了她5块钱，还有一张汽车票，让她回去由母亲监护，因为她尚未成年。

但是她无法面对，无论是这件事，还是整个城镇，于是她就前往多伦多市区。她那时是怎么想的？其实她什么想法都没有，只有情绪，悲伤、痛苦，最终，是愤怒的火花。既然大家都认为她下贱没用，那她不如就豁出去真这样了，而在做女招待和打扫宾馆房间的间歇，她确实这么做了。

只能说她运气太好，恰巧遇到了一位年长的已婚男子，此人对她很有兴趣。她用了三年和他在中午做爱，换得了学业。她觉得这是很公平的交易，她对他毫无恶感，也从他那里学到了很多东西，如何穿高跟鞋走路是最基本的知识，由此她振作起来，走出了泥潭。渐渐地，她彻底将鲍勃的影子碾碎并抛弃，那影子曾经像干花般被她一直戴着——真令人难以置信——一直藏在内心深处。

她轻拍自己的脸，恢复了状态，还重新涂了睫毛膏，虽然它号称是防水的，之前还是顺着脸颊流下来了。拿出勇气来，她告诫自己。她不会退缩了，这次绝不会。她要挺过去，她现在能干过五个鲍勃。再说她有优势，因为鲍勃压根儿不知道她是谁了。难道她的样貌真有那么不同吗？是的，确实。她的形象更好了。银发闪着金色光泽，当然还有各种变化。但是真正的变化是在姿态，她那自信满满的姿态。鲍勃是很难从外表看出那个性情羞怯、发色灰褐、流着鼻涕的14岁傻姑娘的。

她最后又扑了一层粉，然后回到人群中，排队拿取自助餐中的烤牛肉和三文鱼。她不会多吃，可后来她压根儿没吃，尤其在公众场合下，一个贪食、狼吞虎咽的女人是不会有神秘诱惑力的。她忍住没扫视人群以确定鲍勃的位置，他会向她招手的，她需要时间思考，她找了一张大厅最远端的桌子。可是，转眼间鲍勃就溜到了她身边，连"可以坐一起吗"都没说。他以为自己像狗尿消防水龙[1]那样事事领头，她心想。把墙壁喷涂了一遍。砍掉了狩猎战利品的脑袋，盛气凌人地站在尸体上拍照。就像之前的那样，只是他自己没有意识到。她微笑着。

他很殷勤。问弗娜还好吧？哦，是的，她回答。只是吃了什么不得劲的东西。鲍勃径直进入赛程。问弗娜是做什么的？退休了，她说，尽管她之前是一位理疗师，专门从事心脏和中风患者的康复治疗，那是一份很有意义和回报的职业。"肯定

---

[1] 狗有在路边消防水龙上撒尿的习惯，走在前面的狗撒了尿，后面的狗就会跟过去。因此，原文"piss on the fire hydrant"有（无论在好事还是坏事上）"带头行动""主动担责"的意思。

很有意思。"鲍勃说。哦，是的，弗娜说。能帮助他人的确令人满足和愉悦。

不仅仅是有意思。从凶险的病症中恢复后，有钱男人会认识到，一个双手灵巧、样貌迷人的年轻女人，一个鼓舞人的姿态，一种明白何时该保持沉默的直觉，是多么重要。或者，正如她第三任丈夫济慈式的表述：有声旋律固然优美，但无声的更加悠扬。在亲密关系上，身体接触会引发更多的亲密，虽然弗娜总是会在发生性关系前终止它，这事关宗教信仰，她会说。假如接下来没有求婚环节，她就会抽身，说她有责任照顾那些更需要她的病人。这就是再次施压。

她会根据医疗情况来选择接受的对象，一旦结婚，她就会尽最大努力让钱产生价值。每一任丈夫离开时都很快乐，也很感恩，虽然离开的时间比预期的要早了一些，但是每一任都是自然死亡：致命的心脏病复发，或是第一次遭遇过的中风又来了。她只是默许他们满足所有禁忌的欲望：诸如吃堵塞动脉的食品，畅饮美酒，过早地重新开始打高尔夫球等。她从未对一个事实发表过评论，即严格说来，他们太热衷于药物治疗。她事后会说，她当时对剂量有过质疑，可是她凭什么以一己之见来反对医生呢？

而且，假如一个男人恰好那一晚忘了自己早就服了药，此后发现这些药整整齐齐地摆在老地方，于是又服了一次，难道人们会料得到这种情况吗？血液稀释剂使用过量是很危险的，会大脑出血。

还有性爱，那会致命，会断送一切。弗娜自己对性爱没什么兴趣，可是她明白什么是可行的。"人只有一次生命"，她习惯于不断重复这话，在烛光晚餐时举起斟满香槟的酒杯，接着推出伟哥，它是革命性的突破，又是血压的困扰者。有必要立即叫来医护人员，但又不能太迅速。"我醒来时他就是这个样子"，这么说是可信的，还有"我听到洗手间里传来奇怪的声音，便走过去看……"

她并没觉得遗憾，她这是帮了这些男人：与其苟延残喘，不如速战速决。

有两任丈夫的成年子女在遗嘱一事上颇多麻烦。弗娜优雅地表示，自己完全理解他们的感受，然后花钱将他们搞定，鉴于她的付出，这笔钱超过了严格意义上的公平。她一直保持着长老会教徒的正义感，她不想占便宜，但也不想吃亏。她喜欢得失平衡。

鲍勃靠拢过来，一只胳膊搭在她的椅背上。你的丈夫一起来了吗？他问，在她耳畔凑得过近了些，呼吸着。没有，她说，她刚丧偶，一边低头看着桌面，希望传达出无声的哀恸，这多少是一次疗伤之旅。鲍勃说他很抱歉，不过很凑巧，他自己的妻子6个月前刚去世。真是一场打击，他们真的一直期待共享静好岁月的。妻子是他大学时的恋人，就是一见钟情的那种。弗娜相信一见钟情吗？信的，弗娜说，她信的。

鲍勃继续倾诉：直到他获得法学学位后他们才结婚，此后有了3个孩子，现在有了5个孙辈小孩。他为此很是骄傲。假如他给我看任何孩子的照片，弗娜心想，我就揍他。

"这事让人心里空落落的，是吧？"鲍勃说，"有一种失落感。"弗娜坦言确实如此。请问，弗娜愿意和鲍勃共酌吗？

你这个胡扯的浑蛋，弗娜想，就是说你结了婚，有了孩子，过上了正常的生活，就像什么事都没发生过。而我……她觉得恶心。

"我很乐意，"她说，"不过等我们上了船，等到更悠闲的时候。"她又垂下了视线。"这会儿我得去睡美容觉了。"她微笑着起身。

"哦，你当然不需要。"鲍勃殷勤地说。这个浑蛋居然还为她拉开椅子。他以前从没这么彬彬有礼过。下流、粗鲁、唐突，正如她的第三任丈夫曾说的，那是引用了霍布斯对自然人的评论。现在姑娘知道可以喊警察。现在鲍勃这样的就得下监狱，不管他怎么扯谎，只要弗娜未成年。但是当年并没有关于这种行为的真正定论：强奸就是有某个疯子从树丛里跳出来扑向你，而不是你的正式舞伴驾车把你载到某个锡矿开采小镇的附近，在茂密的、鲜少砍伐的森林的旁路上，让你乖乖地把酒喝了，然后一层层地把你的衣服撕掉。更糟糕的是，鲍勃的死党肯还驾着自己的车子来帮忙。那两个人一直大笑着。他们还把她的紧身裤留作纪念。

此后，返回途中鲍勃开到半路还将她推下车，那肯定是因为她一直在哭。"闭嘴，否则你就走回家。"他说。她脑海里浮现着这样一幕，自己光着脚踩着那双为了配色而染成了冰蓝色的高跟鞋，一瘸一拐地走在冰天雪地的公路边，头晕目眩、浑身发抖，更荒谬而屈辱的是，她还不停打嗝。当时她心里最记挂的是她的尼龙紧身裤，尼龙紧身裤去哪里了？那是她用杂货店打零工的钱买的。她一定是吓坏了。

她没记错吧？鲍勃是不是把她的紧身裤倒扣在头上，在雪地里跳舞，而吊袜带的扣子像小丑的铃铛一样扑腾着？

紧身裤，她想，太远古的事了。这东西，以及所有往昔的考古遗迹都随它消散了。现在的姑娘会吃药丸或做人流，都不回头看上一眼。旧石器时代的人才会感到受伤呢。

是肯，而不是鲍勃，回来找她的，他粗鲁地喊她上车，把她送回了家。他至少还有点羞耻心。"别告诉任何人。"他低声道。她没告诉任何人，可是沉默不语没带来任何好处。

为什么只有她独自承受那一夜带来的痛苦呢？她太傻了，真的，而鲍勃太邪恶。他全身而退，不承担任何后果，毫无悔恨，而她的一生都被毁了。曾经的弗娜已经死了，一个截然不同的弗娜坚定地站了起来，取代了她这个被糟蹋、扭曲、损毁的人。正是鲍勃教她明白只有强者能胜出，弱者只会被无情践踏的道理。正是鲍勃让她变成了——干吗不说出这个词呢？——一个凶手。

次日清晨，在包机北上飞往波弗特海上停船点的途中，她思考着自己的各种选择。她可以把鲍勃像条鱼似的把玩，直到最后一刻，然后把裤子脱到脚踝的他晾到一边，这令人满足，可是愉悦度不高。她可以全程不理会他，将过去半个多世纪的纠结留在原地，永不解决。或者，她把他杀了。她从理论角度冷静地琢磨着第三种选择。比方说，如果她要杀掉鲍勃，在邮轮上怎么做才能不被抓呢？她的药物和性爱配方太慢了，可能不管用，因为鲍勃看起来没什么病。把他推下船也不是个可行的办法。鲍勃太庞大，栏杆太高，而且凭她之前的旅行经验，甲板上始终会有人，他们欣赏着叹为观止的美景，拍着照片。船舱里发现尸体会引来警方展开调查，检查DNA和纤维毛发等，就像电视里放的。不，她必须在一次上岸旅行中安排谋杀。可是如何进行呢？在哪里？她研究着行程单和计划的路线地图。因纽特人居住地不行，狗会叫的，孩子们会跟过来。至于其他的站点，他们旅行的地方没什么遮蔽之处。带枪的工作人员将陪伴游客，保护他们免受北极熊的伤害。也许是擦枪走火的意外事件呢？为此她在计时上需要毫厘不差。

不管用哪种方式，她得在旅程中趁早下手，别等他有时间结交新朋友，否则会有人注意到他失踪了。另外，鲍勃突然认出她的可能性也一直存在。一旦被认出，那就玩完了。同时，最好别被人看到频频和他在一起。既要吊起他的胃口，又不足以引起闲话，比如有恋情苗头等。邮轮上的闲言碎语就像流感般易传播。

　　船名"决心二号"，弗娜前一次邮轮旅行就是乘的这条船，一旦上了船，游客们就排着队在服务台存放护照。接着大家聚集在前厅，听三位能干得令人提不起劲的工作人员介绍行程安排。每次上岸，第一个工作人员海盗似的皱着眉头严肃地说，大家必须把标签牌上自己的标签从绿色翻转成红色，而返回船上时，则将标签转回绿色。乘坐橡皮艇上岸时大家必须全程穿救生衣，救生衣是全新的，扁扁的，一旦入水就会充气。上岸后他们必须把救生衣存在码头，放在提供的白色帆布袋里，离岸时则再穿上。如果有标签没翻面，或者有救生衣留在袋子里，那工作人员就能知道谁还在岸上。谁都不想被落下，不是吗？此外还有一些客房服务的细节。他们会在自己的船舱里发现洗衣袋。酒吧的账单会计入各自账户，小费最后结算。邮轮实行舱门开放政策，以方便清洁人员打扫，不过当然了，如果他们愿意，可以锁上自己的房间门。服务台设有失物招领处。都明白了吗？好。

　　第二个发言的是考古向导，弗娜觉得此人看上去只有12岁上下。她说，大家会游览多种景点，包括独立1号、多赛特，还有极北之地等，但是大家一定一定不能拿走任何东西。不可以带走文物，特别是骨头。这些骨头可能是人骨，大家必须非常小心，不要去动它们。但即便是动物骨头，那也是乌鸦、旅鼠、狐狸以及整个食物链中稀缺钙质的重要来源，因为北极回收利用一切资源。都记住了吗？好。

现在说说枪支。第三个人开始发言，这是一位时髦的光头，看上去像私人教练。枪非常重要，因为北极熊什么都不怕。不过工作人员一定会先向空中开火，把熊吓跑。迫不得已才会朝熊射击，不过熊很危险，游客的安危始终放在第一。大家不必害怕枪声，乘坐橡皮艇往返时会取出子弹，不会误伤任何人的。大家清楚了吗？好。

显然擦枪走火这招是不能用了，弗娜心想。游客是不能接近枪支的。

午餐后是关于海象的讲座。有传言说，凶猛的海象以海豹为食，它们用獠牙刺穿海豹，然后用嘴用力吸吮脂肪。坐在弗娜两旁的女人都在织毛衣，其中一人说，"就是抽脂嘛"。另一个人笑了起来。

几轮发言讲话结束，弗娜走到了甲板上。天空一片澄澈，一团透镜状的云像宇宙飞船似的在空中盘旋。空气暖洋洋的，海水碧蓝。在左舷有一座典型的冰山，冰山中心蓝得像染过色，他们前面出现了海市蜃楼，那幻象就矗立在地平线上，宛若冰城堡，若非轮廓上微弱的闪烁，简直和真的一样。水手们就是这样被引诱着丧失性命的。他们在地图上画上山，而那里根本没有山。

"太美了，是吧？"鲍勃说，出现在她身旁，"今晚一起喝酒如何？"

"太棒了，"弗娜说，微笑着，"今晚也许不行，我答应了其他姑娘。"确实，她约了那两个织毛衣的。

"那明晚呢？"鲍勃咧着嘴笑，并透露他住的是单间："222号，听起来像止痛药片。"他打趣道，而且是在船中部舒适位置。"几乎没有任何摇晃感。"他补充说。弗娜说她也是住单间，这值得额外加钱，因为这样可以真正放松。她拖长了"放松"这个词，听起来就像在缎子床单上撩人地扭动着。

晚餐后，弗娜在船上漫步，她扫了一眼标签板，并注意到了鲍勃的那块，和她自己的挨得挺近。之后她在礼品店里买了一副便宜的手套。她读过大量的犯罪小说。

次日伊始，一位精力十足的年轻科学家谈起地质学，他的发言激起了一些游客的兴趣，特别是女游客。他告诉大家，真是天大的运气，因为浮冰，行程有变，他们会在计划外安排一次停留，大家可以观赏一处鲜有人能有机会看到的地质学奇观，有幸目睹世上最早的叠层石[1]化石，它们距今已有19亿年，令人惊叹，这比鱼类、恐龙以及哺乳类动物的出现更早，是这个星球上最早保存下来的生命形式。那什么是叠层石呢？他反问道，目光炯炯有神。这个词来自希腊语stroma，即"床垫"，

---

1 英文为stromatolite。

与石头的词根组合起来，即"石床垫"，就是化石垫子，由层层叠叠的蓝绿海藻叠加而成的一堆或一团东西，正是这种蓝绿海藻生产出大家呼吸的氧气。这难道不令人惊叹吗？

午餐和弗娜同一桌的一个干瘪顽劣的男人咕哝着，说他希望大家能看点比岩石更令人激动的东西。他就是另一个鲍勃，弗娜默默评判，多一个鲍勃也许能派上用场。"我可一直盼着能看到它们，"她说，"石床垫。"她给"床垫"这个词一种极为细微的暗示，鲍勃立即眨眼回应。调情还真是从不会嫌老啊。

喝完咖啡，她来到甲板上，通过双筒望远镜眺望着逐渐靠近的陆地。此时是秋季，微型树木像藤蔓一样沿着地面蜿蜒伸展，叶子是红的、橙的、黄的、紫的，岩石如层层波浪褶皱般从地面腾起。那里还有一道山脊，又一道更高的，接着又有再高一点的。第二道山脊上会出现最美的叠层石，那个地质学家告诉大家。

若是有人滑落到第三道山脊后面，那从第二道山脊那里能看见那个人吗？弗娜觉得不会。

此时大家都穿上了防水裤和橡胶靴子，身上的救生衣被拉上拉链，也都扣好了，人人都像是大号的幼儿园孩童。众人把自己的标签从绿色翻到红色，慢慢地沿着舷梯走下去，走下去，被带上了黑色的充气橡皮艇。鲍勃设法上了弗娜的那条橡皮艇，他举起相机，给她抓拍了一张。

弗娜的心跳加速了。如果他一下子认出我来，我就不杀他了，她想。如果我告诉他我是谁，然后他认出我来，并道歉，那我也不杀他了。她多给了他两次逃生机会。这将意味着放弃出其不意的优势，此举会很危险，鲍勃的体形比她大得多，但她希望自己做到十分的公平。

他们上岸了，并脱下了救生衣和橡胶靴子，系好了登山鞋。弗娜靠近鲍勃，注意到他没穿橡胶靴，倒是戴着红色的棒球帽，她看着他将帽子反戴。

这会儿人群分散了。有些人待在岸边，有一些走上了第一道山脊。那个地质学家正拿着锤子站在那里，一群叽叽喳喳的游客早已围在他四周。他的演讲火力全开：拜托大家不要带走任何叠层石，不过邮轮有采样许可，所以如果有人发现某个特别的碎片，尤其是某个横截面，那先让他检查一下，他们可以把它放在岩石展台桌上，他会摆在船上，这样大家都能观赏。这里有几份样本，这是专门给那些可能不想去爬第二道山脊的游客……

大伙都低下头，拿出相机。完美，弗娜心想。越是能分散注意力越好。她不用看就感觉到鲍勃靠拢过来。现在他们正在第二道山脊，有些人爬起山来比别人更加轻松。这里有最好的叠层石，一大片，还有未破损的，就像水疱或疖子，小小的，大的有半个足球大小。有的少了顶部，就像孵化过程中的鸡蛋。还有一些被磨碎了，所以只剩下一串串凸起的同心圆，就像肉桂面包或树上的年轮。

还有一块碎成了四片，就像切成楔形的荷兰奶酪。弗娜捡起其中一片，端详着每一层，一层层黑、灰、黑、灰、黑……逐年地交叠，最底下是平平无奇的核心。这一片很重，边缘很锋利。弗娜捡了一片放进背包。

这时鲍勃像是应声而来，他僵尸般笨拙缓慢地上山向她走近。他已经脱下了外衣，就塞在背包带子下面，气喘吁吁的。有一瞬间，她有了悔意：他爬上了山，越发疲惫虚弱。她是否该对过往释怀了？男孩总归是男孩，他们在那个年纪不都是荷尔蒙作祟吗？为什么要用另一个时代的事来评判一个人，也许都是几百年前的事了？

一只乌鸦在头顶盘旋。它能传达讯息吗？它在等着什么吗？她看向它眼睛深处，看见一个老妇人，唉，面对现实吧，她现在就是个老妇人了，正要杀了那个更老的男人，就因为愤怒已然随时光流逝而淡去。这是卑鄙的，是邪恶的，也是正常的。生活就是这样。

"今天真不错，"鲍勃说，"有机会活动活动腿脚太好了。"

"确实啊！"弗娜一边说，一边朝着第二道山脊的远端走去，"也许那里还有更好的景色，但工作人员不是告诉我们不要走那么远吗？别走出视野外？"

鲍勃笑了，一副傻瓜才会恪守规矩的表情。"我们是付了钱的。"他说。其实他还领头走了，不仅爬上了第三道山脊，还翻越过去了。走出视野正是他想要的结果。

背枪的人在第二道山脊上朝着一些向左散去的游客大喊着。鲍勃背转身子。又走了几步，弗娜扭头看，身后没人了，这意味着谁都看不到她了。他们嘎吱嘎吱地踩过一片泥泞之地，她从口袋里拿出了那副薄手套，套在手上。此时他们已经在第三道山脊的远处，就在斜坡面上。

"到这里来。"鲍勃说，拍拍岩石。他的背包放在一旁。"我给咱们带了点喝的。"他四周是一层破败的黑色地衣。

"太好了。"弗娜说着，坐了下来，拉开了背包拉链。

"瞧，"她说，"我找到了一块完美的样本。"她转过身，把那块叠层石放在两人中间，用双手捧着。她深吸一口气，"我想我们之前就彼此认识，"她说，"我是弗娜·普理查德，我们是一个高中的。"

鲍勃毫无迟疑。"我之前还觉得你很眼熟呢。"他说道，居然还得意地笑起来。

弗娜记得这笑，她脑海里有这样栩栩如生的一幕：鲍勃得意扬扬地在雪地里跑着，像个十岁孩子般咯咯地笑。她自己则被毁了，彻底完了。

她明白动作幅度不能太大。她将叠层石用力往上抬，那短而尖锐的一头正对着鲍勃的下颌。咔嚓，只有一声，他脑袋猛地往后一摔。此时他仰面跌倒在岩石上，她把叠层石举在他的前额上方，让石头落下去。再一次，又一次。好了，似乎结束了。

鲍勃看上去很滑稽，双眼圆睁，一动不动，前额被砸碎了，血从脸庞两侧流下来。"你真是一塌糊涂。"她说。他看着太好笑了，于是她笑起来。正如她所怀疑的，他的门牙确实是种植的。

她稍事休息，让呼吸平定下来。接着，她把叠层石收回，小心翼翼地不让自己沾到血，连手套上都不能有血迹，而后让石头滑进沼泽水洼里。鲍勃的棒球帽掉在地上，她把帽子，包括他那件外套，一起塞进自己的背包。她把鲍勃的背包翻倒出来，里面除了照相机，一副羊毛手套，一条围巾，6小瓶苏格兰威士忌，什么都没有。他真是乐观得令人悲哀啊。她卷起那只背包，也塞进了自己的包中，包括那只相机，她之后要把它扔进海里。接着她把叠层石用围巾擦干，仔细检查一遍，确保上面没有血迹，然后把它装进背包。她把鲍勃留给了乌鸦、旅鼠，以及食物链上的其他动物。

完事后，她步行从第三道山脊的底部返回，拉扯整理着自己的上衣。谁见到了都会以为她刚才在解手。海岸旅行时，游客常常这样悄悄溜开去。不过没人在看她。

她找到了那位年轻的地质学家，他还在第二道山脊，被一群崇拜者跟着，她把叠层石交给了他。

"我能把它带上船吗？"她声音温柔地问道，"放在岩石展台上？”

“好棒的样本！”他说。

游客们都往岸边走，回橡皮艇上。弗娜来到装救生衣的袋子旁，捣鼓起自己的鞋带，直到没有人再注意她，这才将多余的那件救生衣塞进了自己的背包中。背包比她下船时重了不少，不过有人会留意到才怪呢。

一走上舷梯，她就背着背包四处晃荡，等大家都经过了标签板后，她才将鲍勃的标签牌从红色翻回绿色，当然，她也把自己的翻好了。

回自己房间的路上，她等到走廊都没人了，就悄悄溜进鲍勃没有锁上的房间里。房门钥匙就在梳妆台上，她没去动钥匙，而把救生衣和鲍勃的防水棒球帽挂了起来，又在水槽里放了水，把毛巾散开弄乱，接着就经过依然空荡荡的走廊回到自己的房间，脱掉手套，把它们清洗好，挂着晾干。她的一个指甲断了，真糟糕，不过能修复。她端详着自己的脸：有点晒伤，但不严重。吃晚餐时，她穿一身粉色，还试图和鲍勃二号调情，对方也果敢地回应了她，只是他太过老迈，不能认真。幸好，她的肾上腺素水平也在急剧下降。他们被告知，一旦有北极光出现，就会有通知，不过弗娜不打算为此起床了。

目前为止，一切平安无事，她现在只需要让鲍勃的幻影继续存在，忠实地将他的标签牌从绿色翻到红色，再从红色翻回绿色。他会在房间里挪动东西，穿各式米色格子呢的衣服，在

床上睡过，洗过淋浴，还把毛巾丢在地上。他会收到一张只写
名字不写姓的请柬，邀请他在员工餐桌上吃饭。而后这请柬会
悄悄地出现在另外一个鲍勃的房门下面，没人会发现他被替代
了。他还要刷牙，上闹钟，会把要洗的衣服送出来，但是不填
洗衣单，否则会太冒险。洗衣房的人不会在意的，很多老人都
会忘记填写单子。

那块叠层石会放在地质样本桌上，会被人拿起来细细观察
和讨论，上面会留下很多指纹。旅行结束时，它就会被扔掉。
"决心二号"会行驶14天，因为上岸参观，它要停泊18次，要
经过冰盖和陡峭的悬崖，以及诸多黄金、红铜、乌木、银灰色
的山脉。它将滑过浮冰，会在漫长、起伏不定的海滩附近停泊
很久，探索数百万年来被冰川凿开的峡湾。在如此艰难险阻后
的壮观下，谁还会记得鲍勃呢？

行程的最终，真相时刻会到来，鲍勃没有现身支付费用，
没有取回自己的护照，也没有打包行李。这会引发惊慌和担
忧，接着会有员工会议，是关起门来的讨论，以免惊扰乘客。
最后会发布新闻：悲惨而不幸的是，鲍勃一定是在旅行的最后
一晚，因为要选取更好的角度拍摄北极光，身子过于倾倚，不
慎从船上落水。其他解释都不可能。

与此同时，乘客将会四处解散，包括弗娜在内，如果她成功
的话。她会得手，还是会失手呢？她应该更在意的，应该觉得这
是令人兴奋的挑战，可是现在她只是觉得很疲倦，还有点空虚。

　　一片祥和，平安无事，正如她第三任丈夫在伟哥神效结束后常常烦人地感叹：一切激情归于平静。那些维多利亚时代的文人总是将性爱和死亡联系在一起。到底是哪个诗人来着？济慈？丁尼生？她的记忆力远不如从前了，不过稍后会想起细节来的。

9

点燃尘埃

Torching the Dusties

　　小矮人们正爬上床头柜。今天他们一身绿，女的穿着有裙撑的裙子，戴着宽边丝绒帽子，方形剪裁的紧身上衣镶着闪亮的珠子，男的则身着缎面灯笼裤，穿带扣的鞋子，肩上挂着一束束飘动的缎带，三角帽上装饰着特大号的鸟羽毛。他们压根儿不尊重历史的真实性，这些人哪。就像是某个戏剧服装设计师在幕后喝醉了，到储物箱里乱捣鼓了一番，这里拿一个早期都铎王朝的领圈，那里取一件贡多拉船夫的上衣，那头还有小丑外套。威尔玛不由得对这种肆意妄为心生佩服。

　　他们上来了，双手交替着一点点爬上来了。等爬到了她的视线高度，他们就拉起手跳起舞，考虑到他们前面的障碍：夜光、鉴赏珠宝的放大镜（那是她女儿艾莉森送的，心意很好，却没什么用）、能放大字体的电子阅读器等，他们的舞姿可谓优雅。《飘》是她这会儿正在费劲阅读的书。她若是能在15分

钟里摸索着读完一页就算幸运了，不过她很庆幸自己第一次读
这部书的时候就记住了主要情节。也许这就是绿衣小人们的出
处：那众所周知的丝绒窗帘，任性的斯佳丽将它缝制成长袍，
把自己打扮得优雅体面。

小人们转着圈，女人的裙子摇摆晃动着。今天她们兴高采
烈，相互点头，微笑着，嘴巴开开合合的，好像在交谈着。

威尔玛完全明白这些幻影并不真实，而是一种病。那是查
尔斯·邦纳综合征[1]，在她这个年纪很常见，尤其是那些有眼睛
疾患的。她算是幸运了，因为她看到的那些，普拉萨德医生称
他们为"她的小人们"，大多数是好人。这些人几乎很少皱眉
头，不会不成比例地膨胀，也不会溶解成小碎片。即便他们生
气或闷闷不乐，坏脾气的发作肯定和她一点关系都没有，因为
小人们都不认识她。医生说这也表明她病情很稳定。

大部分时间里，她喜欢这些小人，她希望他们能和她说
说话。当她把这个愿望告诉托拜厄斯时，他说许愿要小心。首
先，一旦他们开始和你交谈，他们也许停不下来；其次，谁知
道他们会说些什么。接着他说起了自己的一次经历，毋庸置疑
那是很久以前的事了。那个女人是迷人的，有着印度女神般的
胸脯和希腊大理石雕像般的大腿——托拜厄斯就喜欢用古风、

---

1 查尔斯·邦纳综合征（Charles Bonnet Syndrome），是在心智正常的人身上发生的
一种鲜明而复杂的幻觉，因瑞士自然博物学家邦纳首度描述其祖父病症而得名。有
此症状的病人通常因年老、视网膜或视神经等受损导致的视力障碍而形成幻觉。

夸张的修辞——可每次她一开口说话就是满嘴的陈词滥调，他差点儿因为压抑的恼火而崩溃。哄她上床就是一场旷日持久、压力巨大的运动：巧克力放在心形的金色盒子里——最高级的品质，价格不菲，还要有香槟酒。可是这样并没让她更加心甘情愿，她反而更趾高气扬了。

据托拜厄斯说，引诱蠢女人比引诱聪明女人更加艰难，因为蠢女人不能理解暗示，甚至无法联系因果关系。一顿昂贵的晚餐之后，就像夜晚紧跟着白昼，应该就是乖乖张开她们无与伦比的双腿，可她们偏偏没有这么做。威尔玛想对他暗示，目光茫然而无知很可能是这些美人假装出来的，只要睁着大大的、无知的、妆容浓重的眼睛，就能有免费大餐，谁会反对呢？可她觉得这么说不明智。她还记得在女化妆室里的秘密交流，当时那些地方还被称为"化妆室"。她记得那些密谋时的窃笑，记得她们在涂口红和画眉毛时交换着如何骗男人的有用伎俩。可是干吗要向儒雅的托拜厄斯揭露这一切，让他不安呢？这样的内幕信息对他来说为时已晚，而且只会玷污了他玫瑰色的记忆。

"我当时要是认识你该多好。"在托拜厄斯对威尔玛提起那些巧克力香槟酒的往事时，他如此感叹着，"我们一定会碰撞出火花！"威尔玛心里默默思忖：他这是在说自己很聪明，因此很容易得手吗？或者当时就会这样。难道他没意识到一个更容易被冒犯的女人可能会把这当作一种侮辱？

不，他没意识到。那这就意味着是一种殷勤。他忍不住，这个可怜的家伙。据他自己说，因为他有部分匈牙利血统。所以威尔玛由他闲扯着，什么圣洁的胸脯，大理石般的大腿，对他的冗词赘句，她并不像曾经所做的那样予以直接点明，而是由着他一遍遍反复叨叨着同样的诱惑。这会儿待人得宽容，她告诫自己。我们也只剩下自己了。

至少托拜厄斯的视力还行。只要托拜厄斯能望向窗外，告诉她安布罗西亚庄园宏伟的前门外的场地上发生了什么，她就能忍受那些古早风格的美女那烦人的身体魅力。她喜欢这种一有消息自己便知情的感觉。

她眯着眼睛看了一眼自己那个大数字盘面的钟，然后将钟移到脑袋旁，这样可以更清楚地看时间。已经比她料想得晚了些，总是这样。她在床头柜上摸索了一阵子，这才摸到假牙托，并把它塞进了嘴里。

那些小人正在跳华尔兹，甚至连舞步都丝毫不乱，她的假牙引不起他们丝毫兴趣。也许没人会在意，会多想，除了威尔玛自己，或许还有斯蒂特医生，甭管他现在在哪里。正是斯蒂特医生十四五年前说服她把几颗快要裂开的臼齿连根拔掉，种上了牙，这样她就有东西可以让牙托接上去，假如以后需要的话。他预计她会需要的，因为她的牙齿经过了预先加氟的处理，很快会像湿石膏一样脱落。

"你以后会感谢我的。"他当时说。

"如果我能活那么久的话。"她笑着回答。她当时还是乐意调侃死亡的年纪，由此表现出自己的活泼和老辣。

"你会长生不老的。"他说。这话听起来更像是警告而非鼓励，虽然当时他可能只是期待着将来还能从她这里赚一笔。

但是现在已然活得更久了些，她确实感谢斯蒂特医生，每天早晨都默默感恩。没有牙齿太可怕了。

把微笑时能露出白牙的东西插好了，她便滑下床，用脚趾探寻着毛巾布的拖鞋，而后拖曳着朝浴室走去。她还能应付浴室里的活动，知道各种东西摆放的位置，她也并非什么都看不见。正如医生告诉她的，她的眼角尚存一些视力，不过视野中心的空洞正在扩大——长时间不戴墨镜打高尔夫球造成的；还有航海，水面反光导致了双倍的光线照射，可当时哪里知道啊？都说阳光有益，带来健康肤色。他们还在身上涂婴儿油，把自己像烤饼似的翻晒。双腿那黝黑、光滑、炙烤过的效果在白色短裤映衬下多漂亮。

黄斑变性。黄斑听起来很邪恶，就像是无瑕的反义词。"我变性了。"她过去常常在得知诊断结果后打趣着。她曾经开过那么多鲁莽的玩笑。

只要衣服上没有扣眼，她还能自己穿衣服。两年前，也许更久以前，她就把有纽扣的衣服从衣柜里清除了。现在全是尼龙搭扣，还有上拉链的衣服，只要拉链终端是封起来的就行，她已经做不到把拉链头上的小东西插到另一个小东西里。

　　她将顺了自己的头发，摸着找落下的头发。安布罗西亚庄园有自己的美发沙龙和发型师，真是谢天谢地，她就依赖萨沙帮自己修剪。一大早洗漱流程中最烦人的部分就是脸，她几乎看不清镜子里的脸，它就像脸庞形状的空白，就是那种在网页个人账号上缺了相片的样子。所以没法子用眉笔或睫毛膏，也几乎涂不了口红，尽管乐观的时候，她也假装自己能不看镜子就抹口红。今天要不要试试？也许会弄得像个小丑。不过即使这样，谁会在意啊？

　　她自己会的，托拜厄斯也会。还有工作人员，尽管表现方式不同。如果你一副失智的样子，他们就更有可能真把你当痴呆者对待。所以最好别涂口红。

　　她摸到了古龙香水瓶，那个位置始终不变，清洁工有严格的规定，不能移动任何东西。她把香水轻轻抹在耳朵后面。玫瑰香，基调是其他香味，柑橘类的。她深吸一口气，感谢上苍她还有嗅觉，不像其他一些人。等到嗅觉没了，胃口就没了，那就真的完了。

　　她一边转身，一边努力瞥一眼自己，或者是看看这陌生人，这个与自己母亲年迈时如此相像，像得令人不安的女人，一头白发，卫生纸般褶皱的皮肤，以及所有一切。只是，眼睛是斜视的，更显得顽劣。或许也更加邪恶，就像堕落的精灵。这种斜视缺乏正视人的直率，那种直率她再也看不到了。

托拜厄斯来了，一如既往地准时。他们总是共进早餐。

他先敲敲门，就像他自称的绅士一样。据托拜厄斯的说法，进女士房间前要等待的那段时间，就是给另一个男人用来钻到床底下的。涉及妻子，体面是要维持的，托拜厄斯自己就经历过几任。她们每一个都出了轨，不过他没再耿耿于怀，因为要尊重一个不再被其他男人喜欢的女人是很难的。他从不让妻子们知道自己是知情的，而且他总是会把她们引诱回来，确定她们再次崇拜他时，就一脚踢她们出门，连个解释都不给，因为干吗要贬低自己来谴责她们呢？大门紧闭是更有尊严的做法。这就是应付妻子们的手段。

然而，在与情妇的关系上，很可能自发的情感会占主导地位。在妒火中烧和自尊心受伤害的刺激下，一个多疑的情人会不敲门就闯了进来，接着就会发生持刀或肉搏的现场流血事件，抑或是事后对决形式的较量。

"你杀过人吗？"威尔玛曾这样问，在一次朗读课上。

"我怎么都不会说的，"托拜厄斯严肃地答道，"不过一个酒瓶，装满酒的瓶子，就能砸开一个脑壳，只要对准太阳穴。我百发百中。"

威尔玛沉默不语，她看不见托拜厄斯，可是他能看到她，一个得意的笑容就会伤害到他。她发现这些细节都太浮夸，就像那些消失的装巧克力的金盒子，她怀疑这都是托拜厄斯捏造出来的，是从那些老掉牙、浮躁的小歌剧，过时的欧陆小说，还有时髦叔叔们的回忆录里拼凑而来，并非出自完整的素材。他肯定认为天真、平淡、身为北美人的威尔玛会觉得他颓废而迷人，放荡不羁。他一定以为她会吃这一套，但很可能他是一厢情愿。

"进来吧。"她说。门廊里出现了一团影子。她侧身感受着，闻着空气中的味道。当然就是托拜厄斯了，是他的Brut牌须后水的气味，如果她没弄错的话。是不是随着视力的衰退，她的嗅觉越发敏锐了？也许不是吧，尽管这样想能令人宽慰。"见到你真高兴，托拜厄斯。"她说。

"亲爱的女士，你真是光彩照人。"托拜厄斯说。他走上前来，用薄薄的、干燥的双唇在她脸颊上吻了一下以示问候。还有一点胡楂，他没刮胡子，只是拍了点须后水。和她一样，他肯定也担心自己身上的味道，那种当安布罗西亚庄园的老人聚在餐厅时酸酸的、陈腐的、很明显的老人体味，基调是缓慢腐烂的气味，不自觉地渗透出来，上面覆盖着一层一层的香味，女人们是柔和的花香，男人们则是爽冽的香料味，大家内心依然深情地珍藏着那盛开的玫瑰和硬汉海盗的形象。

"希望你昨晚睡得不错。"威尔玛说。

"我做了那样的一个梦！"托拜厄斯说，"紫色的、栗色的，非常性感，还有音乐。"

他的梦常常是很性感的，伴有音乐。"是好梦吧，我希望？"她说。今天她有点滥用希望这个词。

"不是特别好，"托拜厄斯说，"我杀了人，然后惊醒了。我们今天吃什么？燕麦制品，还是麸皮制品？"他从来不念威尔玛餐单里那些早餐谷物麦片的名字，觉得它们很乏味。他很快就会评论说这个地方没有好的羊角面包，或者干脆什么羊角面包都没有。

"你来选，"她说，"我要混着吃。"麸皮对肠道好，燕麦降低胆固醇，虽然专家们不停改变观点。她听到他在翻找：他很熟悉她那间小厨房，知道一袋袋东西的位置。在庄园里，午餐和晚餐都在餐厅进行，而早餐在各自房间里吃。是针对那些在早期辅助生活区的人。在高阶生活区，情况就不同了。她可不愿意去想象到底有什么不同。

盘碟叮当作响，还有餐具碰撞的声音，托拜厄斯正在窗边的小餐桌上摆放早餐。方窗透出白昼的明媚阳光，衬出他黑色的剪影。

"我来拿牛奶。"威尔玛说。她至少还能做这事，打开小冰箱，摸到冷冰冰的有着塑料涂层的长方形纸盒，拿出来放到桌上，而不洒出来。

"好了。"托拜厄斯说。他磨起了咖啡，发出低沉的嚯嚯的碾磨声。今天他没有评说用手磨咖啡机为何要好得多，那是一只红色的带黄铜手柄的机器，他从年轻时就有了这个习惯，也许他母亲年轻时就这么做了。反正是某个人年轻时。威尔玛很熟悉这个红色、黄铜手柄的手磨咖啡机，就像自己曾经拥有过，尽管她没有。可是她感受到那种失落。它成了她存货清单中的一部分，和她真正失落过的东西有了关联。

"我们应该吃鸡蛋的。"托拜厄斯说。有时他们是吃的，虽然上次吃的时候还发生了点小事故。托拜厄斯没把蛋完全煮熟，所以威尔玛把自己弄得一团糟，溅得满身都是。要将顶上的蛋壳去掉是个精密操作：她再也没法用勺子对准那里敲了。下次她会提议吃炒鸡蛋，尽管这也许超出了托拜厄斯的烹饪技术。也许她可以指导他，按部就班地做？不，太冒险了，她可不想让他烫着。微波炉里有东西，也许；一些法式烤面包，或是一块奶酪千层酥；她以前常做这些东西，当时她还有家人。可是怎么去找到食谱呢？照着步骤做。也许会有什么有声食谱？

他们坐在餐桌旁，大口咀嚼着麦片，它们又脆又有渣，得嚼好久。这脑子里的声音，威尔玛想，就像脚下嘎吱作响的雪，或是花生包装袋上的泡沫粒。也许她该把麦片换成更软的品种，类似于速食粥。可光是这么提议，没准托拜厄斯会瞧不起她，他看不起任何速食的东西。香蕉，她可以尝试换成香蕉。它们是长在树木或植物，或灌木上的。他也许不会反对香蕉。

"为什么要把它们做成圆圈？"托拜厄斯说道，这不是他第一次提及了，"这些燕麦食品。"

"就是'O'形的，"威尔玛说，"O表示燕麦[1]，就这喻义

---

1 燕麦英文为oat，首字母是o。

吧。"托拜厄斯摇晃着布满老年斑的脑袋，背对着光线。

"我更喜欢羊角面包，"他说，"它们也是做成一定形状的，新月形的，从摩尔人差点儿占领了维也纳之后就没变过。我不明白为什么……"然而他突然不说了。"门口好像有动静。"

威尔玛有一副双筒望远镜，那是艾莉森送给她观鸟的，尽管她之前费劲观看到的鸟儿大多是八哥，而且望远镜现在对她也没用了。另一个女儿常常送她拖鞋，威尔玛有好多双拖鞋。儿子送的是明信片，他好像没明白她已经没法读他写的东西了。

她把望远镜放在窗台上，托拜厄斯便拿着它观察地面：那蜿蜒的车道，草坪上被修剪过的灌木，三年前她刚来这里时就记得这些东西。喷泉是著名的比利时雕像的仿制品，即一个天使面孔的裸体小男孩朝着石头池子撒尿，还有高高的砖墙，拱顶的宏伟大门，上面还有两只表情夸张、满脸抑郁的石狮子。庄园曾经是乡间的一处宅邸，当时还有乡村，还有人建造豪宅。于是就有了石狮子，很可能是这样。

有时候托拜厄斯什么都看不到，除了平常来来往往的人。每天都会有访客来，托拜厄斯管他们叫"平民百姓"，这些人从访客停车场朝着入口轻快地走着，捧着盆栽秋海棠或天竺葵，还带着一个满脸不情愿的孙辈小孩，他们鼓起虚假的欢声笑语，盼着赶紧把这个有钱的老亲戚的事情搞定。那里也会出现工作人员，有医务人员和勤杂工等，他们开车进了大门，接着拐弯进入工作人员停车区，他们走边门。还有涂着时髦油漆的送货车运来食品杂货和洗过的床上用品，有时还有心怀内疚的家人们订购的经插花装饰的鲜花。那些不那么整洁的车辆，比如垃圾车等，也有一个毫无光彩的后门。

每隔一段时间总会有戏剧性的事情发生。尽管有各种预防措施，高阶生活区的某位住客总要逃出去，而后大家就会看见此人穿着睡衣或半裸着身子，漫无目的地游荡着，随地撒尿，这行为在小天使的喷泉装饰上是可爱的，可一个老朽衰弱的人做出来就令人讨厌了。于是会有一场态度温和而有效的追捕，人们会将迷途之人包围起来，把他带回屋里。或者是她，有时是女性，尽管男人似乎更会逃跑。

或者会有救护车开过来，一批急救人员会匆忙进来，他们带着各种设备，"就像打仗"，有一次托拜厄斯评论道。不过他指的肯定是电影里的打仗场面，因为威尔玛知道他从没参加过战争。接着，过一会儿，他们会迈着更轻松的步子走出来，推着轮床，上面还有个人。一时看不清是谁，托拜厄斯拿着望远镜说，也不知道是死是活。"也许就在下面也弄不明白。"就知道他会补这么一句，来个冷笑话。

"那是什么？"此刻威尔玛问道，"是救护车吗？"没有警笛声，这她是确定的，她的听力依然不错。这种时候，自身的残疾让她更觉得沮丧。她宁愿自己来看，她不相信托拜厄斯的解释。她怀疑他有所隐瞒。出于对她的保护，他会这么说。可是她不想要这样的保护方式。

或许是为了回应她的沮丧，窗台上出现了一群小个子男人。这次没有女人，更像是在游行。这群小人们在社交上是非常保守的，他们不让女人加入游行。他们依然穿一身绿，不过颜色更深一点，不那么活泼。前排的人真的戴着金属头盔，后面几排的服装更加正式庄重，盖着金边的披风，戴着绿色皮帽子。接下来游行中还会有微型的马队吗？众所周知会这样的。

托拜厄斯没有立即回答，此后他说："没有救护车，应该是某种形式的纠察巡逻，看上去是组织过的。"

"也许是罢工。"威尔玛说。可是安布罗西亚庄园的工作人员中有谁会罢工呢？清洁工最有可能，他们薪水太低。可是他们也最不可能这么干，往坏了说是违法，往好了说就是急需钱。

"不，"托拜厄斯慢悠悠地说，"我觉得不是罢工。这里的三个保安在和他们说话，还有一个局子里的，是两个。"

每次托拜厄斯说到诸如局子里的这样的俚语，威尔玛就会吓一跳。这和他的标准语汇不相符，更显紧迫和刻意。不过他让自己说"局子里的"可能是因为听起来很老派。他曾经说过"好——嘞"，还有一次是"滚犊子"。他也许是从书本里得来的，那些落满灰尘的二手悬疑谋杀小说，诸如此类的。不过威尔玛又有什么资格来取笑他呢？既然她再也没法上网溜达了。威尔玛都无从得知人们是怎么说话的了。那些真实的人，更年轻的人。倒不是说她以前经常上网溜达。她那时从不与人互动，只是潜水，她刚开始掌握技巧，视力就不行了。

有一次她对丈夫说（当时他还健在，谈话并非发生在他死后一年那漫长的、梦魇般的痛苦时期，并非那段她时常继续与他的幻影说话的时期），她说要在自己的墓碑上刻上潜水者一词，因为她一生大部分的时间不都只是在旁观吗！现在就是这种感觉，虽然当时并没有，因为那时她还忙这忙那的。她学的专业是历史，一边等着结婚，一边学习，足够安全，但是历史现在对她也没什么好处，因为她大部分都记不得了，只记住了三位政治领袖是在做爱过程中死去的。成吉思汗、克列孟梭，还有那个谁来着，迟早会想起来的。

"他们在干吗？"她问。窗台上的游行者正朝右拐，可他们突然转过身，快步离开了。他们还多了尖头长矛，有些人还有了鼓。她尽量不被他们分心，虽然能看到如此精微、具体的细节让人高兴。但是如果托拜厄斯感觉到她的注意力没有完全放在他身上，会不开心的。她竭力让自己回到实在的、朦胧的现实中。"他们正往这里来吗？"

"他们站在周围，"托拜厄斯说，"在溜达。"又不以为然地补充道："都是年轻人。"他一向认为年轻人都很懒惰，他们应该去找工作，而这些人几乎找不到工作的事实在他看来并不重要。如果没有工作可找，他说，那他们就该创造出工作来。

"那里有多少人？"威尔玛问。假如只有十来个，就没什么大不了的。

"差不多50人吧，"托拜厄斯说，"还举着标语，不是警徽，是其他的。这会儿他们正在阻拦运送床单的货车。瞧，他们站到了车前面。"

他都忘了她看不见。"标语是什么？"她问。挡住运送床单的货车就没良心了：今天是换床单日，专门针对那些不需要额外铺床服务和橡胶床单的人。高阶生活区的换洗更频繁，一天换两次，她听说。安布罗西亚庄园并不低廉，亲人们也不愿看到家人身上出现溃烂的皮疹。他们希望钱花得值得，就会这么要求来着。其实他们最想要的是迅速地、不受谴责地让老古董们有个终了，这样他们就能整理并收拾剩余净值，诸如遗产、剩余物、遗留物等，并告诉自己这一切是该得的。

"有一些标语上还有婴儿的相片，"托拜厄斯说，"胖乎乎、笑眯眯的宝宝。有的写着'该走了'。"

"该走了？"威尔玛说，"宝宝吗？这是什么意思？这又不是一家妇科医院。"还正相反呢，她不无讽刺地心想：这里是生命的出口，不是入口。可是托拜厄斯没说话。

"警察让货车通过了。"他说。

不错，威尔玛想。为大家换床单，我们就不会发臭了。

托拜厄斯回去睡早觉了，他中午会再来，带她去餐厅吃午饭。威尔玛几经摸索，还把干酪板碰到了地上，这才摸到了她放在厨房柜台上的收音机，把它打开。那是专为视力衰退之人生产的收音机，开关和调频都是按钮的，整个机子都被一层易于抓握、防水的石灰绿的塑料包裹着。这是西海岸的艾莉森送的另一件礼物，她总担心自己为威尔玛做得不够。要不是因为那对10来岁的双胞胎不时出点莫名其妙的问题，还有她自己就职的那家大型国际会计公司的工作需求，她肯定会来得更勤些。威尔玛今天晚些时候一定要给她打电话，让她知道自己还活着，双胞胎必须得问候她。他们肯定觉得这些电话好无聊，为什么不呢？她自己也觉得很无聊。

也许这罢工，甭管它究竟是什么，会出现在当地新闻中。她可以一边洗早餐的碗碟，一边听报道，只要动作放慢，她干得挺不错的。万一杯子打碎了，她就得连接对讲机，而后等着她的私人待命清洁工卡蒂亚过来收拾残局，听她啧啧地一直用斯拉夫口音叹气。玻璃碎片尖尖的很危险，威尔玛要是冒险去收拾，割到手就惨了，尤其是当她一时半会儿记不清把创可贴放在浴室的哪个抽屉了。

地板上一摊摊的血会向管理层发出错误的信号，他们其实并不相信她能自理，就等着找个借口把她送进高阶生活区，把她留下的家具，还有上好的瓷器和银器给抢占了，并卖了它们以维持他们的利润率。这是当时说好的条件，她也签了字的。这是入住的代价，是获得舒适和安全的代价，也是不成为累赘的代价。她保留了两件漂亮的古董家具，一件是写字台，还有一件是梳妆台，那是她以前家中最后留下的东西。其余的都给了她的三个孩子，其实这些东西对他们没什么用，不合他们的口味，肯定全被塞进了地下室，不过他们都心怀感恩。

欢快的电台音乐，男女主持之间轻松的闲聊，音乐又开始了，接着是气象预报。北部热浪，西部洪涝，龙卷风频发。一场飓风正向新奥尔良袭来，是对东海岸的又一次袭击，6月常常如此。但是在印度情况正相反：季风影响已经衰退，人们担心饥荒即将到来。澳大利亚仍然饱受干旱的困扰，不过，凯恩斯地区却洪水泛滥，鳄鱼在大街上出没。亚利桑那、波兰，还有希腊正发生森林大火。然而此地平安无事：现在正是去海滩的好时节，晒晒太阳，别忘了涂上防晒霜，不过要注意龙卷风稍后会突然出现。祝大家有美好的一天！

接下来是重要新闻报道。第一，乌兹别克斯坦政权倒台；第二，丹佛一家购物中心发生大规模枪击事件，毋庸置疑，这个产生幻觉的袭击者此后被一名狙击手击毙；第三——威尔玛费力地倾听着——在芝加哥郊外，一所养老院被一群戴着婴儿面具的暴徒纵火焚烧。而第二起纵火案发生在佐治亚州的萨凡纳，第三起则在俄亥俄州的阿克伦。其中一家是州立的，另外两家是私人机构，有自己的安保人员，其中有的老人被焚为灰烬，而且并非穷人。

这并非巧合，评论员说道。这是蓄意纵火，一个自称"阿

特恩"的组织在一个网站上宣称对此事负责，当局正竭力追踪
该网站账户的持有人。被焚烧的老年死者的家人们，据新闻播
音员报道，当然是震惊不已。接下来是对一个哭泣的、语无伦
次的家人的采访。威尔玛关掉了收音机。新闻没有提及安布罗
西亚庄园外的集会，也许事件太小了，没有什么冲突，不值得
报道。

阿特恩，听起来好像是的，不知道怎么拼写。她会让托拜
厄斯去看电视新闻，他声称不喜欢看电视新闻，尽管一直在
看。他会告诉她详细情况。此后，她躺下睡午觉了，没再关注
微波炉周围小人们的欢庆，那是一个粉色和橙色的庆典，人们
穿着有很多褶边的衣服，戴着怪异的、高耸的、插花的假发。
她以前一直不喜欢小睡，现在依然讨厌，她不喜欢错过任何事
情。可是不小睡一下她撑不了一整天。

托拜厄斯领着她沿着走廊朝餐厅走。他们挑了第二轮饭
点吃中饭，托拜厄斯认为一点之前吃中饭很不明智。他比平常
走得更快些，她便让他慢一点。"好的，亲爱的。"他说着，
搜紧了她的胳膊肘，其实是在催促她。有一次他的手臂滑到了
她的腰部（她依然还有腰线，多多少少算是，不像其他人），
但是这样做让他失去了平衡，两人差点儿都摔倒。他个头儿不
高，还换过髋关节，得小心保持平衡。

威尔玛不知道他长什么样，她再也不会知道了。也许她把

他美化了，让他更年轻了些，少了些枯萎感，多了些机敏，头顶也有更多的头发。

"我有很多事情要告诉你。"他说，凑在她耳朵边。她想对他说别大叫大喊的，弄得自己耳聋了似的。"我知道了他们不是在罢工，这些人，他们没有撤退，人数还越来越多。"事态发展让他更有精力了，他几乎哼起了歌。

到了餐厅，他为她拉开椅子，领她入座，当她的臀部落下时，他把椅子推进了一点。这可是一门几乎失传的艺术，她心想，为女士优雅地推椅子，就像钉马掌或装箭羽。接着，他在她对面坐下，成了蛋壳色的墙纸映衬下的一个模糊的影子。她侧过头，瞥见他模糊的脸庞，一双炯炯有神的黑眼睛。她记得它们是炯炯有神的。

"菜单上有什么？"她问。他们每餐都有一张印制好的菜单，是在一张印着浮夸装饰的浮雕纹章的纸上。那纸张很光滑，是奶白色的，就像旧时代的戏剧节目单，后来它们才变得很薄，还充斥着广告。

"蘑菇汤。"他说。通常，他会对日常供应的餐饮叨叨个没完，委婉地批评挑剔，一边回忆自己往日的美食盛宴，评价说现在都没人懂得如何正确烹饪了，尤其是小牛肉，不过今天他省掉了这些话。"我好好探究了一番，"他说，"在活动中心，我一直在那里打探。"

他的意思是他在那里用电脑上网查找线索。安布罗西亚不允许使用私人电脑，官方的解释是系统的网速不够。威尔玛怀疑真正的原因是他们害怕女性会深陷网络骗局，会有不合适的网恋，浪费钞票，沉迷于网络色情，过于冲动，引发心脏病，这样愤怒的家人就会起诉安布罗西亚庄园，要求员工应该更谨慎地管好那些老男人。

因此不允许有个人电脑。不过他们可以在活动中心使用电脑，这样就可以像对青春期前的儿童那样，对网络访问进行控制。尽管管理层努力让老人们远离这些令人上瘾的屏幕，他们宁愿让这些人在黏湿的土堆里摸索，或是用胶水把几何形状的硬纸板粘成图案，再或者是玩玩桥牌，据说这游戏能延缓痴呆的发生。不过，正如托拜厄斯所言，对那些玩桥牌的人，你又怎么能断言呢？威尔玛以前就常常玩桥牌，她拒绝对此加以评论。

职业治疗师肖莎娜会在正餐时四处巡视，不停地向住客叨叨，说每个人都需要通过艺术来表达自我。当被要求参加手指作画、做意大利面项链，或是其他肖莎娜想出来的好点子，就为了让所有人有一个留在人间多看一次日出的理由时，威尔玛就会以自己视力有缺陷为借口。有一次肖莎娜加码，说了一些关于盲人陶工的故事，说其中有人还以精美的手抛陶瓷获得国际声誉，难道威尔玛就不能拓展自己的视野来试一试吗？可是威尔玛断然拒绝。她露出坚硬的假牙微笑道："老狗不学新技巧。"

至于网络色情，有一些狡猾的好色之徒有手机，并以此享受全部的变态表演。这是托拜厄斯说的，他不和威尔玛闲聊时，看见谁就逮着谁说话。他声称自己并不受那些低俗不雅的手机色情内容的干扰，因为里面的女人都太小了。他说，女性身体被缩小的程度是有限的，否则她们和有乳腺的蚂蚁无甚区别。威尔玛并不完全相信他的戒欲之说，尽管他也许并没撒谎。他或许觉得自己杜撰的奇谈比任何手机能带来的内容更加色情，而且这些叙述还有附加值，即他在其中都占主导。

"其他还有什么消息？"威尔玛问。他们四周尽是瓷器和勺子交错的叮当声，还有低沉的交谈，虫子的嗡嗡声。

"他们说这次轮到他们了，"托拜厄斯说，"所以他们在标语上写着'该我们了'。"

"哦。"威尔玛说。光线亮了一点，阿特恩。该我们了[1]。她听错了。"该他们干吗？"

"好好生活，他们说。我在电视新闻里听其中一人说过，当然了，他们到处被采访。他们说该我们了，我们这些年纪的人。他们说我们搞砸了，说我们用自己的欲望毁掉了这个星球什么的。"

"这话有点道理，"威尔玛说，"我们确实搞砸了，虽然不是故意的。"

威尔玛一直不太清楚托拜厄斯是如何赚钱的，如何赚到足

---

1 英文中"阿特恩"（Artern）和"该我们了"（our turn）发音相近。

够的钱，不仅能养活所有的前妻，还能支付安布罗西亚庄园的大套间。她怀疑他参与了一些可疑的跨国商业交易，他对自己早期的财政事务讳莫如深。他只是说自己拥有几家跨国贸易公司，做过不错的投资，尽管他不说自己很富有。不过富人从不自称很有钱，他们说自己生活小康。

威尔玛自己曾有过小康生活，当时丈夫还在。她现在也许仍然小康。她对自己的存款不再过于关注了，有 家私人管理公司在照管她的钱财。艾莉森一直盯着，住在西海岸的她为此尽量操着心。安布罗西亚庄园也没有把威尔玛赶到大街上，可见账单都是付清的。

"他们想从我们这里得到什么呢？"她问，尽量不流露愠怒表情，"这些打着标语的人，老天，我们又无能为力。"

"他们说希望我们能腾出地方来，想让我们搬走，有些标语上写着'搬走'。"

"那等于是死，我想，"威尔玛说，"今天有面包卷吗？"有时候这里会提供非常美味的派克屋面包卷，新鲜出炉的。为了让住客有宾至如归的感觉，安布罗西亚庄园的营养师有意努力做出他们想象中的七八十年前的餐单。芝士通心粉、舒芙蕾、蛋羹、米糕、加了鲜奶油的果冻等。这些食物的另一个优点是柔软，因此不会对松动的牙齿造成威胁。

"没有，"托拜厄斯说，"没有面包卷，他们现在上的是鸡肉馅饼。"

"你觉得他们危险吗？"威尔玛问。

"这里不会，"托拜厄斯说，"不过在其他国家他们就焚烧东西。这个群体。他们说自己是国际性的，还说几百万人都行动起来了。"

"哦，他们在其他国家一直在焚烧东西。"威尔玛轻松地说。如果我能活那么久的话，她听见自己对昔日的牙医说。就是这种漫不经心的语气：这事绝不会发生在我身上。

真傻，她对自己说道。太自以为是了。可她就是没法感到威胁，她对门外的愚蠢行为无动于衷。

下午喝茶时间托拜厄斯不请自来。他的房间在大楼的另一边，那里可以望见后院的景色：有铺着碎石的步行道，随处可见的公园长椅是提供给走路易喘者的，还有可以遮阳的雅致凉亭，适宜休闲游戏的槌球草坪。这些托拜厄斯都能望见，他还乐滋滋地向威尔玛描述这些细节，不过他那里看不到前门。他也没有双筒望远镜。此时他就在她的公寓房间里看风景。

"现在那里的人更多了，"他说，"也许有一百人，有些还戴着面具。"

"面具？"威尔玛问，觉得很好奇，"你是说，像万圣节那样的？"她想到的是妖怪和吸血鬼、童话公主、女巫和猫王。"我还以为戴面具是违法的，在公众集会上。"

"不太像万圣节，"托拜厄斯说，"是婴儿面具。"

"是粉红色的吗？"威尔玛问，她因为担忧而微微颤抖着。暴徒戴着婴儿面具，这令人不安。一群真人大小，有着潜在暴力倾向的婴儿。局面失控了。

那里的二三十个小人手拉手，围成一圈，简直像那只糖碗。托拜厄斯喜欢往茶里放糖。那些女人们穿着像是用重叠的玫瑰花瓣做成的裙子，男人们穿着变色的孔雀羽毛蓝的衣服，闪闪发亮。这些人真是精美，真像刺绣品！很难相信他们不是真的，他们栩栩如生，十分精细。

"有些人，"托拜厄斯说，"有些是棕色皮肤的。"

"他们准是为了种族问题而来。"威尔玛说。她悄悄地把手一点点在桌上挪动，伸向那些跳舞的人。要是她能摸到其中一人，用大拇指和食指像捏甲虫一样把他抓起来该多好。也许他们就会承认她的存在，哪怕只是又踢又咬的。"那些人也是婴儿装束吗？"没准还兜尿布，或穿着标有口号的连体衣，围着印有海盗和僵尸等邪恶形象的围兜。那些东西曾风靡一时。

"不，只有面具。"托拜厄斯说。跳舞小人们才不会让威尔玛尽兴地拿手指穿过他们，以此一劳永逸地表明他们并不真实存在。相反，这些人扭动着舞步躲避她，所以他们其实很可能是在乎她的，也许他们是在耍她，这群小捣蛋。

别傻了，她告诉自己。这是病症。查尔斯·博纳尔综合征。有据可查，其他人也得的。不，是邦纳，博纳尔是个画家，这她几乎很确定。要不就是邦尼维特？

"这会儿他们又在拦另一辆货车，"托拜厄斯说，"运送鸡肉的车子。"鸡肉来自当地一家有机的自由放养的农场，鸡蛋也是。农场名叫巴尼和戴夫幸运组合。他们都是周四运送的。没了鸡肉和鸡蛋，长期下来会是严重问题，威尔玛想。墙内会怨声载道，声音也会提高。我可不是花钱来受罪的。

"那里有警察在吗？"她问。

"我没看到有。"托拜厄斯说。

"我们得去前台问问，"威尔玛说，"我们要投诉！应该让他们清场之类的——这些人。"

"我已经问过了，"托拜厄斯说，"他们也不比我们了解得多。"

晚餐的气氛比往日都活跃，大家聊得更起劲，谈笑喧闹声更大，也更频繁地爆发出尖声的大笑。餐厅里显然人手不够，要在平日里也许会有更多人抱怨发火，可事实上那里有一种蓄势待发的狂欢氛围。盘碟掉了，玻璃杯碎了，一阵欢呼响起。住客们被提醒要留心洒出的冰块，它们很难被看见，人容易滑倒。这会儿我们可不想有人臀部骨折，是吧？肖莎娜的声音传来，她正拿着麦克风。

托拜厄斯为他这桌点了一瓶葡萄酒。"大伙儿一块尽兴，"他说，"就看你们的了！"碰杯声响起。他和威尔玛今晚没坐两人桌，而是四人桌。托拜厄斯祝着酒，威尔玛也响应着，这让她自己都很惊讶。即便人多并不一定安全，至少会带来安全的幻觉。假如他们团结在一起，就能把陌生人拒之门外。

同桌的另外两个人是乔安娜和诺林。没再多一个男人太糟糕了，威尔玛心想，可是在这个年龄群体里，女性和男性人数就是四比一。据托拜厄斯说，女人活得更久是因为她们不容易暴躁，受屈辱时也应对得更好，毕竟，年老不就意味着受更多屈辱吗？是个好人谁能忍受得了呢？有时候，如果他吃腻了清淡的食物，或是关节炎发作时，他会威胁说，只要自己手里有必要的武器，就会把脑袋给爆了，或是洗澡时用剃须刀把手腕割了，就像尊贵的罗马人那样。如果威尔玛提出异议，他会让她闭嘴。那是他身上病态的匈牙利人特质，所有的匈牙利男人都那样说话。如果你是匈牙利男人，你没有一天不是在自杀威胁中度过的，虽然——他会开玩笑道——几乎没人能真的贯彻到底。

为什么不是匈牙利女人呢？威尔玛问过他几次。为什么她们不在浴缸里也拿剃刀割手腕呢？她乐于反复问这些问题，因为回答有时候是一样的，有时并不相同。托拜厄斯至少有三个不同的出生地，上过四所大学，都是同时的。他有好多本护照。

"匈牙利女人不够格，"有一次他回答，"她们从来不知道什么时候游戏结束，无论爱情，生活，还是死亡。她们和殡仪馆的人，和把泥土铲到自己棺材上的人调情。从没消停过。"

乔安娜和诺林都不是匈牙利人，不过她们也会展示令人印象深刻的调情技巧。如果她们手里有羽毛扇，就会用来敲打托拜厄斯，如果是花束，她们就会扔给他一个玫瑰花骨朵，如果她们有脚踝，准会露出来。这会儿她们就在傻笑。威尔玛很想告诉她们年纪大了要持重些，可假如她们真这么做了又会怎样呢？

她是在游泳池里认识乔安娜的。她试图每周两次去游上几圈，只要有人帮助她进进出出，带她去更衣室就行。她肯定是在某个集体活动中遇到诺林的，比如音乐会。她辨得出那种鸽子似的笑，那是颤抖的咕咕声。她不知道两人长什么样子，不过通过侧视看，她注意到两人都穿着洋红色的衣服。

托拜厄斯当然很乐意自己有全新的女听众。他早就对诺林说她今晚光彩照人，也对乔安娜暗示说如果他依然是从前的自己，那她在黑暗中与他同处可就不安全了。"要是年轻时睿智老练，年迈时雄风依旧，那该多好。"他说。那是亲吻手的声音吧？两人中传来了咯咯的笑声，或者说就是之前一直有的咯咯笑声，与鸟儿粗粝的叫声、母鸡的咕咕叫，或是某种喘息声很接近，又像是一阵阵风儿穿透秋日树叶。是声带缩短了，威尔玛难过地想着。肺部萎缩，一切干枯了。

她对喝蛤蜊浓汤时的调情又是怎么看的呢？觉得嫉妒，也想让托拜厄斯这么对待自己吗？完全不想他这样，不要。她才不要走到这一步呢。她一点都不想和他发展到干柴烈火的地步，因为压根儿没欲望。或者说没那么多欲望了。不过她希望被他关注，更确切地说是她想让他在乎她的关注，尽管他目前似乎在两个低级替补那里表现不错。他们三人正在开着玩笑，就像摄政时期的浪漫桥段，而她必须听着，因为也没有其他东西可以分散注意力，小人们还没出现。

她试图召唤他们。出来吧，她默默地下着命令，把曾经能见的视线转向餐桌中央的人造插花上，那是最高级的插花，托拜厄斯说，你都难辨真假。是黄色的，她能说的也就这些了。

什么都没出现。小矮人们没有登场。她既不能控制他们的出现，也不能操控他们的离场。这似乎不公平，虽然他们只是她脑海的产物。

蛤蜊汤之后上的是牛肉碎炖蘑菇，而后端上了葡萄干米布丁。威尔玛专注地吃着，她得用眼角找准盘子的位置，得像用蒸汽挖土铲一样拨弄自己的叉子：必须伸过去、转动、获得有效负荷、抬起来。这得费力气。最后，饼干碟上来了，和往常一样是脆饼和巧克力棒。匆匆一瞥，是七八个穿着白色褶边衬裙的女人，长筒丝袜包裹的大腿——一闪过，可是她们又瞬间变回了酥饼。

"外面发生了什么？"在周围萦绕着的一片赞美声的一个空隙，她问，"大门那边？"

"哦，"诺林轻快地说，"我们刚要忘掉那一切呢！"

"是啊，"乔安娜说，"太糟心了。我们要活在当下，是吧，托拜厄斯？"

"喝酒，女士们，唱歌！"诺林大声说着，"快让肚皮舞者登场！"两人都笑起来。

令人吃惊的是，托拜厄斯没有笑，而是拉住了威尔玛的手。她感觉到他干爽、温暖、瘦骨嶙峋的手指抓住了自己。"更多人聚过来了。情况比我们最初担心的更加严峻，亲爱的，"他说，"低估局势是不明智的。"

"哦，我们这不是在低估局势，"乔安娜说，努力让自己的声音像肥皂泡一样在空中翻腾，"我们不过是忽视它！"

"忽视就是幸福！"诺林叨叨着。可是她们不再能引起托拜厄斯的兴趣。他抛下了自己《红花侠》的华丽贵族范儿，转回了实干家的模式。

"必须做好最坏的打算，"他说，"他们不会抓到我们的，好吧，女士们，我护送你们回房间。"

她长舒了一口气，他终于回到自己身边了。他会把她送到房间门口的，他每晚都这么做，忠诚如一。她到底在担心什么呢？担心他抛下自己，让她在众目睽睽之下失魂落魄地一路摸索回去，自己却和诺林与乔安娜一起跑进树丛，在凉亭里三人行吗？不可能的，保安们会立即把他们抓起来，提着他们的四肢将他们直接抬进高阶生活区的。夜里保安们四下巡逻，带着手电筒和小猎犬。

"我们准备好了吗？"托拜厄斯问她。威尔玛心里暖暖的。我们。又一次，乔安娜和诺林不过如此，只是她们而已。当他拉着她的手肘时，她靠着他，两人一起走着，她可以自由想象着这一幕体面离场的情景。

"不过，什么是最坏的打算呢？"在电梯里她问他，"我们又怎么准备呢？你不会认为他们会把我们这里烧了吧！不会的！警察会制止的。"

"我们不能指望警察，"托拜厄斯说，"不能再这样了。"

威尔玛想要争辩，可是他们必须保护我们，这是他们的工作呀！但是她忍住没说。假如警察真这么担忧，那他们早该行动了，可他们却在退缩。

"这些人一开始会很谨慎，"托拜厄斯说，"他们会一点点试探，我们还有一些时间的。你一定不要着急，得好好睡觉，养足力气。我自有准备，不会失手的。"

奇怪的是，她居然觉得这段情节剧令她心安：托拜厄斯全权负责，深谋远虑，战胜命运。他只是个得了关节炎的弱老头啊，她对自己说。可是她仍然很放心和欣慰。

他们在她的公寓房间外交换了标准的吻面礼，威尔玛听着他一瘸一拐地沿着走廊离去。难道她感到遗憾？这是久违的温暖感动吗？难道她真的渴望被他纤细的手臂拥抱，解开魔术贴和拉链慢慢接近她的肌肤，尝试某些幽灵般、吱吱作响的、节肢动物般的重复动作，他过去肯定毫不费力地几百次，甚至几千次地做过。不，这对她太痛苦了，那些无声的比较会不断继续：那些甘美的、巧克力般的情妇，圣洁的乳房，大理石般的大腿。然后只有她。

"你坚信自己老去时依然可以超越身体的限制，"她对自己说，"以为能升华到一种宁静、非物质的境界。可是你只有在迷狂状态下才有这感受，而迷狂也得经由身体本身来达成。缺失了骨骼的翅膀，就无法飞翔。不迷狂就只能被肉体拖拽，坠入自身的机体，那不断腐朽、嘎吱作响、充满报复、残忍的机体。"

听不到托拜厄斯的脚步声后，她关上门，进入自己的就寝程序。换上拖鞋，动作最好慢一点。接着一定要把衣服脱了，一个接一个地解开尼龙搭扣，再怎么的都要把衣服在衣架上挂好，再放进衣橱。内衣裤扔进洗衣篮，倒是恰逢其时：卡蒂亚明天会处理的。不用费太大力气就解完小便，冲好马桶。要用足够的水吞下维生素补充剂和其他药丸，因为它们一旦在食道里溶解会很不舒服，还得避免窒息而死。

她还要注意淋浴时别摔倒。她抓住把手，不过量使用太滑的沐浴液。最好是坐下来擦干身子：很多人站着擦脚，结果落得个悲惨下场。她心里记着要给服务部打美容预约电话，叫人来修剪脚趾甲，这也是另一件她再也不能自己胜任的事情。

她的睡衣被洗干净叠好并放在了床边，那是晚餐时有人不声不响悄悄完成的，而且床也被铺好了。枕头上总是会放一块巧克力。她摸索着找到了它，剥掉锡箔纸，贪婪地吃着巧克力。正是这些细节让安布罗西亚庄园在竞争者中脱颖而出，宣传册上就是这么介绍的。珍爱自我，你值得拥有。

次日早餐时，托拜厄斯来晚了。她感觉到了，厨房的语音闹钟也验证了他的晚到。闹钟也是艾莉森送的。你按一下按钮，如果能找到按钮，它会以二年级算术老师般居高临下的声音告诉你时间。"现在是8点32分，8点32分。"接着就是8点33分，然后8点34分，每过一分钟威尔玛都觉得血压冲了上来。也许有事情发生了？他中风了，心肌梗塞了？每周安布罗西亚庄园都会有这种事情发生，高净值[1]也不能解决这些问题。

他终于来了。"有消息，"他对她说着，都没等走进门，"我去了清晨瑜伽课。"

威尔玛笑了起来。一想到托拜厄斯做瑜伽，哪怕是出现在瑜伽教室里，她就忍不住要笑。他为此穿了什么样的衣服呢？托拜厄斯和运动裤可不搭呀。"我知道你为什么笑，亲爱的，"托拜厄斯说，"这瑜伽课可不是我要选的，如果还有别的办法。可是为了获得情报，我只能牺牲自我。反正也没上课，因为没教练。所以那些女士们和我，我们就聊起天来。"

威尔玛严肃起来。"为什么没有教练？"她问。

"他们把大门堵了，"托拜厄斯说，"他们不让任何人进

---

1 指高净值人群，通常指资产净值在1000万人民币以上的个人。——编者注

来。"

"那警察呢？还有庄园的保安？"被堵了，这可不是玩的。封堵需要搬重物。

"没处找这些人。"托拜厄斯说。

"进来坐，"威尔玛说，"一起喝咖啡。"

"没错，"托拜厄斯说，"我们得好好想想。"

他们坐在小餐桌旁，喝着咖啡，吃着燕麦片。没有麸皮了，威尔玛意识到，也没法弄到了。我最喜欢这种谷物，她的脑海里似乎有嘎嘣咀嚼的感觉。我得好好珍惜当下。小人们今天很兴奋，旋转地跳着快步华尔兹，金色和银色的亮片到处闪烁，他们在为她进行盛大表演。可这会儿她没法专注观看，因为有更重要的事情得考虑。

"有人能出去吗？"她问托拜厄斯，"穿过封堵。"她读的那本关于法国革命的书是什么来着？凡尔赛宫被封堵了，王室家族在里面焦虑不安。

"只有工作人员可以，"托拜厄斯说，"可以说是下令让他们离开的。住客不行。我们得待着。他们似乎是这样命令的。"

威尔玛思忖着。工作人员可以允许离开，可是一旦走出去，他们就不能再进来了。"运货车也不能进出，"她说，这是在陈述而非提问，"例如运送鸡肉的。"

"当然不行。"托拜厄斯说。

"他们想把我们饿死，"她说，"如果是这样的话。"

"似乎是这样。"托拜厄斯说。

"我们可以乔装打扮，"威尔玛说，"走出去。假装，嗯，是清洁工，是穆斯林清洁工，蒙着头巾，或是其他的。"

"我很怀疑是否能轻易通过，亲爱的，"托拜厄斯说，"都跨了几代人，年纪看得出的。"

"也有一些年长的清洁工。"威尔玛还抱着希望。

"程度差异罢了。"托拜厄斯说，他叹着气，或许是喘息声吧。"不过别丧气，我再想想办法。"

威尔玛很想说自己并没丧气，不过她忍住了，怕把事情搅复杂了。她也说不清楚自己到底是什么感觉。不是绝望，压根儿不是。也没指望什么。她只是想知道接着会发生什么。当然不会像往日那样了。

不等开始干点别的什么，托拜厄斯就执意让两人一起将威尔玛的浴缸装满水，做好防备。他自己的浴缸早就灌满水了。迟早会停电的，他说，接着就会停水，或早或晚罢了。

然后他开始清点威尔玛厨房和小冰箱的存货。东西不多了，因为她没有备午餐和晚餐的食料。她干吗要备呢，谁又会备呢？他们从来不自己做饭的。

"我还有一些酸奶葡萄干，"威尔玛说，"应该在的，还有一罐橄榄。"

托拜厄斯不屑地哼了一声。"我们不能以那些东西为生。"他说，一边摇晃着一个不知装着什么的纸盒子，似乎有责怪的口吻。昨天，他对她说，他还存了个心去了趟一楼的零食店，出于谨慎购买了能量棒、焦糖爆米花，还有咸坚果。

"你真聪明！"威尔玛感叹道。

确实，托拜厄斯也承认，确实明智。可是这些紧急状态下的口粮维持不了多久。

"我得下楼去看看厨房，"他说，"别等大伙儿都想到了，他们很可能会洗劫店铺，互相踩踏。我见过这种事。"威尔玛也想一起去，发生踩踏时她可以充当缓冲，谁会把她当成威胁啊？如果他们真打败了抢夺的人群，她还可以把一些食物装进自己的小包里带回房间。不过她没这么提议，因为她肯定会成为累赘：他本来事情就够多了，还得这里那里地叮嘱她。

托拜厄斯似乎觉察到她一心想帮上忙。他周到地为她考虑了一个角色任务：她就待在房间里，听新闻。他管这叫情报收集。

他刚离开，威尔玛就打开了小厨房的收音机，准备收集信息。新闻报道没带来什么实质性消息，都是他们已知的："该我们了"是一次运动，国际性的，目的似乎是清除某个游行示威者所称的"寄生在顶部的枯木"，还有所谓的"床铺下的尘垢"。

当局的回应零星断续，如果说他们有所回应的话。他们有更重要的事情得处理，诸如洪涝、肆虐的森林火灾，都是些令人坐立不安的事情。节目中播出了不少负责人的发言，让那些受攻击的退休机构的人不要恐慌，让他们不要企图到大街上游荡，那里的安全不能被确保。有几个鲁莽之人决定勇敢面对暴徒，结果没能成功，其中一人还被撕成了碎片。被堵截的应该待在原地，一切很快会被控制住。他们会派直升机，那些受围困的人的亲戚们不要自行出来干涉，因为局势很不稳定。每个人都应该服从警察或军队，或特警的命令。就是那些拿着喇叭的人。总之，他们一定要记住，救援很快就到了。

对此威尔玛表示怀疑，不过她继续收听接下来的座谈会。主持人首先建议让在座各位自报年龄和职位，大家接受了，其中有学院派的人类学家，35岁；能源部门的工程师，42岁；金融专家，56岁。然后大家含糊其词地来回讨论这个正在发生的事件到底是谋财害命，还是对关乎长者、礼仪、家庭的整个观念的攻击，或者从另一方面来看是可以理解的，考虑到其中的挑战和挑衅性，坦白地说，还有那些25岁以下的人在经济和环境方面一直承受的各种烂摊子。

外面的人情绪愤慨，没错，社会中最容易受到伤害的那批人成了替罪羊，这令人难过，可是这种事态的转变在历史上并非没有先例。在很多社会形态中，那位人类学家说，上了年纪的人常常优雅地鞠躬退场，给年轻人的生存腾出空间，他们走入风雪，或是被人抬到山上并遗弃在那里。但经济学家说，那是因为当时资源匮乏，老龄人口实际上是巨大的就业机会创造者。确实，但是他们正在消耗医疗保健经费，大多数钱都用在了那些走到人生尽头的人身上……是的，这样也不错，可是无辜的生命却在逝去，请允许我插一句，这得看您如何界定无辜，这些人当中有一些……当然您这不是在做辩护，当然不是，可是您得承认……

主持人宣布现在接入一些听众电话。

"别相信60岁以下的人。"第一位打来电话的人说。大家都笑了。

第二个打入电话的人说他不明白他们为何对此事如此轻描淡写。上了年纪的人都努力工作了一辈子，纳了几十年的税，很可能还在继续纳税，发生这一切时政府去哪儿了，难道他们没意识到年轻人从不参加选举吗？如果当选的代表们不立即采取行动来解决问题，到了投票时他们会遭报应的。现在需要的是把更多人关进监狱。

第三个打进电话的一开始就说自己投了选票，却没有得到任何好处。他接着补充道："就是点燃了尘埃"。

"什么意思？"主持人说。于是那人大声喊起来。"你听好了！点燃尘埃！给我听好了！"电话被挂断了。欢快的电台音乐响起。

威尔玛关掉收音机，今日信息足够了。

她摸索着找茶包，泡茶是件危险的事，会烫着自己，不过她会很小心，这时她印着大字体数字的电话铃响了。这是一种老式的电话，还有听筒的。她已经没法用手机了。她靠周边视觉[1]摸到了电话，不去理睬那十一二个穿着毛皮镶边的天鹅绒长斗篷、戴着银色袖套、在厨房台面上滑冰的小人，一边拿起了电话。

"哦，谢天谢地，"艾莉森说，"我看到发生什么了，电视上播放了你住的地方，还有那些在外面的人，运送清洗衣物的货车都翻倒了，我一直非常担心！我现在就坐飞机过来，还有……"

"别了，"威尔玛说，"没事的，我很好，都得到了控制，你别过来了……"电话线路断了。

也就是说他们把线路切断了。现在随时会断电。可是安布罗西亚庄园有发电机，所以还能维持一阵子。

她正喝着茶，门开了，但来者不是托拜厄斯，没有香槟气味。一阵急促的脚步声，一股咸湿布头的味道，还有一阵抽泣声。接着威尔玛就被人一把抱住，还抱得很紧。"他们说我必须离开您！说一定要这样！我们被告知要离开这里，所有工作人员，所有护理人员，我们所有人，否则他们就会……"

"卡蒂亚，卡蒂亚，"威尔玛道，"别急。"她挣脱双臂，把它们一一松开。

"可您就像我的母亲！"威尔玛可太了解卡蒂亚那个专横

1　指人不需要转动头部或眼睛所能看到的周边物体的视觉范围或能力。

的母亲，这话可不是褒扬，不过她明白卡蒂亚是善意的。

"没事的。"她说。

"可是谁来为您铺床，送来干净的毛巾，收拾您打碎的东西，把巧克力放在您枕头上，到了晚上……"她泣不成声。

"我能应付的，"威尔玛说，"听着，乖，别惹麻烦，他们正派军队过来，军队会来帮忙的。"这是撒谎，可是卡蒂亚得离开。干吗让她也遭罪呢，待在这个越发像被围困的城堡里面？

威尔玛让卡蒂亚把她的钱包拿过来，然后把里面所有的零钱都给了对方。也许有人能用得到。她自己短时间里也不打算去抢购东西。她让卡蒂亚带上浴室里包着的花香型肥皂，留下两盒给威尔玛，以防万一。

"浴缸里怎么有水啊？"卡蒂亚问。起码她这会儿不哭了。"是冷水！我把它们烧热了吧！"

"不用了，"威尔玛说，"就这样吧，听着，赶紧的。要是他们把门堵了怎么办？你可别来不及了。"

等卡蒂亚走了，威尔玛摸索着走进了客厅，还把书架上的什么东西给撞落了，是铅笔筒，有木头杆子碰撞的声音，落在了扶手椅上。她想估量一下自己的处境，回顾一下生活什么的，可是她先得在大字体的电子书《飘》里面再找一两句话。她打开电子书，找到了句子，真是个奇迹啊。到该学习盲文的时候了吗？是的，不过这会儿不可能了。

哦，艾希礼[1]，艾希礼，她想着，心跳加快了……真傻，威尔玛想。灾难就在面前，你还对那个懦夫念念不忘？亚特兰大就要被烧毁，塔拉[2]也会被毁灭。一切将被吹走。

没等她明白过来，她已经打起了盹儿。

是托拜厄斯叫醒她的，他轻轻地晃动她的胳膊。她打呼噜了吗？张着嘴吗？牙套没移位吧？"几点了？"她问。

"中饭时间了。"托拜厄斯说。

"找到吃的没？"威尔玛一边问，一边坐直了。

"我弄了一些干面条，"托拜厄斯说，"还有一罐烤豆子，但是厨房被人占着。"

"哦，"威尔玛说，"还有人留着？厨房工作人员？"那可是令人宽慰的消息，她意识到自己饿了。

"不，他们都走了，"托拜厄斯说，"是诺林和乔安娜，还有其他人。他们在做汤。我们下去吧。"

餐厅里一片热闹，从嘈杂声就能听出来，大家都被一些情绪感染了，不管是哪种情绪。是歇斯底里，威尔玛猜想这是最有可能的。他们得把汤从厨房里端上来，就像服务员那样。传

---

1 《飘》中的人物角色之一。——编者注
2 美国南北战争中，北军曾放火烧毁亚特兰大市，《飘》中对这一段历史也有相关描写。塔拉，《飘》中虚构的一处位于亚特兰大的庄园。——编者注

来了汤碗打翻的声音。笑声更大了。

诺林的声音若隐若现，就在她脑后。"这不是很好嘛，"她说着，"大家都撸起袖子大干起来！就像夏令营！我猜他们会以为咱们束手无策呢！"

"你觉得我们的汤怎样？"这时乔安娜问，她并没问威尔玛，而是冲着托拜厄斯，"我们可是用大锅煮的！"

"很美味，亲爱的。"托拜厄斯彬彬有礼地答道。

"我们拿空了冰箱！把所有东西都放进去了！"乔安娜说，"所有东西，除了厨房水槽！蝾螈的眼睛！青蛙的脚趾！被掐死的婴儿的手指！"她咯咯笑着。

威尔玛努力辨识食物成分，香肠、蚕豆、蘑菇？

"厨房的状况可太不堪了，"诺林说，"我不知道钱都花在哪里了，那些所谓的员工！肯定不是用在清洁上！我都看到老鼠了。"

"嘘，"乔安娜说，"还是不知道的好！"两人欢快地笑着。

"区区一只老鼠可吓不倒我，"托拜厄斯说，"更糟糕的我都见识过。"

"可是真的很惨，那个高阶生活区，"诺林说，"我过去想看看要不要给他们送点汤，可是连接那里的门都被锁上了。"

"我们打不开的，"乔安娜说，"而且工作人员都离开了，也就是说……"

"太惨了，太惨了。"诺林说。

"我们也无能为力，"托拜厄斯说，"不管怎样，这里的人照顾不了那些人的，超出我们的能力范围了。"

"但是他们一定蒙了。"诺林小声说。

"好吧，"乔安娜说，"等我们吃完中饭，我想大家应该坚定意志，排成两队，列队直接走出去！然后给当局打电话，他们会过来把门开了，把那些可怜的人转移到合适的地方。这整件事已经不只是可耻了！至于那些戴娃娃面具的蠢货，他们早已开始……"

"他们不会让你通过的。"托拜厄斯说。

"可是我们大家走在一起啊！媒体也在，他们不敢制止我们，不敢在全世界众目睽睽下这么干！"

"这我可不指望，"托拜厄斯说，"在这种事情上全世界都喜欢在边上观望，谁都乐意看着女巫的火刑和公开的绞刑。"

"别吓唬人啦。"乔安娜说。她听上去并没很害怕。

"我得先去午睡，"诺林说，"养精蓄锐，然后我们再列队出去。至少我们不必在这脏兮兮的厨房里洗盘子，既然我们不在这里久留。"

托拜厄斯绕着场地转了一圈：后门也被围攻了，他说，这是当然的。下午余下的时间，他就待在威尔玛的房间里，拿着她的双筒望远镜观望。正大门外聚集的人越来越多。他们正挥舞着那些老标语，他说，也增加了一些新的：是时候了。点燃尘埃。抓紧吧，是时候了。

没人敢冒险走进围墙里面，或者说托拜厄斯没见有人进来。天气阴沉，能见度不高。一年中的这个时候夜里会特别冷，之前电视还开着时就是这么说来着。他的手机这时用不了了，他对威尔玛说：外面的这些年轻人，虽然懒惰，却擅长摆弄数字技术。他们在因特网上悄悄潜入各处，就像白蚁。他们手里肯定有安布罗西亚庄园住客的名单，也能登入他们的账户，把他们的信号全部切断。

"他们有油桶，"他说，"里面有火，他们正烤热狗呢，还喝啤酒，我猜。"威尔玛自己都想吃热狗。她想象着自己走出去，礼貌地问他们是否愿意分点给她。不过她也能想象到会得到怎样的回复。

5点左右，安布罗西亚庄园的一小撮住客在前门外聚集。只有十五人，托拜厄斯说。他们排成了两排，就像列队，两两成组，还有一个三人组。外面的人群没动，他们在观望。安布罗西亚这一方有人拿了一个扩音喇叭，是乔安娜，托拜厄斯说。她在下着命令，从窗口听不清楚。队伍往前移动着，颇为迟疑。

"走到门口了吗？"威尔玛问。她多想目睹这一切啊！这就像当年的一场足球赛，在她还是大学生的时候！那紧张的气氛，对抗的球队，还有扩音喇叭声。她那时一直是观众，从没打过比赛，因为女生不踢足球。她们的角色是呐喊，还有对比赛规则含混不清，就和她现在一样。

局势的悬而未决让她心跳加速。如果乔安娜的队伍能突破重围，那么余下的人就能组织起来，如法炮制。

"走到了，"托拜厄斯说，"不过发生了点事情，有事故发生了。"

"你这是什么意思？"威尔玛问。

"这下可不好，他们又退回了。"

"他们在跑吗？"威尔玛问。

"应该是吧，"托拜厄斯说，"我们等到天黑，然后马上离开。"

"可是我们走不了啊！"威尔玛差点儿哭出来，"他们不会让我们走的！"

"我们可以离开大楼，"托拜厄斯说，"在外面空地上等，直到那些人离开，这样就没人阻拦了。"

"可是他们没有走啊！"威尔玛说。

"结束后他们会离开的，"托拜厄斯说，"现在我们吃点东西，我来开这罐烤豆子。我就弄不明白了，人类怎么从没发明出一种真正有效的开罐器呢？这种开罐器的设计从战后就没改进过。"

你指的结束是什么意思？威尔玛很想问他，但忍住了。

威尔玛按照建议开始准备起来。托拜厄斯告诉过她，外面的这些人会待上几个小时，也许几天。这得看情况。她穿上了一件开衫，拿了一条披巾和一包饼干，还有珠宝商专用放大镜，以及电子书，它轻巧便携。她为各种琐事担忧着，她明白那都是些琐事，可依然担忧着，例如她今晚要把牙齿放在哪里呢？她那价值不菲的牙齿。还有带多少干净的内衣裤？他们不能多带东西，托拜厄斯说。

此时他们该勇敢地走出去了，就像月夜的老鼠。走吧，托拜厄斯说。他拉着她的手带着路，走下了后楼梯，然后穿过走廊到了厨房，再经过储藏区和垃圾桶。沿路他说着经过的每一处，这样她就能知道身处何地。他每到一处的门口就停一下。

"别急，"他说，"这里没人，他们都离开了。"

"不过我听到有声音。"她轻声道，确实听到了：是一种小跑声，窸窸窣窣的。一阵细小、尖厉的吱吱呀呀声，难道这些小人终于对她说话了？她的心跳烦人地加速着。好像有一股味道，腐臭的动物气味，就像头皮烧焦了，或是没洗过的腋窝？

"是老鼠，"他说，"这种地方总是有老鼠，都藏起来了，它们知道什么时候出来安全，可比我们聪明多了，我想。抓住我的胳膊，这里有向下的台阶。"

现在他们穿过了后门，走到了室外。远处有声音传来，是吟唱声，一定是从前门的人群处传来的。他们在唱什么？该走了。快点别磨蹭。烧啊宝贝，烧啊。该我们了。韵律很不吉祥。

不过声音很遥远，此时房屋后门处很安静。空气很新鲜，夜晚是凉爽的。威尔玛担心别人看到，被误认为他俩是闯入者或是从高阶生活区逃出来的人，虽然周围肯定不会有人，没有带着猎犬的人。托拜厄斯用手电筒照着自己脚下的台阶，也照着她前面的，他按亮了手电，又揿灭了。

"有萤火虫吗？"威尔玛低声问。她希望有，要是没有，她眼周围的那些像信号灯一样闪着的亮点又是什么呢？是不是出现了什么新的神经异常，她的大脑短路了，就像烤面包机掉进了浴缸？

"有好多萤火虫。"托拜厄斯轻声答。

"我们去哪里？"

"你会知道的，"他说，"到了就知道了。"

威尔玛有个不值一提却又令她恐慌的想法。假如这一切都是托拜厄斯捏造出来的怎么办？假如门口根本没有戴婴儿面具的人群呢？假如这是集体性幻觉呢，就像流下血泪的雕像或云中的圣母马利亚？或者更糟糕，如果这一切都是一场精心策划的阴谋，就是为了引诱她走出来，这样托拜厄斯就能把她勒死？假如他是一个恐怖杀手呢？

可是新闻报道呢？很好伪造的。可是诺林和乔安娜，她们在厨房做汤呢？收了钱的演员吧。那此时她能听到的吟唱声呢？是录音。或者是雇了一群学生，用一点点钱就能让他们开心地唱歌。这种事情对一个有条理的、有钱的疯子来说也并非不可能。

　　谋杀谜案读太多了，威尔玛，她告诫自己。他要是想杀你，早就动手了。即便她是对的，她也没退路了，她压根儿不知道哪里有退路。

　　"好了，"托拜厄斯说，"这里是看台上的座位，我们会很舒服的。"

　　他们在其中一个看台上，最左边的那个。就在装饰水池的远端，据托拜厄斯说，这里可以俯瞰安布罗西亚庄园的主入口。他带了双筒望远镜。

　　"吃点花生吧。"他说。有噼啪声，是包装，他递过来一把花生米放在她手上。真让人放心！她的恐慌慢慢褪去。他白天早些时候在看台上藏了一条毯子，还有两热水瓶的咖啡。这会儿他把这些拿了出来，他们开始了不同寻常的野餐。就像早年她和那些年轻男人们一起有过的、依稀模糊的野餐，那是营地的篝火晚会，有热狗和啤酒，一条手臂在黑暗中伸出来，很有信心又不无羞怯地绕过她的肩膀搂住她。这会儿是真的吗，那条手臂？还是她想象出来的？

　　"有我在，放心吧，亲爱的。"托拜厄斯说。一切都是相对的，威尔玛心想。

　　"他们现在在干吗？"她问，声音微微颤抖。

　　"四处转悠，"托拜厄斯说，"先是四处转悠，然后就忘乎所以起来。"他热心地把毯子裹在她身上。那里有一队小人，男女都有，穿着暗红色丝绒戏服，衣服质地华美，还有金色图案。这些人一定是站在看台的栏杆上，她看不到那些栏杆。他们一对对地手挽手庄严地散着步。他们往前走着，停下来，转身，鞠躬和行屈膝礼，接着再往前走，还露出了金色的脚趾。女人们戴着花蝴蝶翼冠，男人们也戴着和主教一样的法冠。他们一定还有音乐伴奏，那音域超出了人的听力范围。

"那里，"托拜厄斯说，"尤亮起火光，他们举着火炬呢。他们肯定也有炸药。"

"可是其他人……"威尔玛说。

"我没法顾上其他人。"托拜厄斯说。

"可是诺林，还有乔安娜，她们还在里面。她们会……"她发现自己攥紧了双手，就像攥着别人的手。

"事情总是这样。"他悲伤地说。也许是冷淡地说？她也分辨不清。

人群的嘈杂声更大了。"现在他们进来了，"托拜厄斯说，"他们正在大楼门口堆放障碍物。边门也堵上了，我想。不让人出来，也进不去。还有后门，他们会全堵上。他们把油罐也滚进大门里面了，还把一辆小车开上了前门台阶，挡住所有口子。"

"这下糟糕了。"威尔玛说。

突然"砰"的一声响。若是烟火声就好了。

"烧起来了，"托拜厄斯说，"庄园。"传来一阵单薄、尖细的呼喊声。威尔玛用双手捂住耳朵，但仍然能听见。声音继续着，起先很响，接着慢慢轻下去。

消防车什么时候能来啊！没有警报声。

"我受不了了。"她说，托拜厄斯拍拍她的膝盖。

"也许他们会从窗户里跳出来。"他说。

"不，"威尔玛说，"他们不会的。"换作是她，她就不会。她会干脆放弃。反正烟雾会先把他们熏倒的。

火势弥漫着。他们都被照亮了，连她瞪大眼睛都能看到火光。小人们混在其中，红色的衣服里面熠熠闪亮，发出鲜红、橙色、黄色、金色的光。他们不断旋转向上，如此快乐！他们聚拢并拥抱，再散开，跳着轻盈的舞蹈。

听啊，快听！他们在歌唱！

致 谢

Acknowledgements

　　这九则故事酝酿了许久。将短篇小说称作"故事"，至少能让它从凡俗作品和庸常时日中稍稍得以解脱，仿佛带有某种传奇、怪谈和古代评话的意味。我们可以将所有的故事都归为虚构作品，而"故事"也可以是真实的，即我们通常所说的"写实"，正如一则短篇故事可以归为社会现实主义作品。"古舟子"[1]就在讲故事。已故的罗伯逊·戴维斯[2]常说，"给我一枚铜币，我就给你讲一则黄金故事"。

　　其中有几个故事是关于故事的故事，我就留给各位来发现了。上述故事中，有三篇已经发表过：

1　指英国浪漫主义诗人柯勒律治（Samuel Taylor Coleridge，1772—1834）的长诗《古舟子咏》（*The Rime of Ancient Mariner*，1798）。

2　罗伯逊·戴维斯（William Robertson Davies，1913—1995），加拿大著名小说家、剧作家、评论家、教授、学者。

《石床垫》是在"冒险加拿大"之旅期间在加拿大北极区诞生的，当时是为了给我的冒险旅伴们解闷。格雷姆·吉布森提供了故事素材，他当时好像在脑海里酝酿着要描写某个人在类似的旅行中颇费周折地谋杀另一个人，并全身而退。既然游客们都想聆听故事的来龙去脉（登船的众多鲍勃们尤其为此着迷），我便将它完成了。它发表于《纽约客》（2011年12月19日及26日刊），为此我要感谢编辑黛博拉·特莱斯曼。

《天生畸形》是为迈克尔·沙邦创作的，他当时正在收集故事奇谈，其中有《麦克斯威尼之神奇故事密室》，迈克尔·沙邦编辑，古典书局出版（Vintage Books，2004）。

《我梦见了红牙泽妮亚》收录于《海象》（*The Walrus*，2012年夏季刊）。刊物要求作家们在自己以往作品中选一个人物重新创作，我就挑了泽妮亚，还有从《强盗新娘》里挑了罗兹、卡丽丝和托妮当泽妮亚的朋友或受骗者。

我要一如既往地感谢我的编辑们：埃伦·塞利格曼，来自兰登书屋（加拿大）旗下的麦克勒兰德与斯图尔特出版公司；娜恩·塔利斯，来自兰登书屋（美国）旗下的双日出版社；以及亚历山德拉·普林格尔，来自布鲁姆斯伯里出版公司（英国），等等。还有善始善终网站（Strongfinish.ca）的文字编辑希瑟·桑斯特。

感谢我的第一读者们：杰丝·阿特伍德·吉布森、我的北美经纪人菲比·拉莫尔、英国经纪人维维恩·舒斯特和柯蒂斯·布朗公司的卡罗琳娜·萨顿。

同样感谢处理国外版权的柯蒂斯·布朗公司的贝齐·罗宾斯和索菲·贝克。感谢ICM文稿代理中心的罗恩·伯恩斯坦。还有古典书局的路易丝·丹尼斯、锚点出版公司的卢安·沃尔特、悍妇出版公司的伦尼·古丁斯，以及我遍布全球的诸多经纪人和出版商。另外还要感谢艾莉森·里奇、阿什利·邓恩、玛德琳·菲尼，以及朱迪·雅各布斯。

感谢我的工作人员苏珊娜·波特；感谢萨拉·韦伯斯特和劳拉·斯坦伯格；还有彭妮·卡瓦诺、VJ·鲍尔、乔尔·鲁宾诺维奇和谢尔登·肖依。感谢迈克尔·布拉德利和萨拉·库珀，以及科林·奎恩和赵小兰（音译，具体身份未知）。感谢东安格利亚大学，尤其是安德鲁·考恩；还有诺威奇作家中心，特别是克里斯·格里布尔，我曾在那里做过一段时间联合国教科文组织的"文学之城"客座教授，书中的两则故事也是在那里完成的。

最后，我要特别感谢格雷姆·吉布森，他始终充满奇思怪想。

青春恒久，无关年纪
——译后记

张　琼

　　翻译加拿大著名作家玛格丽特·阿特伍德的小说集《石床垫：阿特伍德暗黑九故事》（*Stone Matress*，2014）是一段奇妙的体验和心路历程。机缘巧合，我当时手头正在进行关于莎士比亚戏剧当代小说重写的研究项目，阿特伍德对莎剧《暴风雨》的小说重写《女巫的子孙》（*Hag-Seed*，2016）一直摆放在我的案头，因为我不时进行着戏剧和小说的文本对照。不久前，我又阅读了阿特伍德另一部反乌托邦知名作品《使女的故事》（*The Handmaid's Tale*，1985）。于是，各种互文而生的文本内外的感受不断交织，一时间阿特伍德成了那段时光中具有象征意义的精神庇护所。

　　作为加拿大最负盛名的当代作家之一，阿特伍德笔耕不辍，时光对她的创作和文思仿佛特别眷顾，作品随时间发展毫无疲态和式微的迹象。阿特伍德在诗歌、长短篇小说、非虚构作品、儿童文学、文学评论等多文类写作中成果丰富，获奖无数，读者遍及全球。当然，阿特伍德在虚构创作上表现最为突出，无论长短篇；而这部包含九则故事的《石床垫》，更在形式上颇有几分《都柏林人》《小城畸人》的"小说环"特色，它们彼此勾连，似有似无地形成了一个相对自足而丰富的世界。翻译过程中，我感觉时间如节奏不断变化的水流，悄然地在我身旁流淌，以至于我常常停驻片刻，从故事的表层进入，想要找到藏匿在叙述背后的作家本人，轻声问她："是因为感喟年纪，蓦然回首，深叹时光荏苒，才有了这些故事吗？"

不知多少回，我反复质询，逐渐将自己对时间的感受融入，屡次因为超越时空的莫名触动，反观自己当下的生活，于表象的平静中忽然体验到内里的跌宕起伏。

我作为一个普通读者阅读了《使女的故事》，又作为一个学者研究了她的《女巫的子孙》，而身为译者，对于《石床垫》这部小说集，因为翻译的细读和文字斟酌，我意识到，三种阅读方式截然不同，而这些不同造成了抵达深层感知和体会的巨大差异。有很多次，我不禁自问：难道我面对的是同一个作家的三部作品吗？不同的阅读方式是否会漏过不同的信息？尤其是翻译，是在一字一句中推敲和反复思索。译者希望能以另一种语言将作品尽可能真实地还原，目标不同，感受自然差异很大。

阿特伍德细腻幽微的笔触不时透着戏谑幽默，她在作品中不断施展智力体操，将灵活精巧发挥得游刃有余。她是叛逆的，正如她要在莎剧的小说重写中将各种传统范式颠覆，她始终在笔端诉诸自己对文学创作的批评。我在她最新的两部虚构作品《女巫的子孙》和《石床垫》之间仿佛读到了某种超乎文学评论的关于创作的探究，但情节又如此扣人心弦、匪夷所思，且字里行间充满了一个作家内心最真诚、直率的倾诉。

她的直率和直接在作品中不时让人咋舌。据说在拍摄纪录影片《玛格丽特·阿特伍德：曾经的八月》（*Margaret Atwood: Once in August*，1984）期间，对谈者屡屡对作家出人意料、率真直接、一针见血的言辞感到惊愕并失态。阿特伍德不断跳脱常规，一次次重塑自我，甚至推翻自我的勇气，贯穿着她的文学写作。尤其对于一位耄耋作家而言，这样的自我颠覆和尝试更是罕见。

《石床垫》中的九个故事，若是依照次序阅读，我的感觉就像是水流翻腾而起，浪花席卷而来，平静后紧跟着潮流涌动，惊涛拍岸之下又会有暂时的静谧。译完最后一则故事《点燃尘埃》后，我掩卷长叹，心潮澎湃，既感叹阿特伍德精湛的情节设置和情感编织，又为自己投注于这些文字的心力和感受而唏嘘，唯愿能以细致的语言翻译处理，让读者真正领会作家笔触的微妙。

这九则故事的组合，成为阿特伍德的第十部小说集，其中充满了诸如精灵、鬼魂、转世轮回、断手幽灵等奇幻元素，但这些故事又有着非常真切的生活细节和令读者感同身受的细腻情感。于是，各种意趣组合令人不忍释卷：逼真的现实和匪夷所思的荒谬，戏谑游戏和郑重其事的严肃，这些反差交织拉锯，最终形成了某种神奇的平衡。当下的读者并不会觉得故事遥远古旧，新鲜刺激之余，又感到故事中的往昔已然消散，却始终在当下若隐若现。

阿特伍德的笔触是灵巧而狡黠的，每每在阴郁时让人忽觉温暖，在丧气时突然滑向欣悦，于悲凉时忍俊不禁，又在感怀动容时倏忽收敛，告诫人们不能失却理性和镇定。尤其是作家创作该小说集时，不可避免地面对衰老，而老境和死亡成了作品中必然触及的主题。在阅读中，我时常感受到作家自身对于往昔的回顾和眷恋，尤其是身为女性在历史变迁中境遇和思想的改变，对于爱情、亲情、家庭、自我实现等方面的处理和感受。然而，阿特伍德一定会在潜移默化中悄悄消解读者的前见，特别是人们对衰老的常规认识，以及对男女关系的固有观念。

因此，翻译《石床垫》的这段日子，我常常心潮澎湃，心怀感恩，甚至觉得这样的时间节点和作品内容，也许传达着某种冥冥的讯息。我在康斯坦丝和加文的情感纠葛中，在主人公步入老境的心绪里，在虚构人物的孤独和阿特伍德文学创作的情感共鸣中，得到了莫大的体验和心灵收获。我不时猜想，小说中不少意难平的细节，一定是作家自身遭遇的某些遗憾、缺失在内心的潜伏，它们随着时间发酵，化作了积极的创作能量。

小说集中有几则故事彼此相关，前三则几乎可谓"三部曲"。第一则故事《阿尔芬地》开篇就触及人内心：作家康斯坦丝袒露着她创作奇幻小说的心境，丈夫埃文离世后她在暴风雪的袭击下独自生活，幻听和幻觉不时伴随她。她回忆起年轻时男友加文对自己的不忠：同样是文学青年，他们在梦想和现实之间挣扎，过着自认为不羁、自由的生活，时常在自我期许和现实落差中怅然。我私下觉得，这则故事或许很大程度上取材于阿特伍德的某段真实经历，因为有关作家的想象和创作心态，故事里刻画得太过生动真实。

康斯坦丝沉迷于她的阿尔芬地，那里几乎是她内在生活的庇护地，读者很快会跌入女主人公的奇幻创作空间，仿佛陪伴康斯坦丝排演着一个人的孤独，也预习般体验着独自老去。在康斯坦丝的现实生活中，尽管周围人们善良友好，儿子儿媳孝顺体贴，可是她的生活是独立甚至隐秘的，她执意品尝冷暖自知的寂寞，不愿被他人打扰。康斯坦丝情爱上的疼痛并未随着岁月荏苒而消解，好在她有文学的疗愈和化腐朽为神奇的转化能力，不断将不甘和愤怒化为创作能量。

康斯坦丝忙于创作，近乎到了忘我境地，她忽然敏感地意识到丈夫埃文或许有了出轨的迹象，可是埃文至死没有承认过，这个心结永远难解，也无须再解开了。文字力透纸背，我能感觉到埃文对妻子深入灵魂和血肉的关爱。生活的琐碎和平凡最终让这对夫妻融为一体，难分彼此，相互依存。

老年丧偶的康斯坦丝艰难地适应着丈夫埃文不在的日子，随着翻译的推进，我目睹人物的遭遇而不断感慨、共鸣，试图走进小说中这位女作家的心境。文字间的转码过程颇费精力，可我从不觉疲倦。

静默孤独的细读和翻译工作，逐渐深入并充实我的生活。我非常喜欢阿特伍德的语言节奏，《阿尔芬地》能令人迅速跌入故事语境。康斯坦丝承受着晚年丧偶之痛，对年轻情事不时回忆，屡屡回到挫败深重的往昔恋情，即她和诗人加文的那场夭折的恋爱。失恋后，她将过剩的创作情绪和想象力放逐于"阿尔芬地"这个魔幻世界，以平衡生活中的各种失意。我似乎能和康斯坦丝跨时空共享诸多心思，情绪亦随着文字起伏动荡，掩卷时不由得感喟，唉，难道这是我借由翻译接受的神秘讯息吗？

阿特伍德笔下的女作家，或许就是她本人的镜像，女性的细腻和心思，一字一句拨动人的心弦。开卷不久，翻译就成了一种神秘的交流和沟通，我自己的寂寞失落一扫而空。更意外的是，故事关乎老年，可年长者的沮丧和阴霾随着阅读和翻译的推进慢慢散去，康斯坦丝那充盈的生命力和天真的执拗弥足珍贵，我坚持认为这必然也是阿特伍德自身具备的特质。诚然，心态和心境决定了生活感受。

　　康斯坦丝不允许自己沉溺于愤懑沮丧，拿加文的错误折磨自己。将精力浪费于生气、不满和颓废，不啻对自己的惩罚和戕害，时间宝贵，生命有限，康斯坦斯果断地将时间留给值得的事情，用创作让自己兴奋和充满激情。于是，我们相信这个耄耋老人会继续努力让日子更加有劲。瞧，她一个人从低落乏味和生无可恋中挣扎出来，冰风暴开始的当日决定前往两个街区外的商店购买融雪材料和食物，此后靠她本人虚构的阿尔芬地支撑自己，用回忆温暖和活泛起当下的生活。试问，面对这样的故事，谁又愿意心不在焉地虚掷光阴？阅读和翻译《阿尔芬地》，我不断领悟要让自己充实起来，朝着心有所属的方向靠近，尤其要奋力打败无聊，摆脱自怨自艾。

　　第二则故事《幽灵》其实是对《阿尔芬地》中康斯坦丝与加文的故事的续写。那个花花公子诗人兼前男友加文年老体衰，雄风不再，晚景凄凉时又被昔日的文学功名所累，在妻子雷诺兹的"看护"下倍感忧伤。终于，康斯坦丝的怅然似乎有了隔空的平衡。其实在我们自己的生活中，也时常通过滤镜看他人的幸福，孰知人人都有隐藏的苦痛，隐秘的丑陋，真不必一味羡慕，妄自菲薄。

　　老迈的诗人加文似乎一直对康斯坦丝念念不忘。康斯坦丝因为创作系列奇幻小说而成为著名作家，她令曾经背叛自己的加文总在追忆中后悔。加文倒并不一定对昔日爱情心怀真挚的执念，是康斯坦丝用自己的才华和努力让当年错过了自己的男友追悔莫及。阿特伍德在残忍否定爱情天长地久和痴情念念不忘的同时，阐明了一个慰藉人心的事实：唯有自立自强自爱，努力朝着优秀的方向走，才能笑对当年的失落。

故事中，加文在和采访他的女学者提到硕士学位时，令人忍俊不禁，他用爆米花做比喻，说教育体制培养所谓的人才就像制作爆米花，微小颗粒放在学术炉灶中，噗啪！一个硕士学位。这嘲弄的说法荒诞不经，令我不由得想到阿特伍德在写下这段文字时揶揄得意而促狭的微笑。时时以自我为中心的加文最终失却爱情，也失却了爱的能力，在乏味的话语中耗蚀生命。译到故事尾声处，我不禁莞尔：康斯坦丝不必介怀了，这段背叛的情爱往事督促、推动她努力不懈，她早已跨过了这道坎，把当年自觉被亏欠的情感抛在了身后。康斯坦丝会感谢曾经的挫折，蓦然回首时，她一定明白，原来一直在前行的自己才最珍贵、最美丽。

加文颓然而恍惚的晚景，对应的是他刚愎自用、傲慢自负的性情，他被康斯坦丝深深幽闭在隐秘的深处，无论在虚构的阿尔芬地，还是在现实生活中。偶尔想起，笑看往事，康斯坦丝应该欣慰，并彻底释然。对于感情之事，人们在年轻时总是依赖他人，可随着时间推移，阅历增长，会越发明白，一切只能依托自己，而自己才是价值核心，向外的他求必然导致失望，生活中很多旁枝末节其实不必执着。

第三则故事《黑女人》与前两个故事继续产生关联：女主

人公换成了乔丽，即当年让加文鬼迷心窍背叛康斯坦丝的女人，阿特伍德又从此人的视角将这段关系再次梳理讲述了一遍，果然验证了视点不同故事差异万千的道理。加文的葬礼上，两个昔日的情敌居然达成了和解，彼此理解，相安无事，对当年的"河船"岁月算是做了最后一别，往事随风，死结终于打开。

故事依然铺陈老境，尤其是乔丽和孪生哥哥马丁晚年一起生活，她依然耿耿于怀当年的情事，可见加文还是让人难以释怀。马丁虽然也研究经典诗学，但是他对人生的回忆，更多的是旁观乔丽，他事事不想陷入，时刻提醒自己保持距离感，让生活成了颅内剧场的演出，想来他内心或许也有颇多遗憾吧。阿特伍德创作时一定也在对自己的往事不断回忆梳理，当我翻译到第三则故事时，也进一步确证，预习衰老是此书给人最深刻的印象：预见老境，预习释怀，回到当下时就更容易拥有淡然的心态。从乔丽视角展开的故事，仍然不断地提醒人们，年龄其实在很大程度上是主观感受，一旦自己困在其中难以自拔，那就真正衰老了。她仿佛身体力行地告诉他人，要在阳光下多想想美食和美景，别忘了要尝试各种趣事，有关面子的顾虑，完全多余。

第四则故事《天生畸形》令人悲哀，那个原本可以是天使的小姑娘最终成了怪物，一步步从家庭的关爱走向了社会边缘，进入了幽林，最终被驱逐消灭。这个故事与前三则似乎毫无关联，读来无比忧伤。若说前几个故事中那些女人和加文的纠葛最终令读者略有感伤和惆怅，那这个故事触及人性本质，聚焦孤独和畸形。我不禁想到舍伍德·安德森的《小城畸人》，那些因为无法真正与人产生有效交流的孤独个体，那些对生活的变化无所适从，或者内心有着各种隐秘而无处诉说的人们，会神奇地成为陪伴读者的暖意，让心与心逐渐靠近，灵魂得到慰藉。

第五则故事《冻干尸新郎》十分惊悚，古董家具商人山姆在暴风雪天去郊外参加单元仓库竞拍，意外发现了被杀死的新郎干尸，可当凶手新娘出现后，他却铤而走险，想要诓对方一把，却在这场诱惑游戏中成了最终消失的人，变成干尸新郎的替身。小说中紧张的节奏，层层递进、步步紧逼的阅读感受，让身为译者的我仿佛聆听了一则悬疑奇案。我发现阿特伍德特别喜欢将暴风雪、幽暗森林，设置为故事场景中的重要元素。若说前三个故事是关于加文和康斯坦丝、乔丽等女人的，那此后的两个故事都带着哥特式的惊悚意味，阴森，寒气逼人，又带着隐藏在文字底下的忧伤。沉浸于此，不再是时间催人老的嗟叹，更多了对人心幽暗隐秘的感喟。

此后的《我梦见了红牙泽妮亚》篇幅相对较短：几个老年闺蜜依然对故人夺人所爱耿耿于怀，但是岁月流逝，她们最后以某种超自然的方式从纠结愤懑中解脱，努力摆脱伤害。这不是人们都应该有的态度吗？岁月流逝，个人能把握的唯有相信自己，有时，放过对他人的苛责和怨恨，就是对自己的真正释放。

紧接着的《死亡之手爱着你》和标题故事《石床垫》，又巧妙地将之前的故事联系在一起，因为它们本质都是个人对往昔的纠结与释然。《死亡之手爱着你》同样关于文学创作，聚焦对年轻时的情感回忆。惊悚作家杰克和当年的女友伊莲娜一生纠葛不断，可就在杰克的愤恨抵达崩溃边缘，带着除掉对方的念头再度与伊莲娜见面时，情节走向却突然倒转，两人冰释前嫌、重归于好，而那冰山融化的暖流，或许只因一方的主动低头，承认了恨是极致的爱。在《石床垫》中，老年女性弗娜为自己少女时的情爱创伤进行残忍报复。她在邮轮旅行中遇到了当年那个让自己陷入万劫不复之地的鲍勃，正是此人曾玩弄和强奸了少女弗娜，并毁掉了她的一生。于是弗娜策划了完美犯罪，在极地之旅中找准机会杀了对方。鲍勃之死恰是前一则故事中和解的反向。貌似背道而行的两个故事中，人物的个中感受，都旨在跨越自己内心的一道坎，为了在晚境中达成生命的最后一次解脱。爱与恨，集结于某个瞬间，天堂地狱一念之间，此间的情思绵绵若存，在隐藏和压抑的感情中蓄势待发。翻译至此，我不禁感叹，已然年迈的阿特伍德仍然能在文学创作中将世界一次次颠覆重构，快意恩仇间将笔墨挥洒得淋漓尽致。

最后一则《点燃尘埃》更渲染了生命接近终点的状态。安布罗西亚庄园是一家养老机构，某日，养老院被一个"该我们了"的年轻人组织攻陷，这些年轻人把老年人视为自己生活的巨大负担，也是社会强加给自己的重压，于是他们的愤怒情绪在养老院找到了出口。住在养老院的威尔玛因为眼底黄斑病变，视力几乎丧失殆尽，可是她依然保有敏感细腻的觉察力。她摸索着，模糊而隐约地感受着外界，每日拼尽全力地维持着生命最后的尊严。对她而言，爱情早已是奢侈品，可是得到他人的尊重和关注依然是珍视自我的重要标志。翻译工作完成后，我不断唏嘘，感慨这个耗神费力的过程仿佛让我预习衰老，可又神奇地传递着激情和生命力。

尽管这些故事关注垂垂暮年，刻画生命晚期的状态，但阿特伍德在字里行间从容地挑衅着人们固有的偏见，不无调侃、揶揄和风趣。她笔下的衰老竟然渐渐被赋予无关年纪的热切和天真，她用文学创作抗拒陈见，细察生命。她在这些故事中隐秘显现，几乎无处不在，因为她笔下的这些人物大多为作家或艺术家，他们超越了单一故事的界限，成为彼此的旁观者和评论者，又似乎是阿特伍德自己观察艺术创意的一道道棱镜。例如，加文觉得康斯坦丝的阿尔芬地奇幻故事幼稚肤浅，杰克也总是揣摩着昔日室友们对自己惊悚作品的不屑，他们的斗志和不服气，丝毫不随年龄而转弱。即便是最后杀掉了鲍勃的弗娜，她也不断在旅行中为鲍勃留出生机，可偏偏鲍勃对往日漠然而不自知，等于无情宣告了他对少女弗娜的彻底否定，从而促成了自己的死亡。

正是通过创作的激情，阿特伍德自身也在试图超越衰老，挣脱身体的限制。她笔下的老人们不断遭遇身体对思想的忤逆和抗拒，正如著作等身、声名显赫的阿特伍德必然要回望创作生涯的得失。最有力的佐证唯有更加优秀、引人入胜的作品，那一个个生机勃勃的生命，都在竭力帮助阿特伍德力证青春恒久的意义，用不断增长的年纪，彰显无关年纪的热情和活力。

马上扫二维码，关注"**熊猫君**"

和千万读者一起成长吧！

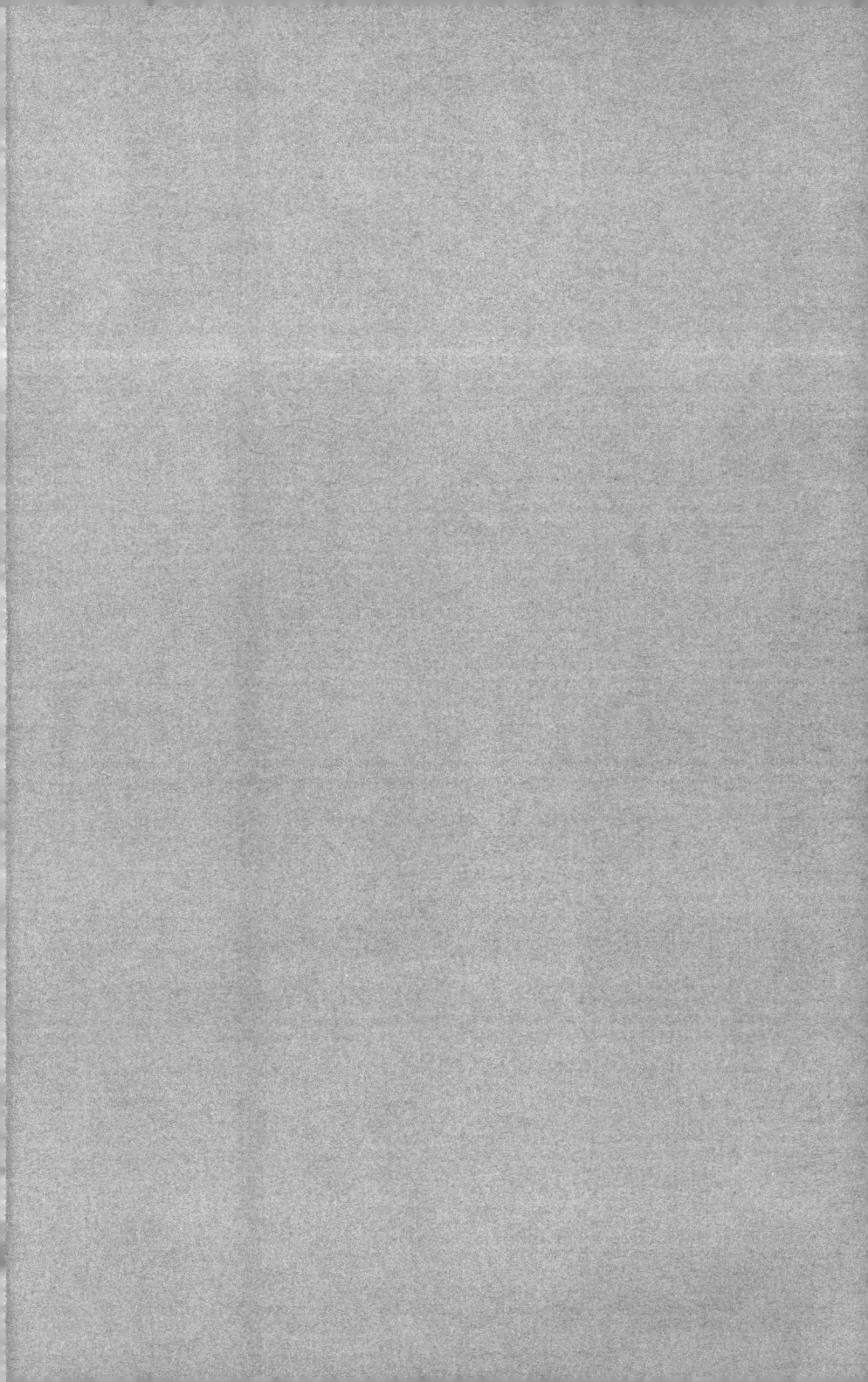

MARC